변두리 괴수전

변두리
괴수전
이지월
장편소설
민음사

【 차 례 】

頭書

두서

은강소고

은강은 크고 그 안은 복잡하다. 은강 사람들이 자기네 도시를 두고 이야기할 때 얼른 이해할 수 없는 것 중의 하나가 '갑갑하다'는 말이다.*

이는 은강에 대한 가장 중요하고도 널리 알려진 문헌의 일부를 인용한 것인데, 많은 이들이 고개를 끄덕인 매우 유력한 견해였다. 문헌의 인지도와 아버지가 처해 있던 상황들을 고려해 볼 때, 아마도 아버지의 외침은 위 견해에 대한 깊은 공감의 뜻이 담겨 있다고 봐야 할 것이었다.

"서울에서 멀지 않은 서해 반도부에 위치해 있어 삼면이 바다로구나! 불어오는 바람에 실린 기상이 실로 범상치 않으니 가히 사내대장부가 후일을 도모할 만한 곳이다. 이와 같은 고장을 두고 어찌 감히 갑갑하다는 말을 입에 담을 수 있단 말인가!"

거센 바닷바람을 마주하고도 조금도 주눅 들지 않은 듯 아버지의 외침은 무척이나 통쾌한 것이었다. 은강 사람들의 '갑갑하다'는 말 따위는 절대 이해하지 않겠노라는 단호한 선언과도 같은 기세를 품고 있었으니 말이다. 하지만 바로 옆에서 차가운 바닷바람을 맞으며 눈물을 찍어 누르고 있던 어머니 쪽은 사정이 또 달랐던 것 같다. '갑갑하다'는 말에 대한 이해도만을 놓고 본다면, 이미 은강 사람이라 해도 과언이 아닌 모습이었던 것이다.

우리 가족이 은강에 이사 왔던 첫날의 저녁 풍경이 이와 같았다.

물론 전해 들은 바에 따르면 그렇다는 것. 당시의 나는 고작 세 살 난 덜 여문 인간. 희미한 기억조차 남아 있지 않은 게 당연했다. 모두 철이 든 이후에 들어서 알게 된 일들로, 이야기를 들려준 장본인은 다름 아닌 어머니였다. 다시 말해, 어머니의 증언을 일방적으로 믿고 받아들인다는 전제하에 그러하다는 말이다. 그래서 처음 들었을 때, 난 어머니의 눈물이 사실 와사비의 톡 쏘는 매운맛 때문이 아니었을까 의심을 품기도 했다. 당시 우리 가족은 은강 부둣가의 횟집에서 조촐한 만찬을 즐기고 있었다는데, 그곳의 초장과 간장에는 지나치게 많은 양의 와사비가 곁들여지는 것으로 유명했으니까.

하지만 어머니가 들려준 또 다른 이야기들은, 세상에는 정말 와사비 말고도 눈물을 흘릴 만한 일들이 많구나, 고개를 끄덕이게 했다.

예를 들어, 뜻하지 않게 찾아든 부도 같은 것 말이다.

세상에 어떤 부도도 뜻한 바 있는 자를 선택해 내려지는 간절한 기도의 응답처럼 찾아오는 법은 없다지만, 부도란 원래 언제 어디서나 뜻하지 않게 닥쳐드는 게 정상이라고들 하지만, 그래도 다 큰 어른이 눈물을 찍어 누를 구실로는 부도만 한 게 없다는 건 분명했다.

그러니 어머니의 눈물은 부도에 원인을 두고 있는 게 분명해 보였는데, 우리 가족에게 있어선 실로 다행스러운 일이 아닐 수 없었다. 온 가족이 거리에 나앉을지도 모를 위급한 상황에 고작 와사비 따위에 눈물 흘리는 나약한 어머니가 도움 될 일은 없었을 테니 말이다.

실제로 어머니는 어려운 살림에도 불구하고 초인적인 열정으로 가족들을 보살폈고, 우리 가족이 끝내 부도의 여파를 딛고 다시 일어서는 데 중추적인 역할을 수행했던 것이 사실이다. 하지만 '갑갑하다'는 말에 대한 이해도가 높았던 만큼 끊임없는 압력으로 가족들을 피곤하게 만들어 왔던 것 또한 사실이었다.

언제인가부터 어머니가 지어 부르기 시작한 노랫가락이 그 대표적인 예일 것이다. 노래는 아버지의 등을 떠밀어 좀 더 괜찮은 돈벌이를 찾아 나서게 만들었고, 학생이었던 형을 책상 앞에 못 박아 기어코 우등생으로 만들어 냈으며, 철부지였던 나의 떨쳐 낼 수 없는 투정의 욕구들을 입 밖으로 꺼낼 수조차 없게 만들었다.

"서울 외곽, 한적한 주택가, 빨간 벽돌 단층 주택, 지하에서 들려오는 끊임없는 기계 소리, 가난한 아낙들과 무삭성 상성한 철없는 소녀들이 끊임없이 돌려 대는 미싱 소리, 일감이 밀려 야근, 특근, 잔업, 끊일 날이 없었지. 그 소리에 잠을 설친 막내, 밤새 보채고 울었지. 우는 아이를 달래며 마당을 거닐면, 온몸에 실밥을 매달고 토끼 눈이 된 직원들과 마주치곤 했다네. 그들의 피곤에 전 눈빛은 눈물 나게 안쓰러웠지만, 그래도 그 시절은 너무도 아름다웠노라.

남편은 사장님, 나는 사모님이었다는 말씀."

사실 어머니의 노래는 어리디어린 철부지였던 당시의 내게도 간파될 정도의 중대한 결점을 가지고 있었다.

아무리 생각해도, 우리의 지난날이 그토록 영광스럽게 여겨지진 않았고, 우리의 오늘날이 그다지 비참하게 생각되지도 않았던 것이다.

아버지는 친척들과 지인들의 도움으로 새로운 일을 시작한 참이었고, 철로 변의 허름한 월세 집이었지만, 방 두 칸에 작으나마 마당도 있었다. 어린아이에 불과했던 내게는 충분히 행복한 시절로 기억될 만한 환경이었다. 젖과 꿀이 흐르는 낙원에서 살다 온 게 아닌 다음에야, 떠나온 곳을 한없이 그리워할 이유가 없었다.

이는 은강으로의 이주가 실패의 증거일 뿐이라는 어머니의 의견에 정면으로 배치되는 것이었다.

하지만 어머니의 견해에도 전혀 근거가 없는 것은 아니었다. 은강을 배경으로 한 역사의 흐름을 좇다 보면 누구라도 같은 결론을 내릴 수밖에 없는 게 사실이었다.

은강은 우리나라 최초의 개항지였다. 근대 초입, 교역과 개방 내지는 그와 비슷한 맥락의 이것저것들을 핑계 삼아 남의 나라로 쳐들어가기를 즐기던 열강들이 전 세계를 헤집고 다니던 시절이었다. 그들이 우리나라에서 최초로 꿰차고 앉은 지역이 바로 은강이었다. 그들의 압도적인 선진 문물 앞에서 쇠락해 가는 나라의 백성들은 잔뜩 주눅이 들 수밖에 없었다.

세월이 흘러 나라 안에 큰 전쟁이 벌어졌을 때, 은강을 목표로

한 대규모의 상륙 작전이 감행됐다. 전세를 판가름할 중요한 작전이었고, 양측의 동원 가능한 최대의 화력이 은강 앞바다로 집중됐던 것이다. 작전은 성공적이었다고 하지만 은강에는 치열한 격전의 흔적이 남고 말았다. 그 흔적을 메워 사람들의 터전을 지어 낼 이들은, 뒤이어 유입된 처참한 몰골의 피난민들뿐이었다. 그들 중 상당수가 은강에 정착하면서 은강은 망향의 한에 가슴이 미어지는 실향민들의 도시가 되어 버리고 말았다.

온 나라의 사람들이 고향을 등지고 도시, 그중에서도 가급적 서울로 몰려들던 시절, 서울 하늘 아래서 쓰디쓴 실패를 맛본 사람들이 거듭된 야반도주 끝에 흘러들던 곳이 은강이었다. 서울에서 멀지 않은 번화한 항구 도시라는 입지 조건 덕에 일자리는 많았다고 한다. 하지만 은강에서 벌어들인 것들 대부분은 서울하고도 본사, 그중에서도 자기만의 사무실을 차지하고 앉은 높으신 양반들의 것이 되어 버리고 말았다. 은강 사람들에게 주어진 것은 고된 노동과 얄팍한 월급봉투뿐이었다. 은강은 피로와 가난 속에 병들고 지쳐 버린 도시가 되어 버리고 말았다.

서울에서 멀지 않은 번화한 항구 도시였음에도 거리는 을씨년스러웠고, 일자리는 넘쳐났지만 사람들은 가난했으며, 아이들은 여전히 해맑으면서도 동시에 사납고 난폭했다. 봄마다 불어닥친 누런 황사 바람마저 오래도록 은강의 하늘 위에 머물러 떠날 기색을 보이지 않았다.

모두들 자기네 도시를 두고 '갑갑하다' 말하며 불평불만을 쏟아 냈다. 사실 무엇 하나 속 시원히 풀리는 일 없는 자기네 삶에 대한 갑갑함이었을 것인데, 하필이면 그들이 딛고 선 땅이 은강의 것이었고, 그 결과 날이 가면 갈수록 자신들의 삶이 비루하고 초라해지는 이유를 자기네 도시로 돌리고 싶어졌던 것이다. 그 결과로 은강의 아이들에게 은강 출신의 별 볼 일 없는 위인으로 자라나는 것 말고는 별다른 선택지를 줄 수 없게 됐다는 점은 역설적으로 여겨질 만한 일이었지만 어차피 그마저도 자기네 도시에 책임을 돌려 버리면 그만이었다.

은강 사람들의 기질 혹은 생활 깊은 곳에 깔려 있어 바깥 사람들은 볼 수 없다는 '깊은 회의'였다.

은강에서 만난 모든 이웃이 패배자일 뿐이라고, 은강의 하늘 아래 모든 곳이 세상의 중심에서 비껴 난 변두리일 뿐이라고, 그래서 벗어나기 위한 노력 말고는 모든 것이 다 부질없다고, 어머니는 늘 말했다. 특히 스스로의 걸음마에 도취된 철부지가 집 밖으로 나서려 드는 일은 더더욱 부질없다고 신신당부하곤 했다. 그래서 급기야 은강의 거리에는 때때로 사람들을 집어삼키는, 특히 나 같은 어린아이가 돌아다니는 꼴을 보면 세상 끝까지라도 쫓아와서 집어삼키고야 마는 괴수가 돌아다닌다며 어린 내게 공갈 협박을 늘어놓기도 했다. 은강 사람들의 '갑갑하다'는 말과, 바깥 사람들은 볼 수 없다는 '깊은 회의'에 대한 어머니 방식대로의 이해를 바탕으로 지어 낸 우화, 정확히는 거짓말, 나뿐 아니라 은강의 아이들 대부분이 듣고 자란 거짓말이었다.

보통의 경우라면 자연스럽게 자라나 철이 들어 언젠가 어머니의 말에 콧방귀를 뀔 나이가 되어, 어른들이란 다들 그런 식이지, 씩

하고 웃고 말 이야기일 뿐이었다. 하지만 이곳은 은강이었다. 이머니를 포함한 은강의 어른들조차 온전히 이해할 수 없는 갑갑함과 깊은 회의로 가득 찬 세상의 변두리. 이 도시의 가장 어둡고 외진 곳 어딘가에는 진짜로 알려지지 않은 미지의 존재들이 어슬렁거리고 있을지도 몰랐다. 아니 적어도, 철부지 어린아이들에게 그 비슷한 공상을 불러일으킬 만한 신화와도 같은 일들이 여러 차례 일어난 곳이었다.

예를 들어 은강에 대한 가장 중요하고도 널리 알려진 기록에까지 언급된, '길 떠난 청년의 이야기' 같은 것 말이다.

이야기의 주인공은 많고도 많은 은강의 공장들 중 한곳에서 일하고 있던 가난한 청년이었다. 그는 신화 내지는 그 비슷한 이야기들의 주인공답게 자신에게 굴레 지워진 가난을 쉽사리 떨쳐낼 수 없다는 것을 일찌감치 깨닫고 있었다. 그리고 그 이유 또한 정확히 알고 있었다. 시퍼렇게 날이 선 칼을 품고 청년이 향한 곳, 서울 하늘 아래 어딘가에 살고 있다는 청년의 고용주가 꿰차고 앉은 으리으리한 고층 빌딩 안에 그 해답이 있었다. 청년이 휘두른 칼날은 딱 그만큼 날카로운 살의를 담아 한 치의 오차도 없이 목표를 향해 쏟아져 나갔다. 하지만 그 아래 쓰러진 것은 공교롭게도 자신의 형과 쏙 빼닮은 사장의 동생이었다. 청년의 살의는 가장 결정적인 순간에 너무도 허무하게 빗나가 버리고 말았던 것이다.

그래 봤자 살인은 살인!

청년은 끝내 형장의 이슬이 되어 사라지고 말았다.

그리고 청년의 칼날에 실려 있던 날카로운 살의는 주인의 죽음을 슬퍼하며 자신의 고향 땅 언저리를 떠돌게 됐다. 그래서 누군가 청년의 빗나가 버린 살의를 빗나가지 않는 살의로 다듬어 낸다면, 그는 빼앗고 살해하는 자가 되어 세상의 중심에 우뚝 서리라는 전설이 은강엔 전해져 오고 있었다.

특히 여전히 해맑지만 사납고 난폭한 은강의 아이들이 좋아하는 전설이었다.

하지만 어머니뿐 아니라 은강의 거의 모든 어른들은 자신의 자녀가 은강의 아이로 자라나는 것을 원치 않았다.

그래서 철없는 아이들이 헛된 전설을 흉내 내어 청년의 뒤를 따르지는 않을까, 무모한 살의를 휘두르다 끝내 피투성이 괴수가 되어 비참한 최후를 맞이하게 되지는 않을까, 잠시도 근심을 떨쳐 낼 수 없었다. 은강의 어른들이 일삼던 공갈과 협박은 이와 같은 근심의 결과였다.

그럼에도 불구하고 은강의 아이들은 여전히 빗나가지 않는 살의에 대한 한없는 동경을 품고 자라났다.

해맑게, 그리고 사납고 난폭하게.

---

* 조세희 선생의 소설 『난장이가 쏘아올린 작은 공』에 대한 오마주로 연작 중 「기계 도시」 편에서 빌려 온 문장이다.

入門 _{입문}

세상의 중심

어른들의 공갈과 협박에도 불구하고, 난 내 고향 은강이 무척이나 마음에 들었다. 사실 뚜렷한 이유는 없었다. 단지 마음을 담아 둘 고향 같은 곳이 하나 필요했을 뿐, 반드시 은강일 필요까지는 없었는지도 몰랐다.

눈치챘겠지만, '내 고향 은강'이란 말에는 상당한 어폐가 있다.

호적상 내 고향은 전라도 어딘가에 자리 잡은 작은 농촌 마을이었다. 아버지가 장남에 종손이었으며, 우리 가족이 명절마다 고향이랍시고 찾곤 했던 곳이었으니까. 그런가 하면, 생물학적으로는 서울 외곽의 한적한 주택가 인근에 위치한 번듯한 산부인과가 내 고향이었다.

그러니 은강은 내게 있어 제1도, 제2도 아닌, 제3의 고향일 뿐이었다. 하지만 내가 기억하고 인정할 수 있는 유일한 고향은 누가 뭐래도 은강뿐이었다. 호적상의 고향이라고 해 봤자 평소 왕래도 없

던 낯선 친척들이 살고 있는 시골 마을에 불과했고, 생물학적 고향
이라고 해 봤자 단 한 명의 지인도 없기에 가 본 적도 없는 완전한
타지에 불과했다. 차라리 은강을 고향 삼아 살아가는 편이 한결 나
았다. 내가 숨 쉬는 공기, 딛고 서 있는 땅이 모두 그곳의 것이었으
니까. 내게는 오히려 은강이 세상의 중심에 더 가까워 보였다.

제3의 고향, 은강을 마음속에 품은 아이답게, 어린 시절의 내게
는 3이란 숫자를 무척이나 뜻깊은 것으로 간주하는 성향이 자연스
레 생겨났다.

특히 매일 대하는 저녁상에서는 더욱 그러했다. 언제나 세 토막
의 생선이 올라왔기 때문이다. 어머니가 부둣가 어시장에서 헐하게
사 온 끝물 생선들이었다. 아버지, 어머니, 형이 한 토막씩 먹었다.
어리고 젓가락질이 서툴렀던 나는 안 먹었다. 그것이 옹색한 살림에
도 불구하고 가족들에게 충분한 자양분을 공급하기 위한 어머니의
배려였는지, 하루빨리 가세를 일으키지 못하면 평생 은강에서 생선
뼈나 발라 먹으며 살아야 할 것이라는 무언의 협박이었는지는 알
길이 없었는데, 어쨌든 생선은 비리고 가시가 많았다. 세 토막이 딱
좋았다.

삐걱거리는 대문을 열고 나서면 세 갈래의 철길이 눈앞에 펼쳐
져 있었다. 서울과 은강을 잇는 국철의 상행선, 하행선, 그리고 화
물 열차가 오가는 선로였다, 라는 사실은 그로부터 백만 년 뒤에나
알게 될 일이었고, 당시의 내게는 세상의 중심으로 나를 데려다 줄
꿈의 통로로 보일 뿐이었다. 나는 매일 밤 세 번, 세 갈래 철길을 타
고 어딘가로 떠나는 꿈을 꾸었다.

그리고 어느 날 아침, 창문을 통해 비춰 오는 햇살을 바라보고 있었는데, 그것이 마침 세 갈래로 보이는 것이었다. 범상치 않은 일이었다. 3이 아무리 뜻깊은 숫자라 한들 하늘에 떠 있는 태양은 하나, 어찌 그 빛이 세 갈래로 나뉠 수 있단 말인가. 그 알 수 없는 조화는 나를 긴 명상에 빠져들게 했다. 그리고 마침내 한 가지 깨달음을 주었다. 나는 손뼉을 치며 몸을 일으켰다. 이제 세상으로 나설 때가 온 것이었다. 당시 내 나이 일곱 살. 인생에서 두 번의 3년기를 보내고, 세 번째 3년기를 맞이하는 나이였다. 나의 창을 두드린 세 갈래의 햇살은 그걸 일깨워 주는 것이었다. 그렇다면 마땅히 자리를 떨치고 일어나, 어깨를 펴고 큰길을 걸어야만 했다. 그리하여 언젠가 세상의 중심을 찾아 나설 힘을 길러야 했다. 그러자면 먼저 세 갈래의 철길을 두 발로 가로질러, 당당히 세상을 활보할 자격이 있음을 증명해야 했다.

당장에 대문을 박차고 나섰다. 철길을 따라 비춰 오는 빛을 따라 걷다 보면, 세상의 중심으로 가는 길도 찾을 수 있을 것이었다. 흐릿한 기억을 더듬어 보면 잠옷 차림 그대로였던 것도 같은데, 그런 건 상관없었다. 장부가 길을 걷고자 하는데, 감히 무엇이 그 발목을 잡아챌 수 있겠는가.

세 갈래의 철길은 고스란히 빛나는 강철의 빛줄기가 되었다. 열차가 지날 때마다 눈부신 빛의 입자들이 공중으로 비산했고, 두 팔 벌려 하늘을 우러르는 내게로 쏟아져 내렸다. 따뜻하고 황홀했다. 나는 두 팔을 벌린 채 걸었다. 그리고 고개를 들어 먼 곳을 바라봤다.

저 멀리 세 개의 검은 봉우리가 눈에 들어왔다. 길 떠난 모험가에겐 튼튼한 두 다리뿐 아니라, 가슴 설레는 목적지 역시 필요한 법. 기왕이면 눈에 잘 띄는 쪽이 좋을 것이었다. 언젠가 찾아갈 세상의 중심도 분명히 한눈에 알아볼 수 있는 곳에 있을 테니 말이다. 검은 봉우리들은 사실 인근 연탄 공장에서 사용할 석탄 가루를 적재해 둔 것들로, 마당의 빨래들을 검게 물들여 어머니의 이맛살을 찌푸리게 했던 검은 분진들의 근원지이기도 했다, 라는 사실 역시 백만 년 뒤에나 알게 될 일이었다. 게다가 내 발로 밟아 보지도 않은 곳을 들은 풍문을 근거로 판단해 버리는 것은 실로 세상에 대한 무례가 아니겠는가.

잠시 후, 내가 걷던 길 위에 누군가 등장했다. 셋이었다. 딱 좋았다!

모험을 떠난 자에겐 튼튼한 두 다리와 가슴 설레는 목적지뿐 아니라, 서로 어깨를 기댈 수 있는 동료들도 필요한 법. 더구나 세 명의 동료라면 더할 나위 없이 즐거운 여정이 될 것이었다. 그들이 동료로서 적합한지를 알아보려, 찬찬히 그들의 면모를 살폈다.

다른 두 명보다 머리 하나는 더 커 보이는 사내아이가 가운데, 사내아이의 왼편에는 신비한 미소를 지닌 계집아이, 오른편에는 꼬질꼬질한 손아귀에 과자들을 움켜쥔 키 작은 사내아이가 서 있었다. 나와 마주친 그들은 그대로 멈춰 버린 듯, 다른 어떤 행동도 할 기색이 없었다. 때문에 그들의 머리는 보기 좋은 삼각형을 그리고 있었다. 내 기분이 좋아졌음은 두말할 나위 없는 일. 마땅히 그들을 향해 환한 미소를 보내 주었다.

그 미소에 화답해 준 것은 신비한 미소를 지닌 계집아이였다.

"잠옷 차림으로 대로를 활보하다니. 그것도 두 팔 벌려 하늘을 우러르며. 남다른 기벽이 있는 것이냐, 아니면……."

그녀는 들어 올린 손가락을 자신의 관자놀이 부근에서 빙글빙글 돌렸다. 폭소가 뒤를 이었다. 그들의 웃음소리는 실로 유쾌하고도 통쾌했다. 한층 더 기분이 좋아진 나는 주저 없이 그들의 폭소에 동참했다. 그로 인해 그들이 만들어 낸 보기 좋은 삼각형이 나의 모험에 함께하게 되리라 생각했다.

"실로 광기가 하늘까지 뻗친 놈이로다!"

꼬질꼬질한 손의 사내아이가 한 움큼의 과자를 집어 던졌다. 별로 아프지 않았다. 그래서 난 그것을 일종의 환영으로 받아들였다. 그 역시 나와 같은 철부지, 호의와 환대조차 거칠고 험한 행동으로 나타낼 수 있는 나이였다. 내게 품은 뜻이 적의였다면, 아마도 아까운 과자 대신 돌멩이를 집어 던졌겠지.

나 역시 그들의 환대에 적절한 보답을 해 줘야 마땅하리란 생각이 들었다. 나는 양손을 벌린 채로 그들에게 다가갔다. 우등생이었던 형이 성적표를 받아 올 때마다 어머니가 취하던 행동이었다. 그럴 때면 형은 항상 약간은 쑥스럽게, 그러면서도 매우 밝게 미소 짓곤 했다. 당연히 그들 또한 기쁘게 미소 지을 것이라 생각했다. 그러나 나는, 그들 역시 나와 마찬가지로 성적표를 받아 본 경험이 없을 것이란 사실은 미처 헤아리지 못했다.

"이런 흉악한 자를 보았나! 감히 누구에게 음탕한 손길을 뻗는단 말인가!"

키 큰 사내아이가 내 가슴팍을 세게 밀었다. 그의 힘은 상당한 것이어서 나는 몇 걸음을 뒤로 밀려난 끝에 넘어지고 말았다. 나는 조금 억울한 기분이 들었다. 한 명은 내가 안기에는 너무 덩치가 커서, 또 한 명은 꼬질꼬질한 손 때문에 비위가 상해서, 그래서 적당한 체구에 위생 상태도 양호했던 계집아이를 안아 주려 했을 뿐이었는데 말이다. 몸을 일으켜 그에게 이의를 제기하려 했다. 하지만 나보다 머리 하나는 더 커 보이는 상대에게 선공을 당한 상태에서 상황을 호전시킬 만한 힘이 내게는 없었다. 나는 이내 다시 한차례의 공격을 받고 철로 변의 자갈밭에 흉하게 처박히고 말았다. 자갈에 쓸린 얼굴이 화끈거렸다. 곧이어 그는 민첩하게 몸을 날려 내 몸을 깔고 앉았다. 나는 반항 한번 제대로 해 보지 못한 채, 당시로선 세상에서 가장 거대해 보이던 주먹에 흠씬 얻어터지고 말았다.

첫 번째 모험에서 뼈저린 실패를 겪은 나는 눈물로 범벅이 된 채 집으로 돌아올 수밖에 없었다.

돌아오며 생각했다. 그래, 네 번째의 웃음이 실수였다, 그것은 마치 네 번째의 생선 토막과도 같은 것이었다, 네 번째의 철길만큼이나 쓸모없는 것이었다. 완벽한 화음을 이루고 있던 세 개의 웃음소리에 끼어든 소음에 불과한 것이었다. 네 번째로 웃은 자가 어찌 환대받을 수 있겠는가. 다음번에 같은 일을 겪게 된다면, 절대 네 번째로 웃지 않으리라.

그러나 다음번 기회는 기약할 수 없는 것이 되어 버리고 말았다.

어머니는 크게 탄식하며 나를 치료해 주고 보듬어 주었지만, 자상함 속에 감추어진 교활한 혓바닥으로 사태의 전모를 밝혀내는 것 또한 소홀히 하지 않았다. 어머니는 곧장 내 손을 잡아끌어 빠른 걸음으로 집을 나섰다. 어머니의 우악스런 손길에 매달려 가며 훔쳐본 철길에선 더 이상 부서지는 빛의 입자 따위는 찾아볼 수 없었다. 빛의 근원을 따라, 모험을 찾아, 미지와의 조우를 위해 가던 길을, 그저 팔이 빠지지 않기 위해 걸어야 했다. 그리고 잠시 후, 어머니와 나는 예의 세 사람과 마주하게 되었다.

"나의 소중한 혈육에게 폭행을 가한 자들이여. 너희들이 휘두른 무도한 손길의 결과를 똑바로 보아라. 내 이를 결코 용서치 않을 것이다. 도주 또한 용납할 수 없다. 목을 길게 빼고 얌전히 처벌을 기다려라!"

어머니는 그들을 윽박질렀고, 키 큰 아이의 귓불을 잡아끌고는 그의 집으로 향했다. 그리고 탕, 탕, 탕 대문을 두드렸다.

대문이 열렸을 때, 내 눈앞에 꽃밭이 펼쳐졌다. 대문에서 나온 가난한 아낙의 몸뻬 바지에 새겨진 문양들이었다. 그리고 꽃밭은 거대한 그림자에 덮여 있었다. 나는 본능적으로 고개를 들었다. 엄청나게 큰 머리의 그림자였다. 아낙은 은강의 거의 모든 가정주부들과 마찬가지로 뽀글뽀글한 파마 머리를 하고 있었다. 표정은 그림자만큼이나 어둡게 썩어 있었다. 어머니는 그녀의 얼굴을 똑바로 쳐다보며, 내게 가해진 야만적인 폭력에 대해 엄중히 항의했고, 책임 있는 사과와 변상을 요구했다. 그러자 꽃밭의 주인, 가난한 아낙은 고개를 숙이며, 조용히 읊조렸다.

"죄송합니다, 죄송합니다, 죄송합니다."

정확히 세 번. 가위바위보는 삼세판, 맛있는 신호등 사탕도 세 개, 동네방네 오락실을 가득 채운 갤러그의 비행기도 세 대, 그러니 참을 인 자 세 개면 살인도 면한다지 않던가.

그녀는 사과 방식은 실로 효과적인 것이었다. 더도 말고 세 번, 덜도 말고 세 번이면 누구도 그녀를 다그칠 수 없게 되는 법이었다. 어머니와 나는 더 이상 어찌할 도리가 없다는 것을 알 수 있었다. 세 번 죄송한 상대에게 무슨 말을 어떻게 더 하겠는가.

우리는 돌아섰다. 세 번 죄송했던 아낙은 여전히 고개를 숙인 채였다. 돌아서기 전, 나는 무심코 고개를 들어 그녀를 바라봤다. 내 눈에 비친 그녀의 표정에는 묘한 미소가 흐르고 있었다.

'아, 나는 비웃음을 사고 말았구나!'

우리가 완전히 돌아선 후에도, 그녀는 오래도록 고개를 들지 않았다. 아마도 멀어져 가는 나와 어머니의 등을 향해 세 번의 비웃음을 날린 후에야 고개를 들었을 것이다.

집으로 돌아온 나는 새삼 호된 꾸지람을 들어야 했다. 그러나 수치스러운 패배에 대한 질책이 아니었다. 허락 없이 대문을 나섰다는 사소한 과실에 대한 트집이었다. 그래서 나는 한없이 부끄러움을 느껴야 했다. 견딜 수 없는 수치를 당한 마당에, 책망의 이유마저 이처럼 엉뚱한 것이라니! 차라리 죽어 버리고 싶었다. 이제 더이상 철로 변의 세상으로 나설 수 없게 됐으니 말이다. 어머니의 말이 맞았다. 나는 세상의 중심으로부터 한참 비껴 난 곳에 주저앉아 있었던 것이다.

나는 변두리로 흘러들었다. 언제나 어두운 골목길 구석에서 혼자만의 흙장난에 몰두했다. 비웃음을 산 패배자는 초야에 묻혀 땅이나 갈아야 하는 법이었으니 말이다. 내게 겨누어졌던 세 번의 비웃음이 떠오를 때마다 크게 한숨을 내쉬었다. 평생 지워지지 않을 상처임에 분명했다. 그러나 어쩔 수 없다는 것은 알고 있었다. 이를 테면, 누군가의 가르침 없이도 체념을 배우고 익혔던 것이다.

그리고 변두리 어딘가에서, 나는 스승을 만났다.

스승은 어느 누구와도 무리 짓지 않은 채 홀로 있었다. 쭈그려 앉아 돌아가는 팽이만 뚫어지게 바라보고 있었는데, 흙을 헤집던 내 모습과 너무나 닮아 있었다. 그래서 어리석었던 나는 그 역시 비웃음으로 겨누어졌던 자일지 모른다는 오해 속에 그를 대면하게 됐다. 이를 동병상련이란 말로 표현할 수 있게 되기까지는, 역시 백만 년의 세월이 더 필요한 때였다.

"어때? 잘 돌지?"

내 쪽을 돌아보지도 않은 채 던져진 질문이었다. 나는 아무런 대답도 하지 못한 채 멍하니 서 있었다. 하지만 그는 대답을 기다리지 않았다. 그저 돌아가는 팽이만 바라보고 있을 뿐이었다.

그 모습은 내게 분명한 사실 한 가지를 일깨워 주었다.

대답하지 않아도 되는구나! 그래도 팽이는 잘도 도는구나!

내가 향했던 세 개의 봉우리도, 세 개의 빛줄기도, 어쩌면 예서 비롯된 것이겠구나!

팽이는 답을 구하지 않았다. 그저 돌 뿐이었다. 난 가장 올바른 대답을 할 수 있었다.

내 생애 어느 때를 돌이켜 봐도 유례를 찾아볼 수 없는 함박웃음.

이후로 스승과 나는 매일 만나, 함께 팽이를 돌렸다. 스승은 이 따금 물었다. "어때?" 나는 그저 웃었다.

스승은 팽이가 돌아가는 와중에도 많은 가르침을 베풀어 주었다.

　나를 쓰러뜨렸던 자는 투투란 별명으로 불리는 녀석이었다. 철로 변의 광폭한 지배자인 그는, 많은 이들에게 패배를 안겨 준 화려한 전력을 가지고 있었다. 참고로, 투투란 당시 인기 있던 만화영화에 등장하는 악당 두목의 이름이었다. 그는 별명에 어울리게도 큰 체격과 큰 주먹, 그리고 검은 피부와 들창코를 자랑하는 인물이었다.

　내게 과자를 던진 것은 투투의 오른팔 격인 징글이라는 녀석이었다. 별명에 어울리게도 더럽기 짝이 없는 걸로 유명했는데, 제 딴에는 그걸 큰 무기로 알고 지내는 녀석이었다. 누군가와 시비가 붙기라도 하면, 침을 뱉고 도망치는 짓도 서슴지 않았다.

　신비로운 미소를 지닌 계집아이는 투투의 여자였다. 양가 부모의 동의하에 결정된 것인지는 확인할 길이 없었지만, 어쨌든 둘은 장래를 기약한 사이라고 했다. 그래서 투투는 그녀에게 접근하는 자는 어느 누구도 용서치 않는 것으로 자신의 사랑을 증명해 왔다. 때문에 그녀의 모든 인적 사항은 베일에 싸여 있었다.

　그러나 이미 내게는 팽이만이 세상의 전부였다. 투투도, 징글이도, 베일에 싸인 여인도 중요하지 않았다. 단지 돌아간다는 단순한 사실만으로 우리의 마음을 온통 사로잡아 버린 팽이 말고 무엇이 내 관심을 끌 수 있었겠는가.

　팽이를 알아 가는 과정은 온전히 기쁨만으로 충만한 것이었다. 힘이 다해 쓰러져 가는 팽이를 끈으로 후려쳐서 바로 세우는 것, 힘차게 돌아가는 팽이 위로 모래를 끼얹으며 그 화려한 비산을 관찰하는 것, 끈을 두 겹으로 겹쳐서 돌고 있는 팽이를 들어 올리는 것, 들어 올린 팽이를 손바닥에 올려놓고 묵직한 간지러움에 깔깔거리는 것, 물이 고인 웅덩이에 팽이를 돌리며 거친 파문을 바라보는 것······. 무엇 하나 허투루 넘길 수 없는 신비로운 경험들이었다. 우리는, 다른 아무것도 하지 않은 채 평생 팽이만 돌리며 보낸다 해도, 인생은 너무나 즐거울 것이란 당연한 사실에 대해, 아무런 논의 없이도 의견 일치를 볼 수 있었다.

나는 더 이상 패배자가 아니었다. "어때, 잘 돌지?", 스승은 물었고, 나는 웃었다. 우리는 거룩한 회전을 추구하는 수도자들이었다. 팽이와 맞닿은 작은 한 점이 세상의 중심임에 의심을 품지 않았다. 팽이 아닌 그 무엇도 필요치 않았다. 어머니의 진절머리 나는 노랫가락도, 마침내 등장한 네 번째 생선 토막도, 세 번의 비웃음이 남긴 지워지지 않을 상처도, 더 이상 신경 쓰이지 않았다. 힘차게 도는 팽이와, 친구에게 지어 줄 해맑은 미소만으로도 충분히 행복할 수 있는 시절이었다.

그러나 가혹한 세상은, 언제까지나 환한 미소로만 살아가도록 우리를 내버려 두지 않았다.

그해 여름이 끝나갈 무렵, 골목 곳곳에서 팽이가 돌기 시작했다. 나와 스승의 전례를 따른 것일 수도 있었고 아이들 특유의 변덕으로 인한 일시적인 유행일 수도 있었지만, 어쨌든 팽이들은 골목 여기저기서 잘도 돌았다.

당연히 나는 후자의 가능성이 높다는 견해를 가지고 있었다. 그들을 매혹시킨 것은 그저 빠른 회전에 내재된 흉포함이었기 때문이다. 그들은 서로의 팽이를 쓰러뜨리기 위해서만 그 회전을 이용했다. 상대방의 것에 대해 일말의 주저도 없이 폭력을 가했고, 승부가 결정되고 나면 아무 미련 없이 팽이의 회전을 살해했다. 어리석고 천박한 모습들이었다. 그 거룩한 회전을 마주하면서도 손톱만큼의 깨달음도 얻지 못한 것이었다.

그리고 웃자란 나뭇가지가 늘어져 뿌리를 겨누듯, 그들의 난폭함은 끝내 우리를 향하고야 말았다.

"승자가 패자의 것을 차지함은 더없이 정정당당한 일이다."

일말의 친분도 없었던 두 집단 사이의 거리를 좁히기 위해 덧붙여졌던 모든 부수적인 말과 행동들을 생략하고 나면, 투투란 녀석이 한 말은 이게 전부였다. 그의 말이 끝나기도 전에, 정확히는 그가 접근한 목적이 무엇인지 짐작할 수 있게 된 순간, 강렬한 거부감이 머릿속을 가득 채웠다.

'한 점에 의지해 지구의 중심을 겨누는 것이 팽이의 진면목이다. 너희들이 한낱 유희를 위해 밀어 대는 그곳에 팽이의 영혼이 존재한다는 사실을 어찌 모르는가. 너희의 품 안에서 팽이는 그저 조잡한 합성수지와 정체불명의 금속들로 이루어진 싸구려 아동용 완구가 되어 버릴 뿐이로구나. 통탄할 따름이다. 어찌 너희는 그 거룩한 회전에 참람된 손길을 가하려 하는가. 부끄러움을 알고 겸허히 물러나 고개 숙여 참회할 일이다. 우리 앞에서 썩 물러가라!'

입속에 맴돌던 말들. 하지만 한마디도 입 밖에 낼 수 없었다. 투투의 인상이 그만큼 험악하기도 했고, 투투의 무리들은 그새 일곱 명의 대인원이 되어 있었던 것이다. 그러나 내가 뭐라 입을 열기도 전에, 스승이 해맑은 미소와 함께 고개를 끄덕였다는 것이 무엇보다 가장 큰 이유였다.

짧은 순간이나마 떨쳐 낼 수 없는 의구심에 사로잡혔다. 한 계절을 온통 팽이로 충만하게 만들었던 해맑은 나의 친구는 어찌하여 이토록 무도한 도발에 응하는가. 과연 그의 가슴속에 심어진 거룩한 회전을 마주함에 있어, 일말의 거리낌도 없는 결정인가. 그러나 나는 친구의 해맑은 미소를 믿을 수밖에 없었다. 그것이 나로 하여금 더욱 입을 다물게 했다.

최소한 투투에게 정당한 경로를 통해 팽이를 빼앗길 우려는 없었으니까.

우리는 그들에 비해 압도적으로 오랜 연륜을 가지고 있었다. 대부분의 다른 일들과 마찬가지로 팽이 역시 연륜이 실력을 결정했다. 따라서 실력만으로 정당하게 대결한다면 우리가 승리하는 것이 너무도 당연했다. 그러나 정당치 못한 경로까지 고려해 본다면 꼭 그렇지만은 않았다. 투투라는 녀석은 철로 변의 지배자였고, 나나 스승보다 머리 하나쯤은 더 컸으며, 결정적으로 더 많은 친구들과 함께였다. 그들이 얼마나 진실된 우정으로써 맺어졌는지야 알 수 없는 노릇이었지만, 일곱 명이 두 명을 무자비하게 구타하는 일에 우정까지 들먹일 필요는 없었다. 마음먹는 것만으로도 충분히 가능했다.

의도적인 패배를 결심할 수밖에 없는 형편이었다. 정당성이 아닌 가능성으로 승리를 거머쥐는 일은 정의롭다고까지는 할 수 없어도 평화로운 해결 방식인 것만은 분명했고, 가능성은 그들의 편이었다. 해맑은 미소를 가진 나의 친구와, 투투의 무리들과, 은강의 골목길과, 우리가 살아가는 세계, 모두를 생각할 때 그편이 한결 나았다.

그러나 생각이 너무 길었다. 패배를 결심했을 때는 이미 스승과 투투의 팽이가 첫 번째 격돌을 위해 지면을 미끄러지며 서로에게 접근하고 있었던 것이다. 나는 숨을 들이쉬며 큰 걸음으로 물러나야 했다. 공정한 시합을 위한 공간을 만들어 주려는 것처럼 보이는 행동이었지만, 실상은 내 머릿속을 스쳐 지나가는 불길한 예감으로부터 조금이라도 멀어지려는 무의식적인 반응일 뿐이었다. 어떤 일이건 일정한 수준에 도달하면 굳이 목격하지 않아도 결과를 짐작할 수 있게 되는 법이다. 그래서 나는 두 눈을 질끈 감아 버렸다. 아이들의 아쉬운 탄성이 들려왔고, 씩씩거리는 투투의 목소리가 뒤를 이었다. 모든 것이 예상대로였다.

"기뻐하긴 아직 이르다. 무릇 장부라 함은 세 번 싸워 두 번은 이긴 다음에야 승리의 함성을 지르는 법이다. 네게 삼판양승을 제안하겠다. 진정 사내라면, 다시 팽이를 잡아라."

나는 눈을 뜨지 않았다. 투투가 '오판삼승'을 외치기까지 그리 오랜 시간이 걸리지 않았기 때문이었다. 스승과 투투의 대결이라면, 몇 번의 승리를 조건으로 걸어도 소용없는 일이었다. 백 번이면 백 번, 천 번이면 천 번, 무조건 스승의 승리가 될 테니까. 역시 아이들의 탄성이 들려왔다. 투투는 아무 말도 없었다. 7을 2로 나누는 일에 어려움을 느낀 것일 수도 있었고, 세 번이나 져 버렸기에 역전의 가능성이 없다는 것을 알아챘기 때문일 수도 있었다. 물론 전자일 가능성이 더 높았지만 후자의 가능성 역시 무시할 수는 없는 것이었다. 그러나 어찌 됐든, 투투의 억지스러운 승부욕을 잠재운 3은 역시 뜻깊은 숫자였다. 그러나 우리에겐 다른 형태의 도발이 남아 있었다. 내 예측에서 한 치도 벗어나지 못한 비열한 방식의 것이었지만, 물리적인 측면에서 볼 때, 팽이의 회전보다는 한결 위험했고 충분히 비극적인 상황을 야기할 가능성을 지닌 것이었다. 그리고 투투라는 녀석은 가능성만 있다면 무엇이든 저지르고 보자는 성격의 소유자였다.

"나는 보았다. 조금 전 팽이를 밀던 너의 손가락! 나의 팽이는 그 손가락이 펼친 비겁한 암수에 당한 것이다. 반칙이다! 승리를 내게 넘겨라."

하지만 스승은 웃었다. 소리 없는, 환한 미소. 여느 때와 마찬가지였다. 단지 그의 입가에 걸린 비웃음을 제외한다면.

"웃·었·단·말·인·가!"

으르렁거리는 목소리. 투투의 크고 두툼한 손바닥이 단호하게 뻗어 나왔다. 이미 당해 본 경험이 있던 나는 그의 방식을 잘 알고 있었다. 몸으로 배운 것은 잊어버리지 않는 법이니까.

그의 가장 강력한 무기는 또래에 비해 압도적으로 큰 몸집이었다. 얼핏 보기에는 손바닥을 뻗는 것처럼 보였지만, 실제로 그가 뻗어 내는 것은 자신의 엄청난 체중이었다. 그것을 이겨 내지 못하고 뒤로 물러서게 된다면, 혹은 넘어지고 만다면, 이내 눈앞에 벗어날 수 없는 암흑의 장막이 드리워지는 것이었다. 투투의 거대한 몸집이 시야를 가려 버릴 때 벌어지는 현상이었다. 그렇게 어둠 속에서 비틀거리다 보면, 혹은 발버둥 치다 보면, 어느새 자신의 몸 위에 올라앉은 투투의 험악한 눈길과 푸짐한 주먹세례를 온몸으로 받아 내야만 했다. 마지막 몸부림마저 완전히 사라질 때까지 투투의 주먹질은 멈추지 않았다. 그리고 몸을 일으킨 뒤에는 곧장 화려한 발길질을 선보이곤 했다. 실로 단순하고 거칠었지만 무척이나 효과적이기도 했다. 어찌 보면 그 효율적인 몸놀림에서 아름다움마저 느껴질 지경이었다.

그러나 그 밑에 깔릴 운명에 처한 것이 해맑은 미소를 가진 내 유일한 친구라면?

가슴 한구석이 선뜩했다. 농담으로라도, 아니 투투가 목을 조르며 말할 것을 강요한다 해도, 결코 아름답다고는 할 수 없는 모습일 터였다.

그러나 해맑은 나의 친구는 투투의 매서운 공격에도 밀려나지 않았다. 온몸의 체중을 앞쪽으로 쏟아부으며 일격을 견뎌 냈던 것이다. 그리고 여전히 미소 짓고 있었다. 투투는 으르렁거리며 다시 손을 뻗었다.

"방자한 녀석. 정녕 내게 맞설 참이냐!"

스승은 이를 악물고 다시 한 번을 버텨 냈다. 두 번의 공격이 무위로 돌아가자 투투의 기세는 더욱 험악해졌다.

"이제 승리는 필요 없다. 네 목숨을 내놓아라!"

"그럼 가져가든가!"

스승의 외침이었다. 그리고 세상의 모든 소리가 사라졌다.

세 번째 공격은 앞의 두 번보다도 한결 강했다. 실제로 스승은 한 걸음을 물러설 뻔했다. 투투는 자신의 공격이 거둔 효과에 기뻐하며, 뛰어들기 위해 약간 몸을 움츠렸다. 하지만 확고한 자신감을 잃어버린 탓이었는지 그의 움직임에는 평범한 이들로선 알아채기 힘들 정도의 짧은 망설임이 있었는데, 그 찰나의 틈새를 노리고 스승이 움직였다. 움직임은 종합적이었다. 우선 물러선 뒷발을 힘껏 박차며 달려 나가듯 몸을 앞으로 기울였고 동시에 한 손을 크게 휘둘렀다. 손에는 쥐고 있는 물건이 있었는데, 당연히 팽이였다. 모든 동작이 끝나고 소리들이 사라지기 전, 우리 모두는 사기그릇이 깨지는 것과 비슷한 소리를 들을 수 있었다. 투투의 머리에서였다. 소리는 작았지만, 지극히 선명했다.

골목을 뒤덮은 침묵과 경악에 찬 투투의 표정. 가슴속에서 무언가 벅찬 것이 솟구쳐 오르려 하고 있었다. 그리고 스승은 역시 과감한 태도로 손을 회수했다.

"싫으면 말고."

스승이 손을 회수하는 순간, 역시 아주 작게 뽁 하는 소리가 들렸다. 투투의 머리로 바람이 새어 들어가는 소리였다. 아이들의 눈이 팽이만큼이나 커졌다.

그러나 사태는 크게 변한 것이 없어 보였다. 팽이에 뚫린 투투의 머리에서는 한 방울의 피도 흐르고 있지 않았던 것이다. 아이들은 이내 여유를 찾았다. 자신들의 우두머리가 불의의 일격을 당했지만 그다지 치명적인 상처를 입은 게 아님을, 한층 더 격렬한 분노를 불태우며 더 잔인하고 더 포악한 공격을 준비하고 있음을 눈치챈 것이었다. 나와 스승을 옥죄어 오는 광포한 기세에 주변의 공기마저 무거워질 지경이었다. 폭우를 앞둔 날씨처럼 무겁게 우리를 짓눌러 오는 공기에 오금이 저려 오기까지 했다. 손끝 하나 까딱할 용기도 내기 힘들었다. 시선을 돌려 스승을 바라보는 데에도 젖 먹던 힘까지 다 쏟아부어야 했다. 그러나 야속하게도 스승은 무표정했다. 온몸의 힘이 다 빠져나가는 것 같았다. 다시 앞을 바라봤다. 공포와 실망과 체념이 가슴속에서 버무려져 요동치고 있었다. 그런데 이상했던 것이 여전히 한구석에선 벅찬 기운이 느껴지는 것이었다.

혼란스러웠다.

저들은 저리도 난폭한데, 우리는 이리도 떨고 있는데, 저들은 저리도 많은데, 우리는 이리도 적은데, 저들은 저리도 거대한데, 우리는 이리도 왜소한데……. 이 벅찬 기분은 도대체 무엇이란 말인가.

곧 이어, 기적이 일어났다.

앞뒤를 따져 순서대로 기술하자면 다음과 같다.

· 머리에 꽂혀 있던 팽이를 회수.

· 빠른 속도로 유입되는 공기 : 기압이 출혈을 억제하다.

· 투투의 혼란 : 피가 나지 않음.(단순한 기쁨) 머리에 구멍이 남.(단순한 분노)

· 기압과 혈압의 역전 : 원인은 격한 감정. 적지 않은 피가 흘러나옴.

· 삼투압 작용 : 투투의 더벅머리 속 땀과 먼지들이 피를 흡수, 피는 땀보다 진하다!

· 대자연의 법칙 : 액체는 항상 높은 곳에서 낮은 곳으로!

· 피투성이 소년 : 유혈 낭자한 공포물 애호가가 아니라면 쳐다보는 것조차 무리.

· 결론1 : 공포로 물들어 가는 아이들, 울먹거림과 뒷걸음질.

· 결론2 : 스승의 싸늘한 미소.

나는 폭발적으로 웃어 대기 시작했다. 아이들은 주저 없이 몸을 돌려 달아나기 시작했다. 철로 변의 세상이 광기에 휩싸여 갔다. 미친 듯이 떠들고 싶었다. 입속에서 맴돌기만 했던 음성들이 일렬로 늘어섰다. 나는 알 수 있었다. 내게 생명을 준 자는 부모였으나, 내게 소리 높여 외칠 권능을 준 자는 스승이었음을, 나는 확실히 알 수 있었다.

나는 사납게, 유쾌하게, 소리 높여, 부드럽게, 열정적으로, 구슬프게, 맥락 없이, 냉정하게, 횡설수설하며, 상냥하게, 노래하듯, 또박또박, 뜬금없이, 논리 정연하게, 목청껏, 촉촉하게…… 웃었다. 무너져 내리는 투투의 거구를 바라보며.

그리고 오직, 오―직 스승만이 오만하게 턱을 쳐들고, 당신을 우러르는 투투를 굽어 살피고 계시었다. 스승은 한 점에 의지하여 만인의 공포를 겨누었던 것이다. 그 한 점이 세상의 중심이란 것은, 굳이 설명할 필요조차 없는 일이었다.

많은 시간이 흐른 뒤, 인연의 끈이 잠시 끊어진 날까지, 그는 나의 친구이자 스승이었고 철로 변의 지배자였다. 몇 차례 도전이 있기도 했지만 가슴 졸일 필요 없는 승부들을 하나하나 소개하는 것은 전적으로 시간 낭비.

그저 스승의 친구로 보낸 세월은 마치 나 자신이 세상의 중심에 서서 만인을 내려다보는 것처럼 가슴 벅찬 경험이었음을, 덧붙여 이후의 삶에까지 크나큰 영향을 미쳤다는 사실만을 밝혀 두기로 하겠다.

餘談 _{여담}

사랑이 위험한들
어리석기야 하겠는가

어떤 도로라도 한군데쯤은 정체를 겪는 지점이 있게 마련이다. 난데없이 통행량이 급증한다거나, 병목 지점을 만난다거나, 아니면 사고 처리가 늦어져 교통이 통제된다거나.

중학교에 진학할 무렵의 내 삶이 꼭 그러했다.

우리 가족이 이사를 한 탓이었다.

새로운 보금자리는 은강 시내가 한눈에 내려다보이는 탁 트인 전망을 자랑하는 고층 아파트였다. 그동안, 아버지는 서울 소재의 작은 사무실을 얻어 다시 사장님이 되어 있었다. 우등생이었던 형은 모두의 기대대로 서울 소재의 명문 대학에 진학해 졸업을 앞두고 있었다. 서울 소재의 아파트를 구입하고 말겠다던 어머니의 계획 말고는 모든 것이 순조로웠다.

좋은 환경이었다. 조금이나마 풍요로움도 누릴 수 있었다. 나의 두 번째 세계는 꽤나 풍성한 곳이었다.

하지만 스승의 곁을 떠나와야 했기에 내 삶은 귀성길의 상습 정체 구역마냥 지지부진한 것이 되어 버리고 말았다. 그 첫 번째 증세로 나는 내성적인 소년이 되어 갔다.

학교 생활은 무미건조했다. 스승에 비해 한결 격이 떨어지는 선생들은 내 능력에 비해 한결 수준 높은 내용들을 우격다짐으로 머릿속에 쑤셔 넣었다. 정이 가지 않는 친구들과는 친분도 갈등도 생기지 않았다. 모든 것이 우습고 하찮게만 여겨졌다.

나는 내성적이고 냉소적인 소년이 되어 갔다. 사춘기였을 가능성이 높았다.

그리고 아파트의 진입로 어딘가쯤에서, '그녀'와 마주쳤다. 실로 인생의 봄날인 사춘기에 불어닥친 거센 황사 바람처럼 인상 깊은 마주침이었다. 요리 보고 조리 봐도 영락없이 내 또래였는데, 아름다웠다. 어느 정도였는가 하면 절대 우연한 마주침이라고는 인정할 수 없을 정도였다. 영화 「라 붐」이 상영되고 있는 스크린에서 소피 마르소가 빠져나와 내 앞에 서 있다면 꼭 그런 모습일 것 같았다. 그녀를 처음 본 순간, 내 심장은 터질 듯이 두근거렸다. 42.195킬로미터를 완주한 마라토너의 심장이 꼭 그와 같이 뛰었을 것이다.

그로써 나는 내성적이고 냉소적인, 그러나 사랑에 빠진 소년이 되었다.

하지만 나는 사랑을 표현할 방법에 대해 배운 바가 없었다. 같은 아파트에 살고 있었기에 원한다면 얼마든지 우연을 가장해 마주칠 수도 있었겠지만 도저히 용기를 낼 수 없었다. 편지도 여러 통 써봤지만 그녀에게 전해졌다면 오히려 역효과를 불러왔을 조악한 문

장들의 나열에 불과했다. 매일 밤 전하지 못한 편지들이 내 방 휴지
통 속으로 던져졌다.

그리하여 나의 첫사랑은 이룰 수 없는 사랑이 되어 버리고 말았다.

때마침 형은 부모님께 정식으로 소개시켜 드리겠다며 자신의 여
자 친구를 집으로 데리고 왔다. 입이 떡 벌어질 일이었다. 샌님처럼
골방에만 틀어박혀 책이나 끌어안고 허송세월해 온 줄로만 알았는
데 무슨 재주로 여자 친구씩이나 사귀었던 것일까. 실로 놀라운 일
이었다. 그리고 형의 여자 친구가 아파트 진입로의 그녀 못지않은
엄청난 미인임을 확인하고 나서는 다시 한 번 놀랐다. 도대체 내가
형보다 잘난 게 뭘까, 하나라도 있기는 있나, 고민에 사로잡힐 수밖
에 없었다. 그리고 없다, 라는 결론과 함께 내게는 극심한 복통이
찾아들었다. 오래 지속되고 갈수록 심해지는 통증이었다. 그리고
조금이라도 가라앉을 조짐이 보이기만 하면 다시 형의 여자 친구가
집을 방문해 배 아픈 기억을 상기시켰다. 본격적으로 혼담이 오고
간 탓이었다. 나는 매번 창자가 끊어져 나갈 듯한 고통 속에서 식은
땀을 흘렸는데, 그래도 형은 여자 친구와 함께 싱글벙글 웃고만 있
었다. 급기야 형의 결혼식을 며칠 앞두고 나는 응급실로 실려 가는
신세가 되고야 말았다. 맹장염이라는, 의사들의 근거 없는 주상이
있었지만 나는 진실을 알고 있었다. 그것은 이루지 못한 사랑의 상
처를 형의 로맨스가 들쑤시면서 생겨난 사랑의 열병이었다.

병상에 누워 곰곰이 생각했다. 과연 내가 마음속에 간직한 사랑
을 이뤄 낼 수 있을까? 아니, 이루는 건 둘째 치고, 간절한 마음이
라도 한번 전해 볼 수 있을까?

답할 수 없는 질문이었다. 나는 내성적이고 냉소적이었으며, 사랑에도 미숙한 소년이었으니까. '아니'라는 게 너무나 뻔하지 않은가 말이다. 절대 답할 수 없었다. 더구나 나는 환자였다. 그것도 배를 갈라 내부 장기의 일부를 잘라 낸, 절대 큰 소리로 웃거나, 소리지르거나, 갑작스레 움직여선 안 될 환자였다.

슬픈 눈빛으로 병실의 천장을 바라보고 있자면 가끔 눈물이 흐르기도 했다.

사랑의 열병으로는 사람이 죽지 않는다는 사실을 알게 된 것은 그로부터 며칠이 지난 뒤였다. 수술 부위에서 실밥을 뽑아내며 사랑을 이루지 못해도 이렇게 몸 건강히 살 수 있다는 사실을 알게 됐고 그것이 나를 견딜 수 없이 고통스럽게 만들었다. 이처럼 엄청난 고통으로도 죽지 않는 게 인간이라면, 언젠가 찾아올 나의 죽음은 얼마나 더 고통스러울 것인가. 눈앞이 깜깜해졌다.

그러니 살아야지, 목숨이 끊어지는 바로 그 순간까지 아등바등 발버둥 쳐야지, 일분일초라도 죽음을 늦출 수 있다면, 고통을 미룰 수만 있다면, 영혼이라도 기꺼이 팔아 치워야지, 그래야지, 다짐하고, 다짐하고, 또 다짐했다.

그리고 어느 날 갑자기 내 인생에 나타났던 그녀는 소피란 이름의 파리지엔느가 되어 내 일기장의 주인공으로 다시 태어났다. 일기장은 오직 나만의 것. 아무리 간절한 마음을 적었다 한들 그녀에게 보여 줄 순 없었지만, 어쩔 수 없었다. 나는 내성적이며 냉소적일 뿐 아니라 사랑을 속삭이는 일에 미숙했으니까. 그녀를 편지의 주인공으로 삼을 용기는 도저히 나지 않았으니까.

44

힘겹게 사춘기의 열병을 견뎌 내는 와중에 정 붙이기 힘들었던 중학 생활은 쏜살같이 지나가 버렸다.

'은강에서는 말이야, 누구나 뜨거운 봄을 보내게 마련이야. 봄이 오면 황사 바람이 휙, 하고 불어오거든.'

언젠가 은강을 떠나게 된다면, 그럼에도 불구하고 죽이 잘 맞는 친구를 만나게 된다면, 반드시 이 말을 해 주리라 다짐하며, 합격 여부를 가리기보다는 중학생들이 놀고먹는 꼴은 죽어도 볼 수 없다는 어른들의 고약한 심보에 의해 고안된 것이 분명한 고입 시험을 준비했다.

내가 다니게 된 고등학교는 은강의 이름을 차지한 곳이었다. 또한 완전 평준화 지역이었던 은강시의 인문계 고등학교들 중 유일한 남녀공학이기도 했다. 그래서 부모들은 꺼렸지만, 아이들에겐 은근히 기대를 품게 해 주는 곳이었다.

은강 고등학교는 말도 안 되게 넓은 부지에, 역시 말도 안 되게 많은 학교들이 들어선 재단의 한구석에 자리 잡고 있었다. 재단 안에는 한국 땅에서 받을 수 있는 모든 교육 과정을 아우르는 각종 학교들이 있었다. 그런 관계로, 경우에 따라서는 유치원부터 대학교까지를 모두 그 안에서 마칠 수도 있었다. 실제로 오랜 세월을 은강에서 살아온 토박이 집안들만을 대상으로 조사한다면, 그런 인물을 찾아내는 것이 그리 어려운 일도 아니었다.

재단의 설립자는 퇴역한 장군이었다. 그는 전설적인 전쟁 영웅이었고, 군인들이 나라를 다스리던 시절에는 정부의 요직을 전전하던 권력자이기도 했다. 은강 재단은 이른바 노장군의 필생의 역작인 셈이었는데, 그가 하고많은 도시들 중에 왜 은강을 선택했는지, 하고많은 일들 중에 왜 학교 설립에 관심을 가졌는지에 대해서는 전혀 알려진 바가 없었다. 다만 은강에 관련된 몇 안 되는 전설적 인물들 중 노장군이 반드시 포함되리란 것만은 확실했다.

재단이 생긴 것은 내가 입학할 당시로부터 약 20여 년쯤 전이었는데, 비교적 근래의 일이었음에도 숱한 전설들이 전해 오고 있었다. 재단이 자리한 곳은 원래 붉은 고개라 불리던 은강의 대표적인 빈민촌이었다고 한다. 그런데 신기하게도 노장군은 아무런 방해도 받지 않고 공사를 해내고야 말았다. 성실한 뉴스 시청자들이라면 알 것이다. 판자촌 한곳을 정벌하기 위해 얼마나 복잡한 일들이 벌어져야 하며, 또 얼마나 많은 이들이 다쳐야 하는지를. 실로 전설의 반열에 오르기에 부족함이 없는 일이었다.

일설에 따르면, 붉은 고개의 지세가 심상치 않음을 눈치챈 노장군이 품 안에서 몇 장의 부적을 꺼내 불사르자 하늘과 땅에서 수많은 요괴들이 나타나 집과 사람들을 집어삼켰다고 한다. 그 증거로 은강 어디에도 자신이 붉은 고개의 주민이었음을 고백하는 이는 없었다. 다른 일설에 따르면, 노장군이 지니고 있던 지팡이로 땅을 내리치며 진언을 외우니 팬 곳은 솟고, 솟은 곳은 꺼져 내림에, 주민들이 황망히 겁을 내며 도망쳐 버렸다고도 한다. 실제로 재단의 외벽은 까마득한 절벽처럼 되어 있어 몰래 담이라도 넘으려면 목숨을 걸어야 할 정도로 아득했다. 그 외에도 노장군이 군에 남아 있던 절친한 후배들의 도움으로 특공대를 투입시켜 주민들을 끌어냈다는, 혹은 포크레인으로 마을 주변을 모조리 깎아 내자, 대문 앞에

낭떠러지를 두고는 도저히 살 수가 없다, 비겁한 변명만을 남긴 채 주민들 스스로 떠나 버렸다는, 믿기 힘든 소문들도 함께 전해 오고 있었다. 어떤 게 사실인지야 알 길이 없었지만, 어쨌든 학교 건물들은 위풍당당하게 서 있었고 은강의 주민들 중에도 붉은 고개를 기억하는 이는 드물었다.

여전히 내성적이고 냉소적인, 그러나 이룰 수 없는 사랑에 빠진 소년이었던 내가 고등학교 배정표를 받던 날을 추억하자면, 참으로 기가 막히는 경험이었다고밖에 달리 할 말이 없다. 서울 소재 명문 대학의 졸업생이었던 형은 은강 고등학교의 난폭하고 권위적인 선배들과 4년제 고등학교라 불리는 게 마땅한 형편없는 대학 진학률에 대해 열변을 토했다. 서울 소재의 아파트를 소유하는 것이 현실적으로 어려워졌음을 인정하고 열성적인 부녀회 회원으로 변신한 어머니는 은강 유일의 남녀공학인 그곳에서 벌어지곤 한다는 입에 담기에도 낯 뜨거운 일들에 대한 소문들을 주워섬겼다. 가난한 집안 사정으로 인해 눈물을 삼키며 대학 진학을 포기해야 했던 지난날의 학력 우수자인 아버지는 말없이 혀를 차며 우려를 표명했다. 나는 그저 씁쓸한 미소를 지을 수밖에 없었다. 내가 다니게 될 학교가 그런 곳이었다니! 물론 의구심도 지울 수 없었다. 대한 녹립 이전에나 유행했을, 군대 내무반을 방불케 하는, 무시무시한 선후배 관계와, 남북통일 이후에도 세상을 한두 번쯤 가볍게 뒤집어 놓을 법한 급진적인 자유 성애 주의에 물든 학교가 실제로 존재한다는 말인가? 만일 그것이 사실이라면, 과연 그곳에서 내가 어떻게 처신해야 할까? 다른 학교들과 다를 것도 없는데 괜히 호들갑들을 떠는 건 아닐까? 입학과 동시에 해결될 쓸데없는 고민에 사로잡힌 나는, 고교 과정 선행 학습을 위해 다니던 학원에 앉아서도, 10대다운 감수성을 키우고자 꼬박꼬박 심야 라디오 프로를 챙겨 들으면서도, 고민을 떨쳐 낼 수 없었다. 그래도 시간은 잘도 갔다. 눈 깜짝할 사이에 예비 소집, 배치 고사, 입학식이 지나가 버렸고, 나는 은강 고등학교의 학생이 되었다. 그리고 모든 걱정들은 눈 녹듯 사라져 버리고 말았다.

정상 수업이 시작되는 첫날, 아파트 단지 앞의 버스 정류장에서 한 여인을 발견했던 것이다. 그녀는 바로 내 일기장의 주인공, 소피라는 이름의 파리지엔느였다. 나는 몇 번이나 눈을 비비며 다시 확인했다. 그녀와 나는 은강 재단을 제외하면 어떤 학교도 경유하지 않는 시내버스를 함께 기다리고 있었다. 대한 독립 따위, 남북통일 따위, 은하계 저편, 안드로메다 너머의 우주 먼지들 사이로 날아가 버렸다. 마치 블랙홀 속으로 빨려 들어간 듯, 흔적조차 남지 않았다. 그저 안개 낀 세느 강변의 산책로처럼 변해 버린 정류장 주변의 정취와 눈부시게 아름다운 그녀의 자태만이 내 시야와 머릿속을 가득 채울 뿐이었다.

신중한 미행의 결과로 나는 그녀가 한 학년 위의 선배라는 사실을 알아낼 수 있었다. 너무나 기뻤던 나머지 하마터면 나와 같은 교실의 맨 뒷자리에 앉아 있던 스승의 모습은 발견하지도 못할 뻔했다. 하지만 스승은 내가 교실로 들어서자마자 번쩍 손을 들어 자신의 존재를 알려 주었다. 나는 은강 고등학교가 사실은 두 번 다시 만날 수 없는 축복의 공간이었음을 확신하게 되었다. 예비 소집, 배치 고사, 입학식 때에도 보이지 않던 스승이 하늘에서 뚝 떨어진 듯 저곳에 앉아 있다니!

열병에 시달려 시들어 있던 나와 달리, 스승은 3년 동안 몰라보게 자라 있었다. 교실 뒤쪽의 구석 자리에 대해 정당한 소유권을 주장하기에 조금의 부족함도 없는 모습이었다. 그는 입학을 앞두고 모종의 불미스러운 사태에 휘말리는 바람에 일련의 행사들에 참석할 수 없었다고 했다. 하지만 더 이상의 불미스러운 사태는 없을 것이라 선언하며 다음과 같이 말했다.

"그동안 내가 철이 좀 없었다. 그래서 말인데, 나도 이제 공부라는 걸 조금 해 볼까 싶어. 고등학생 되고 나서도 싸움질이나 하고 다니면, 아버지가 호적에서 파 버린다 그러셨거든. 작년에 집도 샀는데 족보에 이름은 남겨 둬야 아버지 돌아가신 뒤에 내 집 될 거 아니냐. 너도 특별한 계획 없으면 나랑 같이 공부나 하자. 그동안 하도 놀러만 다녀서 같이할 사람 없으면 의자에 엉덩이 걸칠 엄두도 안 나거든. 친구 좋다는 게 뭐냐. 좀 도와주라."

나는 두말할 나위 없이 고개를 끄덕였다.

중학교 시절 학원가를 호령하며 무수한 전설을 남겼지만, 지나치게 혈기가 왕성했던 탓에 소년원 문턱까지 가 본 적도 있다는 스승은, 이제 부모의 기대에 부응하는 것을 목표 삼아 살아 보겠다고 했다. 그의 부모는 스승이 '법대'로 가서 '법대로' 사는 것을 간절히 원했다. 덧붙여, 스승은 어느 누구도 자신을 귀찮게 하지 못할 것이며 자신 역시 누구 하나 건드리지 않겠다고 했다.

나의 세 번째 세상이 열리는 순간이었다. 이전의 둘에 비해 몇 배는 더 아름다웠다. 정말이지, 세 번째가 딱 좋았다.

나는 연극부의 신입 부원 모집을 위해 교실을 돌고 있던 소피를 발견했다. 자연스레 나 역시 연극 부원이 되었다. 그리하여 함께할 인연이 없었던 그녀와 나의 운명은 크게 달라지게 됐다. 같은 학교, 같은 연극부, 같은 아파트 정도의 인연이었으니 절친해질 수 있는 요건은 갖출 만큼 갖춘 셈이었다.

나의 소피는 매우 영민한 소녀였다. 연극부 선배들의 전언에 따르면 1학년 때부터 연극에 대한 이야기만 나오면, 브레히트니 베케트니 하는 해괴망측한 이름의 외국인들을 들먹이며 골치 아픈 이야기를 끝도 없이 늘어놓았다고 한다. 게다가 가방 속에는 언제나 한 권의 시집과 최신형 워크맨이 들어 있어 혼자만의 시간에도 그녀의 세련된 자태는 퇴색되는 일이 없었다.

나의 고교 시절은 전국의 거의 모든 학교가 밤늦게까지 자율 학습을 하던 때였다. 따라서 교문을 나설 땐 언제나 한밤중이었다. 하굣길엔 어쩔 수 없이 심야의 외딴 버스 정류장이나 도처에 널린 으슥한 골목길들을 지나다녀야만 했다. 자연스럽게 그녀와의 동행이 이루어졌고, 나는 아파트 입구까지 마중 나와 있던 소피의 어머니와도 인사를 나눌 수 있었다. 소피의 어머니는 내게 인근에 소문이 자자한, 얌전하기 짝이 없는 착하고 성실한 소년에 대한 풍문을 들려줬다. 소년의 어머니는 열성적인 부녀회 회원이시고, 아버지는 서울에서 사업을 하고 계신 훌륭한 분이시며, 그의 형은 이름만 대면 누구나 알 법한 좋은 대학을 나왔다고 했다. 나는 그 소년이 내성적이고 냉소적이며, 이룰 수 없는 사랑에 괴로워했다는 것을 알고 있었다. 하지만 존경하는 선배의 안전한 귀가를 위해 혼신의 힘을 다하겠노라 다짐하는 편이 나을 것이라 판단했고, 내 판단은 소피의 어머니에게 기쁨과 안심을 선사했다. 평화롭고 행복해서 양팔을 벌리기만 하면 당장에 몸이 떠오를 것 같은 날들이었다.

은강 고등학교의 학생들은 졸업 후 각종 유희의 현장에서 주도적인 위치에 설 가능성이 높았다. 우리는 점심시간이나 자율 학습이 시작되기 전의 짧은 자유 시간을 이용하여 전문적인 노래와 율동들을 배워야만 했던 것이다. 모두가 노장군의 은덕이었다.

그는 결코 꺼지지 않는 군인 정신의 소유자답게 강인한 체력의 중요성을 역설해 왔다. 그래서 재단 안의 모든 학교들은 적극적으로 운동부를 육성하고 있었다. 넓은 운동장엔 구기 종목 선수들이, 가장자리의 트랙에선 육상 종목 선수들이 뛰어 다녔고, 은강 재단이 자랑해 마지않는 돔형 체육관에선 유도, 레슬링, 태권도, 배드민턴 등, 다종다양한 실내 종목의 선수들이 초등학생부터 대학생까지, 끼리끼리 모여 피나는 훈련을 하고 있었다. 그래서 1년 중 어느 때라도, 누군가는 시합 중일 가능성이 높았고, 우리는 언제라도 동원 가능한 숙달된 응원 실력을 갖추고 있어야 했다. 노장군이 말해 온 강인한 체력은 선수들에게나 해당되는 것이었지만, 응원으로 갈고닦은 율동과 노래만큼은 우리 모두의 소중한 자산이 될 것이었다.

그런데 내가 입학하던 해를 기점으로 운동부의 성적이 급격히 떨어지기 시작했다. 그로 인해 지구를 향해 거대 운석이 날아온다는 속보를 접한 듯 절망하는 이들이 생겨났다. 그들은 야구부가 1차

전에서 패한 것은 농구부가 지역 예선도 통과하지 못한 것에 비하면 아무것도 아니라며 아쉬워했다. 전국 제패를 밥 먹듯 해 왔다는 레슬링부와 국가 대표까지 배출했다는 유도부가 경쟁이라도 하듯 맥 빠진 시합을 펼친 것도 마찬가지였다. 그러니 육상부가 창설 이래 가장 오랜 시간을 트랙 위에서 보냈다는 소식이 전해진 순간, 세상이 망해 버린 듯 슬퍼한 이들이 생겨난 것도 무리는 아니었다.

그들 중, 사랑하는 아들딸들에게 남부럽지 않은 대학 졸업장을 안겨 주기 위해 모든 것을 바쳐 온 선수의 부모들은 직접 행동에 나서기도 했다. 그들은, "이게 도대체 어찌 된 일인가, 이제껏 교과서라곤 펼쳐 본 적도 없는 내 새끼가 어느 날 갑자기 대오 각성하여 고교 3년 과정을 하루아침에 깨우치는 기적이라도 일어날 것이란 말인가? 학교 측에 그런 형태의 권능이 없다면 작금의 이 비극적인 사태들에 대한 책임을 통감하고, 이제껏 갖다 바친 각종 찬조금들을 즉시 토해 내기 바란다."라며 분노했다. 수많은 운동부의 수많은 감독들과 수많은 코치들도 위기감을 느꼈다. 그들은, "이제껏 충심껏 헌신해 왔건만, 학교는 어찌 현장 지도자들의 입장을 이다지 하찮게 여기는가. 우리의 소박한 사리사욕을 위해 정당하게 착복해 온 각종 운영비를 토해 내는 것이, 어찌 근본적인 해결책이 될 수 있겠는가. 그럴 수는 없음이다. 부디 우리의 복부를 절개해 주기 바란다."라는 것으로 중지를 모았다. 이 말들을 전해 들은 교장은 눈앞이 노랗게 변하는 것을 느꼈다. 그의 귓전에는 삼촌이자, 고용주이자, 자신의 명줄을 틀어쥔 절대자인 노장군의 노호성이 울려 퍼지는 것만 같았다. '네 이놈! 네놈의 쪼인트는 무쇠로 만들어졌더냐!' 그즈음 허탈한 표정으로 하늘을 쳐다보거나, 고개를 숙인 채한숨을 내쉬는 교장의 모습이 교정 곳곳에서 목격되곤 했다.

결국 사태 해결의 실마리를 제시해 준 것은 전격적으로 학교를 방문한 노장군이었다. 그는 대부분이 자신의 후예들이기도 한 교직원들을 모아 놓고 젊은이들 못지않은 쩌렁쩌렁한 목소리로 외쳤다. "운동부를 살리든가, 너희들이 내 손에 죽든가!" 그러고는 손에 잡히는 모든 물건들을, 역시 젊은이들 못지않은 힘과 정확성으로 집어 던졌다. 실로 전선을 호령하던 야전 사령관 출신다운 패기 넘치는 모습이 아닐 수 없었다. 그 현명한 영도력에 의지해 노장군의 후예들은 사태 해결에 대한 비전을 발견할 수 있었고, 곧 학부모와 운동부 관계자 들까지를 포함하는 비상 대책 위원회가 소집되었다.

머리를 맞댄 그들은 심사숙고 끝에, 언제나 그래 왔듯 모든 책임을 학생들에게 떠넘기는 것으로 가닥을 잡아 갔다. 학교에서 일어나는 문제의 대부분은 학생들에 의해 일어나게 마련이니, 운동부의 성적 부진도 마찬가지일 거라는 이유에서였다. 그리고 그들 중 시대의 흐름에 정통한 이가 있어, 근자에 눈에 띄기 시작한 학생들의 이상 심리를 지적해 냈다. 그것은 놀랍게도 '요즘 아이들'에게선 애교심이란 것을 찾아볼 수가 없다, 라는 것이었다. 그러니 진심 어린 응원을 받지 못하는 운동부가 무슨 수로 좋은 성적을 거둘 수 있겠느냐, 라고 말하는 그의 음성은 분노와 경악으로 미세하게 떨리고 있었다. 좌중은 약속이나 한 듯 이맛살을 찌푸리며 고개를 끄덕였다. 그런 학생들을 믿고 어찌 높디높은 전국 대회의 벽을 넘어설 수 있겠는가, 무릇 학생이라 함은 학교의 명예를 위해서라면 목숨마저

초개와 같이 던질 수 있어야 하는 법이거늘, 애교심 없는 학생들을 어찌 학생이라고 부를 수 있겠는가. 불과 몇 해 전만 해도 상상조차 못 해 본 일들이 현실로 다가오다니, 세상이 어찌 되려고, 쯧쯧쯧. 그릇된 시대에 대한 개탄이 이어졌다. 그리고 정신 재무장을 통해 학생들의 애교심을 고취시켜야 한다는 대전제가 제시되며 논의는 활기를 띠어 갔다. 그리고 마침내, 그들은 스스로 생각해도 너무나 적절하기에 하루라도 더 빨리 시행하고 싶어 몸이 달 정도로 유익한 결론을 이끌어 낼 수 있었으니, 은강 고등학교의 교복 자율화 시대가 종식된 경위는 이와 같았다. 일부 학교들을 중심으로 입기 시작한 새로운 형태의 교복들이 호평받기 시작한 것과 때를 같이한 유효적절한 결정이었다.

그러나…….

모든 일이 그렇듯, 유효적절하다 해서 항상 바람직한 결과를 가져오는 것은 아니었다.

"누군가…… 누군가…… 한낱 천 조각을 이어 붙인 것에 불과한 교복이 욕정의 화신으로 되살아나 내 몸을 더듬어 오는, 이 말도 안 되는 현상에 대해 설명해 줄 이가 없는가?"

"친구여, 우리는 이제껏 선진 조국 건설을 위해 정부 차원에서 권장되어 온, 기초 과학 교육 강화 정책의 결과로 편찬된, 수준 높은 과학 교과서로 교육받아 오지 않았던가. 나의 투미한 식견이나마 경청해 주겠다면, 나는 이것을 정전기라 답하겠네."

남녀가 어우러져 학교생활을 해 나가고 있었기에, 완고한 어른들은 은강고의 교정에서 우려해야 마땅한 일들이 일어날 가능성에 대해 의혹을 품고 있었다. 그러나 은강고의 새로운 교복은 이러한 문제들을 멋지게 해결해 주었다. 예민한 10대 후반의 아이들은 빈번한 정전기 덕에 수시로 사타구니와 엉덩이를 매만져야 하는 상대의 모습을 예의 바르게 외면해 주는, 실로 사려 깊은 행동을 유행시켰던 것이다. 물론 자신에게 향할 시선을 허공으로 돌려놓는 것이 가장 큰 목적이었겠지만 말이다. 그뿐이 아니었다.

"나는 오늘에야 알아내었다. 지구상의 모든 옷이 세탁을 필요로 하는 것이 아님을. 우리의 새로운 교복에 필요한 것은 세탁기가 아니라 깨끗한 걸레였다. 이것은 전혀 물을 흡수하지 않는 특수한 재질로 만들어져 있는 것이다!"

"그렇다면 우리는 이것을 비 오는 날 우비 대신으로 사용할 수도 있지 않겠는가!"

두 친구는 감격에 겨워 서로를 포옹했다고 한다. 하지만 그들의 생각처럼 교복이 특수한 천으로 만들어진 것은 아니었다. 그저 질 떨어지는 화학섬유일 뿐이었다. 굳이 따지고 들자면, 특수하게 질이 떨어진다고나 할까?

졸업이 얼마 남지 않은 3학년을 제외한 전교생이 입게 된 교복은 학생들 사이에 커다란 이슈로 떠올랐다. 움직일 때마다 아랫도리를 매만져야 했고, 흘린 땀을 절대 흡수하지 않았기에, 학생들 사이에선 정적인 활동을 숭상하는 분위기가 조성됐다. 자연스레 교정 곳곳에선 교복에 담긴 의미를 탐구하는 토론이 자주 벌어졌다. 내가 참가한 토론은 주로 연극부의 모임에서 이루어진 것이었는데, 언제나 주도적인 것은 아름다운 소피였다.

"너무 비싸. 그런데도 옷이 이 모양 이 꼴이라니. 여기에는 분명히 이유가 있을 거야."

"그렇다면 말해 보라. 우리의 정당한 분노가 향해야 할 곳은 어디인가."

"아마도, 우리 학교가 어떻게 돌아가는지를 곰곰이 생각해 보면 쉽게 알 수 있지 않을까? 다들 알겠지만, 교장은 이사장 조카지, 교무 주임은 교장 조카지, 학생 과장은 교무 주임 학교 후배지, 이번에 새로 온 사회 선생은 학생 과장 사촌 동생이야. 그렇다면, 교복 회사 사장이나 교복점 주인이 그 집안사람이거나, 최소한 주변 사람이라고 해도 이상할 게 없잖아?"

"오, 참으로 그러하다, 현명한 친구여."

아름다운 나의 소피는 박수를 받았다.

그리고 용감한 일부는 노장군의 후예들을 향해 조심스러운 태도로 이의를 제기했다. 같은 색상과 디자인으로 다른 교복점에서 옷을 맞추면 훨씬 질 좋은 옷을 값싸게 구입할 수 있다는 것이었다. 하지만 학교 측은 "지정된 매장에서 구입한 지정된 교복만이 교칙에 부합된다."라며, 소피가 제기한 의혹을 일부 시인했다. 그리고 출처가 확인되지 않은 정보를 통해 교복점의 사장이 교장과 사돈의 팔촌 사이였다는 사실이 밝혀지면서, 소피는 다시 한 번 박수를 받았다. 그리고 우리는 조금 더 적극적인 태도로 이의를 제기해야겠다는 위험한 생각에 빠져들게 됐다.

그즈음 나와 소피는 많은 대화를 나누곤 했다. 그녀는 우리가 처한 상황들에 대해 많은 고민을 해 왔고, 또 다양한 의견들을 가지고 있었다. 당연히 나 역시 다양한 의견들을 만들어 내야만 했다. 다행히 민주화 운동의 최전선에 서서 대학 시절을 보냈던 형이 있었기에 많은 도움을 받을 수 있었다. 뿐만 아니라 형은 무척이나 말주변이 좋은 사람이기도 했다. 소피는 마치 내 생각인 양 펼쳐지는 형의 의견들에 대해 완전히 동의하지는 않았지만, 진지하게 새겨들었고 비교적 높이 평가했다. 내 인생을 통틀어 형과 가장 친밀했던 시기였다. 그리고 후배임에도 불구하고 예리한 시선으로 시대를 조망하는 나에 대한 소피의 태도가 한결 친근해졌음은 물론이었다.

"나와 어디 좀 같이 가 주겠어?"

심지어 소피는 내게 이런 말까지 하게 됐다. 연극부의 주말 정기 모임을 마치고 교문을 나서던 길이었다. 나는 화들짝 놀라 옷깃을 여미었다.

"꼭 함께 가 주었으면 해. 물론 싫다면 어쩔 수 없지만."

나는 홍조 띤 얼굴로 고개를 끄덕였다. 내가 어찌 소피 앞에서 싫다는 말을 할 수 있었겠는가. 소피는 조심스레 내 소맷자락을 잡았다. 그리고 급히 걸음을 옮겼다. 우리가 도달한 곳은 역이었다. 소피는 두 장의 승차권을 끊었다. 소피를 처음 봤던 날의 두근거림이 되살아났다. 방정맞은 두근거림을 소피에게 들킬 새라, 살짝 그녀를 외면한 채 전철의 진동에 몸을 맡겼다.

우리가 도착한 곳은, 이름만 대면 누구나 알 법한 서울의 유명한 거리였다. 엄청난 인파에 어리둥절해진 나는 소피가 이끄는 대로 정신없이 걷기만 했다. 그리고 마침내, 우리는 큰 성당 앞에 도착했다. 그곳이 바로 우리의 목적지였다. 성당의 앞마당에는 많은 수의 천막들이 들어서 있었고, 소피는 나를 그중 한곳으로 데려갔다. 그곳에서 나는 영문도 모른 채 '참교육을 꿈꾸는 전국 교직원 노동조합 은강 지부 산하 은강 고등학교 교직원 노조 소속 해직 교사들의 복직을 바라는 뜻있는 제자들의 모임'의 일원이 됐다. 정확하게 이해하기에는 너무나 긴 이름이었지만, 소피와 함께였기에 망설일 필요가 없었다.

그때 서른 전후로 보이는 사내 한 명이 다가와 거리낌 없이 소피와 포옹했다. 그는 스스로를 얼마 전까지 은강 고등학교의 불어 선생이었고, 연극부의 지도 교사이기도 했다고 소개했다. 세간에서 해직 교사라 불리던 이들 중 한 명이었다.

그후 우리는 주말마다 성당을 찾았다. 하지만 소피도 나도 성경의 복음들에 귀 기울이지는 않았다. 우리의 사도는 언제나 앞마당의 천막들 사이에서 환히 미소 짓고 있었던 것이다. 마당 한 켠에 놓인 간이 의자나 벤치에서, 인근의 패스트푸드점이나 분식집, 혹은 찻집에서 불어 선생은 우리를 구원으로 이끌었다. 인성, 개성, 감성이 강조된 독창적 구성의 복음들이 우리 앞에 펼쳐졌다. 어렵고 복잡했기에 원어민의 불어 회화를 듣는 느낌이었지만, 나는 조금씩 지혜로워지는 것만 같은 기분을 느낄 수 있었다. 그래서 우리 정도의 나이면 성인과 동등한 대우를 받을 자격이 있다고 주장하면서도, 우리에겐 한 잔도 따라 주지 않고 혼자만 캔 맥주를 마시는 그에게 짓궂은 미소를 보내 줄 수도 있게 됐다. 하지만 지혜로워진 것은 소피 역시 마찬가지였다.

소피는 내 생일에 즈음하여 자신이 직접 녹음한 노래 테이프와

편지를 건네주었다. 편지의 첫 줄에는 '좋은 친구이자 멋진 후배에게'라고 적혀 있었다. 카세트에 테이프를 꽂으니, 내 방은 이루지 못한 슬픈 사랑의 선율들로 가득 찼다. 지혜로운 그녀가 내 눈빛에서 열병의 흔적을 읽어 낸 것은 오래전의 일이었을 것이다. 나는 편지를 고이 접어 서랍에 넣어 두었다. 내가 단지 '친구'이자 '후배'일 뿐이라면, 어떤 내용이 적혀 있건 상관없었다.

극심한 두통에 시달렸지만 결석은 용납되지 않았다. 책상에 엎드린 채 시간을 보내는 날들이 계속됐다. 잠 못 이루는 밤이면 몇 번이고 베란다로 나가 퀭한 눈으로 소피의 거처를 찾아 한참을 바라봤다. 편지는 여전히 책상 속 깊은 곳에 고이 접혀 있었다. 충분하다 못해 넘쳐 나는 슬픔에 빠져 지낸 날들이었다. 그러나 더 큰 슬픔이 나를 기다리고 있었다.

"나는 이제야 근자의 젊은이들에게서 발견되는 어리석음이 비롯된 곳을 명백히 알겠다. 저 음험한 적들의 마수가 우리의 미래를 좀먹고 있었구나!"

어느 주말 저녁, 뉴스를 보던 아버지는 분노에 가득 찬 음성으로 이와 같이 외쳤다. 화면에 비춰진 것은 나와 소피가 주말마다 찾던 성당이었다. 나는 혹시나 불어 선생이 찍히지 않았을까 싶어 유심히 화면을 살폈다. 아버지는 예리하게 상황을 분석했고, 형과 형수까지 불러내서 자신의 이야기를 경청할 것을 촉구했다. 아버지의 설명은 다음과 같았다.

예나 지금이나 북괴의 남침 야욕은 조금도 변하지 않았으며, 간첩 또한 꾸준히 침투시키고 있다. 그러나 첨단 감시 장비의 발달로

휴전선이나 해안선을 통한 침투가 어려워지자 적들은 사회에 불평 불만이 많은 이들을 포섭해 후방을 교란시킨다는 새로운 전략을 도입하게 됐는데, 이들이 바로 간첩계의 새로운 물결인 고정 간첩이란 존재들이다. 지난날, 계획적으로 대학에 입학해 데모질을 부추겼던 장본인들 역시 그들이었다. 그들 중 일부는 더 많은 일당들을 양성하기 위해 교직으로 진출해 어린 학생들에게 그릇된 사상을 주입시켜 왔는데 다행히 사전에 음모가 발각되어 전격적인 숙청이 단행됐고, 우리는 일촉즉발의 위기에서 구사일생으로 살아 나올 수 있었다. 그런데 이 파렴치한 북괴의 앞잡이들은 여전히 사회 일각에서 암약하며 검은 음모를 키워 오고 있었던 것이다. 긴 이름의 단체를 만들어 줄임말로 부르는 것은 스스로 북의 지령을 받는 간첩임을 자백한 것이나 매한가지이며, 천막들 사이로 깃발과 현수막이 동시에 내걸려 있다는 것은 그곳이 빨갱이들의 서식지임을 나타내는 확고부동한 증거였다.

아버지의 의견이 가족들 중 최고 학력을 자랑하는 형과 형수의 지지를 받았음에도—"예, 아버지 말씀이 모두 옳습니다. 한 치의 틀림도 없는 사실을 말씀하셨습니다. 하하……."—나는 의구심을 품을 수밖에 없었다. 불어 선생은 간첩이라기에는 지나치게 선량한 인물이었다.

하지만 아버지의 말은 실로 옳았다. 나는 소피와 절친한 친구 사이였던 연극부의 선배에게, 소피와 불어 선생을 주인공으로 한 불꽃같은 연애담을 전해 듣고 나서야 그것을 알게 되었다. 동시에 왜 초라한 벤치나 허름한 분식집, 복잡한 패스트푸드점이 그들만

들어서면 안개 낀 세느 강변의 노천카페로 변해 버리는지도 알 수 있었다. 내가 알아들을 수 없었던 둘만의 이야기들은, 그들의 모국어로 속삭이던 사랑의 밀어들이었던 것이다. 지혜로운 소피의 연인은 내가 배우는 제2외국어가 일본어였다는 사실까지 알고 있었음에 분명했다. 주도면밀했고, 과감했으며, 동시에 용의주도하기까지 했다. 그토록 은밀하게 사랑을 키워 올 수 있는 인물이라면 충분히 뛰어난 간첩으로 활약할 수 있었을 것이다. 의심의 여지도 없었다.

두통 따위에 신경 쓸 겨를이 없었다. 뭔가 위험한 냄새를 풍기는 소피의 사랑을 도저히 내버려 둘 수 없었다. 나는 무력했지만, 나는 무지했지만, 그녀를 사랑했기에 분명히 느낄 수 있었다. 소피에 관한 일이라면, 어느 것 하나 놓치지 않고 감지해 낼 수 있을 만큼 나의 사랑은 강렬한 것이었다. 그러니 구해야 했다. 구할 수 없다면 적어도 도와야 했다. 아름다운 나의 소피 앞에 비극으로 점철된 삶이 펼쳐지는 것을 좌시할 수는 없었다. 그것이 비록 네 번째의 웃음처럼 무의미한 짓일지라도, 무엇이든, 어떻게든 해야 했다.

불어 선생에 대한 끝없는 증오심이 일었다. 그는 이 사회를 뒤집기 위해 고도의 훈련을 받은, 우리로서는 상상도 못 할 능력을 소유한 뛰어난 인물이었다. 그토록 대단한 인물이라면, 반드시 소피가 아니어도 괜찮았을 것이 아닌가. 그에게라면, 나의 아름다운 소피마저도 스쳐 지나가는 모래알처럼 많은 평범한 소녀들 중 한 명에 불과했을 것이 아닌가. 하지만 그는 세상의 많고 많은 여인들 중 하필이면 소피를 선택했다. 소피가 아니라면 세상에 존재하는 수십억의 다른 여인들은 눈에도 들어오지 않을, 보잘것없는 소년의 처지는 생각해 주지도 않았던 것이다. 그를 용서할 수 없었다.

그러나 조금의 시간이 더 흐르고 조금은 차분하게 마음을 다잡을 수 있게 된 후, 나는 소피 역시도 스스로의 의지로 자신의 연인을 선택했을 것이라는 사실을 인식할 수 있었다.

현명한 여인, 아름다운 소피가 과연 어리석게도 위험한 사랑 속으로 몸을 내던진 것일까?

그럴 리 없었다.

사랑이 위험한들 어리석기야 하겠는가. 그리고 내가 어찌 감히 소피의 선택을 어리석다 표현할 수 있단 말인가. 분명히 현명한 판단이었을 것이다. 무조건 그렇게 믿어야만 했다. 내게 허락된 일은 소피를 믿고 사랑하는 것뿐이었다. 더 열정적으로, 더 맹목적으로, 더 헌신적으로. 소피가 택한 상대가 누구건 그것이 올바른 선택임을 의심해선 안 될 일이었다. 그렇지 못하다면, 나의 사랑이 이기적이고 속된 싸구려임을 스스로 털어놓는 꼴이 될 것이었다. 그러니 사랑스런 소피의 현명한 판단의 결과가 내가 아니라는 이유만으로 어찌 그녀의 연인에게 적개심을 품을 수 있단 말인가. 내 적개심이 겨누어야 할 대상은 소피의 사랑에 위협을 가할 이들이었다. 결코 소피의 사랑, 그 자체가 아니었다.

나는 그들이 과연 어디 사는 누구일까, 곰곰이 생각해 봤다.

그리고 결심했다.

내 한 몸 바쳐서라도, 그들이 노장군을 쓰러뜨리는 일을 도우리라. 그리하여 그들의 사랑을 아름답고 숭고한 것이 될 수 있도록, 그들이 위험한 사랑을 딛고 일어선 위대한 승리자가 될 수 있도록. 그

렇게만 될 수 있다면 나는 일말의 망설임도 없이 지옥의 불구덩이
에라도 뛰어들리라 다짐했다.

'나는 위험한 사랑의 수호자가 되겠다. 뒤돌아보지 말고 마음껏
사랑하라, 나의 여인이여.'

적은 드러났고, 나의 적의는 한 치의 오차도 없이 적을 겨누고 있
었다.

그럼에도 내 방에는 여전히 슬픈 사랑 노래만 흐르고 있었다. 가
슴 한구석이 갑갑해지는 건 어쩔 수가 없었다.

인정할 수밖에 없는 일인데, 확실히 은강은 크고 그 안은 복잡하
다. 그래서 은강 사람들이 자기네 도시를 두고 이야기할 때 얼른 이
해할 수 없는 것 중의 하나가 '갑갑하다'는 말이다.

바보들이나 이렇게 생각한다. 사랑도 못 해 본 바보들 말이다. 삼
면이 바다로 둘러싸인 패배자들의 도시를 제3의 고향으로 삼아 봤
다면, 그곳에서 이루지 못할 사랑에 빠져들어 봤다면, 위험한 사랑
에 제3의 인물로 끼어들어 봤다면, 누구라도 갑갑함에 몸부림치게
되지 않겠는가.

時
시

가해자

학생들이 교복을 입었음에도 운동부들은 신통한 성적을 거두지 못했다.(사실, 누구나 그리 될 줄 알고 있었다.) 그래서 교장은 좀 더 열정적인 응원이 필요하다는 결정을 내렸고, 응원 연습 시간은 엄청나게 늘어났다. 노래와 율동을 익히는 아이들의 표정이 조금씩 일그러지기 시작했다.

우리의 조직은(그러니까, '참교육을 꿈꾸는 전국 교직원 노동조합⋯⋯이하 생략⋯⋯'인데, 아버지의 의견을 존중하자는 취지에서 '간첩단'이라 칭하도록 하겠다.) 교장의 결정이 야기한 불평들을 이용해 조금씩 지지 기반을 늘려 가기 시작했다. 소피의 연인은 종종 학교 근처에 출몰해서 간첩단의 활동을 격려해 주곤 했다. 그리고 이와 같은 일련의 상황들에 용기를 얻은 우리는 본격적인 활동을 시작했다. 우선 쉬는 시간과 점심시간을 이용해 다양한 명목의 서명을 받으러 다녔다. 소피의 연인을 비롯한 버림받은 선생들을 복직시킬 것, 교장의 사돈의 팔촌에게 구입한 교복으로 인한 불만들을 해결해 줄 것, 응원에 의존하지 않고도 좋은 성적을 거둘 수 있도록 합리적으로 운동부들을 지원할 것, 등등. 구실은 다양했다. 교장은 선도부를 동원해 우리를 막으려 했다. 그러나 역부족이었다. 은강의 아이들은 하나같이 거칠고 난폭했다. 그리고 우리들 역시 은강의 아이들이었다. 적어도 교장의 꼭두각시들이 어찌해 볼 상대는 아니었다. 그로 인해 교내에는 조금씩 긴장이 고조되기 시작했다.

그런 와중에도 축제는 성대하게 열렸다. 연극부는 오늘날의 교육 현실을 비판하는 내용의 창작극을 공연했다. 주연을 맡은 소피는 부패한 교장에게 저항하는 정의로운 여교사 역을 훌륭히 소화해 냈다. 제자들 중 한 명으로 출연했던 나는, 단역이었지만 연극의 종반부에 학교를 떠나게 된 소피와 눈물을 흘리며 포옹하는 역이었기에 너무나도 행복한 기분으로 공연에 임할 수 있었다. 하지만 그녀를 품에 안는 순간, 허름한 소강당 안의 풍경이 안개 낀 세느 강변의 고풍스러운 다리 위로 변해 버린 탓에 그만 활짝 웃어 버렸고, 덕분에 선배들에게 호된 기합을 받아야 했다. 그래도 좋기만 했다.

그렇게 시간이 흘렀고, 해가 바뀌어 소피는 입시생이 됐다. 그래서인지 베란다에서 바라본 소피의 창문엔 항상 새벽까지 불이 켜져 있었다. 다시 한 번 같은 반이 된 스승은 집합 외에는 도무지 쓸 만한 내용이 없다는 이유로 정석을 집어던지며 수학을 포기해 버렸고, 나는 박수를 보내 주었다. 하지만 며칠 후, 문장의 5형식만 다루기에는 책이 너무 두껍다며 성문 기본 영어까지 집어던지려 했을 때에는, 어쩔 수 없이 스승을 만류할 수밖에 없었다. 스승이 부모의 기대 속에서 살아가는 것을 돕겠다는 약속이 기억났기 때문이었다. 그러자면 영어와 수학, 최소한 둘 중 한 과목은 끝까지 포기하지 말아야 했다. 소피의 사랑을 지키는 일에 스승을 끌어들이는 것조차 망설여지던 때였다. 스승과의 약속 역시도 내게는 소중했던 것이다.

하지만 약속을 지키지 못하게 될지라도 스승의 힘을 빌려야겠다고 생각하게 되기까지는 오랜 시간이 걸리지 않았다. 학기 초, 교내의 분위기가 매우 급박해진 탓이었다.

거의 모든 반에서 간첩단원들이 반장으로 선출됐다. 우리는 환호했고, 교장을 위시한 노장군의 후예들은 긴장했다. 반가운 일이었다. 그리고 개교 이래 최초로 학생 회장 선거에 두 명의 후보가 출마했고, 역시 개교 이래 최초로 육성 회장의 아들이 선거에서 패배했다. 새로운 학생 회장 역시도 간첩단원이었는데, 그는 정계 진출을 꿈꿨으나 공천 한 번 받아 보지 못한 실패한 정치인의 아들이었다. 그의 아버지는 한 번도 이루어 낸 적이 없었기에 누구보다 치열하게 선거 전략을 연구해 온 인물이었고, 아들을 통해 꿈을 이루고자 했기에 아들에게 누구보다 열정적인 교사이기도 했다. 학생 회장은 자연스레 간첩단의 우두머리가 되었고, 소피의 연인으로부터 지령을 받는 것 역시 그의 몫이 됐다. 그는 뛰어난 지도력과 과감한 실행력을 동시에 지닌 인물이었다. 역시 반가운 일이었다.

하지만 결코 반가워할 수 없는 일들이 뒤를 이었다. 위기감을 느낀 노장군의 후예들이 택한 강경책 때문이었다. 선도부의 대대적인 증원이 그것이었는데 일차적으로 예비 복학생들이, 뒤를 이어 버림받은 선수들이 선도부의 일원이 된 것이었다.

"학원의 도가 땅에 떨어졌도다. 간특한 자들에게 부화뇌동하여 어리석은 이들을 부추기는 무리들이 있으니, 그 흉악한 속내를 어찌할 것인가. 이에 우리 뜻있는 학생들은 삿된 무리를 경계하는 마음과 배움의 터전을 소중히 하는 마음을 모아 가르침의 은혜에 보답하기 위해 분연히 일어섰도다. 그리하여……."

이와 같은 애교(愛校) 넘치는 주장이 있었지만, 실제로는 어디 한 번 붙어 보자는 이야기였다.

혹자는 그저 선도부의 인원이 많아진 것에 불과할 뿐이라며 걱정할 것 없다고 했다. 하지만 그 이면을 들여다보면 누구라도 간첩단 전체가 심각한 타격을 입을 수도 있는 위기 상황이었음을 인정할 수밖에 없었을 것이다. 애교 넘치는 아이들로 거듭난 선도부는 최소한 그 정도의 힘은 가지고 있었다.

은강 고등학교의 학생들 역시 영락없는 은강 아이들이었던지라 남부럽지 않게 거칠었고, 그중에는 질풍노도와 같이 흉폭한 기세를 지닌 위험한 녀석들도 잔뜩 도사리고 있었다. 다종다양한 사건 사고들이 매년 줄을 이었음은 물론이다. 그리고 그 주동자들 중 일부는 자의에 의해서건 타의에 의해서건 학교를 떠나 있어야 했다. 뒷일을 생각하지 않은 장기 가출, 폭력 행위나 절도 행각으로 인한 형사 입건, 내실 없는 성교육에 책임을 돌려야 할 피임의 실패, 그냥, 등등이 학교를 떠나는 주된 이유였다. 그렇게 학교를 떠난 이들 중 상당수는 이듬해 복학생이라는 이름으로 다시 학교로 돌아왔다. 실제로 같은 반 친구들보다 한두 살씩이 많았기에 선배들에 준하는 예우를 받을 수 있었던 그들은 아이들로부터 존대를 받았고, 소풍날의 관광버스에서는 항상 뒷자리를 차지할 수 있었다. 사건 사고의 주인공이 되는 것은 용기 있는 행동이었고, 학교를 떠나 견문을 넓히고 돌아온다는 것은 위대한 일이었기에 당연한 대접이었다. 따라서 힘깨나 쓴다는 녀석들은 너나 할 것 없이 복학생이 되기 위해 안간힘을 쓰곤 했다. 하지만 언제나 용기 있고 위대한 이들의 주변에는 그에 못 미치는 질 나쁜 녀석들이 어슬렁거리게 마련이었다. 절대 사건 사고의 주동자가 되는 일 없이, 변두리를 어슬렁거리며 학교를 떠날 듯 말 듯 오락가락하던, 그런 주제에 복학생들만큼이나 거만했던, 그들을 우리는 예비 복학생이라 불렀다. 그들은 용기도 없었고 위대함과도 거리가 멀었지만 성질만큼은 남부럽지 않게 난폭했다. 오히려 선도의 대상이 되어야 마땅한 녀석들이었는데, 그들이 선도부가 된 것이었다. 소피의 연인은 징계 기록을 지워 주겠다는 유혹, 아니면 학교를 떠나게 만들겠다는 협박이 있었던 것으로 분석했다.

그러나 더 위험했던 것은 버림받은 선수들이었다.

앞서 말했듯이 복학생들은 대체로 존경받을 자격을 갖추고 있었다. 하지만 모든 복학생들이 그렇지는 못했다. 극히 일부였지만 아무런 사건 사고와도 인연을 맺지 못한 하찮은 존재들도 있었기 때문이다. 학교란 원래, 질병, 사고, 대외적으로 밝힐 수 없는 가정 대소사 정도의 일로도 떠날 수 있는 곳이었다. 1학년 시절, 나와 같은 반에 있던 복학생이 그와 같은 경우였다. 그는 유난히 왜소한 체구에 병색이 완연한 안색이었기에, 복학생으로서 받아야 할 정당한 대접은 꿈도 꿀 수 없는 입장이었다. 나 역시도 그를 형이라 불러

본 적이 없었다. 그도 자신의 처지에 대해 충분히 자각하고 있었는지 아무 문제도 일으키지 않고 조용히 학교만 다니고 있었다. 사실 문제를 일으킬 힘도 없었다고 해야 맞을 것이었다. 그러나 평화란 혼자만의 힘으론 추구해 나갈 수 있는 게 아니었다. 특히 같은 반에 탱크라 불리던 사내가 있었기에 더욱 그랬다. 그는 스승이 현역에서 물러난 것을 틈타 자신의 알량한 폭력성을 유감없이 떨치고 다니던 어설픈 난폭자였는데, 언젠가 알 수 없는 이유로 병색이 완연한 복학생에게 단단히 화가 났던 것이다. 그는 자신을 둘러싼 문제들을 말로써 해결하는 것에 익숙하지 못했다. 당연히 복학생은 그의 굵직한 팔다리에 유린당해 처참한 몰골이 되어 쓰러졌다. 급히 달려들어 말리는 손들이 많았지만, 너무도 순식간에 일어난 일이었다. 탱크라 불리던 사내는 빨랐고, 복학생은 너무도 허약했다. 결국 복학생은 다음 날 학교에 나오지 못했다. 대신 레슬링부라는 것과 복학생과 모종의 친분이 있다는 것 외에는 아무것도 알려지지 않은, 일그러진 귀의 소유자가 교실에 등장했다. 그리스 조각상 같은 근육질 몸매를 뽐내기 위해서였는지 민소매 셔츠를 입은 채로 나타난 그는 조곤조곤한 목소리로 그다지 심하지 않은 욕설들을 읊조리며 탱크라 불리던 사내를 불러냈다. 탱크라 불리던 사내는 도저히 맞설 엄두조차 내지 못한 채 공포에 질려 떨고만 있었다. 그는 더도 말고, 덜도 말고, 딱 두 개의 손가락만으로 탱크라 불리던 사내의 뺨을 후려쳤다. 탱크라 불리던 사내의 거구가 팽글 도는가 싶더니 맥없이 쓰러져 버렸다. 일그러진 귀의 소유자는 여전히 심하지 않은 욕설을 읊조리며 상대가 일어서길 기다렸다. 그리고 다시 한 번 더도 말고, 덜도 말고, 딱 두 개의 손가락만으로 뺨을 후려쳤다. 몇 차례 더 같은 행동을 선보인 그는 싸늘한 시선으로 교실을 둘러봤다. 모두들 그와 눈을 마주치지 않기 위해 시선을 내리깔았다. 심지어 스승조차도 말이다. 그리고 그는 말없이 교실을 떠났다. 물론 스승의 열세를 상상하는 것은 어려웠지만, 스승마저도 불필요한 충돌은 피해야 할 정도의 힘을 가지고 있음이 확실했다. 그 사건으로 인해 우리는 전문적으로 신체를 단련한 이들의 진면목을 뼈저리게 느낄 수 있었다. 그리고 일그러진 귀의 소유자는 폭력에 대한 징계로 레슬링부를 떠나 버림받은 선수가 됐다. 많지는 않았지만, 그와 같이 불미스러운 사태에 연루된 운동 부원들은 선수 자격을 박탈당한 채 일반 학생들의 사이로 버려져 왔던 것이다. 꾸준히 운동을 계속해 온 이들만은 못 하겠지만, 그들의 육신이 살아 움직이는 흉기와 같이 된 것은 이미 오래전의 일이었다. 우리로서는 넘볼 수 없는 막강한 물리력이었다. 그런데 그들마저 애교 넘치는 아이들에 합류한 것이었다. 소피의 연인은 대학 진학을 미끼로 그들을 포섭했을 것이라 분석했다. 선수들의 경우에는, 일반적으로 각종 시합에서 입상 경력이 있어야 대학에 진학할 수 있는데, 그렇지 못해도 대학에서 욕심낼 정도의 뛰어난 선수의 동료들은 동반 입학자의 자격을 부여받을 수도 있다는 것이었다. 전형적인 입시 부정의 한 예라는 설명이 뒤따랐다.

하지만 그의 정확한 분석도 모든 간첩 활동에 대해 무차별적인 제재가 가해지는 현실 앞에서는 아무런 힘도 발휘하지 못했다.

서명 용지를 빼앗기기도 했고, 비판적인 의견이 오가는 학급 회

의들은 강제적으로 중단되어 버렸다. 압도적인 물리력을 보유하게
된 선도부들은 노장군의 충실한 개가 되어 교정을 어슬렁거렸다.
활기가 넘쳤던 간첩단의 모임에선 앓는 소리들만 터져 나왔다. 나
와 소피 역시도 요주의 인물 중 한 명이 됐다.

내가 어찌 되는 것은 아무 상관없었지만, 소피에게 닥친 위기는
절대로 좌시할 수 없었다.

스승을 다시 세상으로 불러내야 했다. 나 혼자서 소피의 위험한
사랑을 지켜 내는 것은 역부족이었다. 철로 변의 지배자로 군림하
며 한 점에 의지하여 만인의 공포를 겨누었던 스승의 도움이 너무
도 절실히 필요했다. 더 이상 때를 미룰 수 없음이 분명했다.

수학의 정석과 성문 기본 영어에 다시 한 번 도전하기 위해 학원
에 등록했다는 스승을 찾았다. 지나가는 말로, 그러나 충분히 알아
들을 수 있도록 신경 써서, 간첩단이 처한 위기에 대해 이야기해 봤
다. 그리고 단도직입적으로 도움을 요청했다. 물론 우리가 입학도
하기 전에 쫓겨난 선생들의 이야기가 아닌, 교장의 사돈의 팔촌이
만든 신비로운 교복의 이야기를 늘어놓은 것은 물론이었다. 때가
때이니만큼 흔쾌히 도와주리라 믿고 있었다. 하지만 스승의 반응은
내 예상을 빗나간 것이었다.

"그러고 다니는 거, 재미있냐?"

아직 때가 아니라는 스승의 일갈이었다. 그러나 물러설 수 없었
다. 스승만이 유일한 희망이었다. 간곡한 어조로 노장군의 후예들
이 저질러 온 그릇된 처사들에 대해 말해 봤다. 물론 소피의 연인이
알려 준 것들이었다.

"난 말이다, 공부에는 때가 있다고 생각해."

나는 초조한 마음으로 손톱을 물어뜯었다. 최소한 소피가 졸업할 때까지만이라도 간첩단을 지켜 내야 했다. 그러나 아직 1학기의 반도 지나지 않은 때였다. 애교 넘치는 아이들이 계속 세력을 불려 간다면 간첩단은 한 달도 더 유지되기 힘든 상황이었다. 나는 좀 더 힘을 내서 스승을 설득해 봤다. 그러나 스승은 오히려 안쓰럽다는 표정으로 내게 설교를 늘어놓았다.

"너, 잘 들어 봐. 요즘 대입 경쟁률이 대충 4대1쯤 된다. 그러니까 성적으로 상위 25퍼센트 안에는 들어야 대학에 간다는 소리야. 물론, 눈치 작전을 써서 지원 잘하면 어떻게 될 수 있을 테고, 전국에 입시생들이 죄다 같은 학교에 원서를 쓰지는 않을 테니 그 정도까지는 아니겠지. 그렇다 쳐도, 상위 30퍼센트 안에는 들어야 안심할 수 있지 않겠나? 그런데 난 내 머리를 좀 알거든. 내가 아무리 열심히 해도 못 따라잡을 놈들이 있잖아. 아무래도 상위 20퍼센트 안쪽은 내가 넘보기 어려울 것 같단 말이야. 무슨 소리냐 하면, 내 입장에선 대입 경쟁률이 최소한 8대1은 된단 말이지. 재수 없으면 16대1일 수도 있어. 그러니 내가 지금 공부를 해야겠냐, 아니면 너희들하고 학교 때려 엎을 궁리나 하고 있어야겠냐?"

더 이상 할 말이 없었다. 스승이 영어 단어를 옮겨 적고 있던 연습장의 표지에 '법대로 가서 법대로 살자!'라는 구호가 적혀 있음을 익히 알고 있었던 것이다.

사랑이냐, 우정이냐! 닳고 닳은 고민이 내게도 찾아왔다. 한 끼도 굶지 않았는데, 하룻밤도 새지 않았는데, 얼굴이 핼쑥해졌고 눈이 충혈됐다. 일주일쯤 지났을 때, 스승은 걱정스러운 표정으로 내 건강을 염려해 줬다.

덕분에 나는 고민을 끝낼 수 있었다.

우정은 이미 내게 있었으니, 사랑을 선택해야겠다는 것으로 말이다.

그래서 스승의 의사와는 상관없이 그를 간첩단에 끌어들이기로 결정했다. 물론 뚜렷한 방법은 떠오르지 않았다. 그저, 나와 스승의 사이가 운명이라 불리는 정체불명의 힘으로 연결되어 있다면 어떻게든 수가 생길 것이라는 막연한 기대뿐이었다.

그리고 그 운명의 끈을 이어 줄 이는 우리의 적, 애교 넘치는 아이들 중에 있었다. 실로 상상조차 할 수 없었던 놀라운 운명의 안배였다.

애교 넘치는 아이들은 크게, 그다지 위험할 것 없는 기존의 선도부원들, 제어할 수 없는 난폭함을 자랑하는 예비 복학생들, 감당할 수 없는 물리력의 화신인 버림받은 선수들의 세 부류로 나뉠 수 있었다. 그중 두 번째 부류에 속해 있던 망치라는 녀석이 운명의 중재자였다.

전하는 말에 따르면 그는 스승의 중학교 동창이었는데, 스승의 오른팔이 되기 위해 자존심조차 버린 채 뒤를 따라다니던 인물이었다고 한다. 하지만 스승에게 눈길조차 받아 본 적이 없었다는 말도 함께 전해 오고 있었다. 고등학교 진학 이후 고군분투 끝에 예비 복학생의 일원이 된 것으로 봐서는 상당한 노력형의 인물임은 분명했다. 하지만 망치라는 물건의 속성인즉, 타인의 손에 쥐어져 힘을 더해 주는 도구에 불과한 것이 아니겠는가. 누가 쥐었는지에 따라 때로는 바위를 부수고 산을 가를 수도 있겠지만, 경우에 따라선 튀어나온 못 하나도 제대로 박아 넣을 수 없게 되는 법이다. 결국, 최고의 자리에 홀로 우뚝 설 수 있을 만한 그릇은 되지 못한다는 뜻이었다.

그로 인한 자격지심이었을까? 그는 애교 넘치는 아이들 중에서도 손꼽힐 정도의 악랄함을 자랑하고 있었다. 암습을 특기로 했는데, 많은 수의 선량한 간첩들이 그가 마련해 둔 교활한 함정에 빠져 낭패를 겪은 경험을 가지고 있었다. 그는 내게도 역시 즐겨 쓰던 방법으로 접근했는데, 나를 표적 삼았던 것은 스승과의 우정이 그의 질투심을 자극했기 때문인 것으로 추측해 볼 수 있겠다.

"이보게, 우리의 교분이 그다지 깊지 못해 우려가 앞서지만, 내 염치 불구하고 도움을 청하려 하네. 들어주겠는가?"

나는 의혹에 가득 찬 표정으로 그를 바라봤다. 그의 말대로 우리 사이에는 도움을 주고받을 구실이 없었던 것이다. 그러나 망치라는 녀석은 집요하게 도움을 청했다.

"혹시 근자에 얻은 초라한 위명이 자네로 하여금 나를 꺼리게 함인가? 자고로 의관을 구실 삼아 속내를 짐작하는 것은 소인배의 행태라 하지 않던가. 모쪼록 이를 유념해 주시게."

그가 원하는 도움이란, 내게 체육복을 빌려 달라는 것이었다. 그는 2교시에 체육 수업을 받아야 했고, 우리 반의 체육 시간은 4교시였다. 무리한 부탁은 아니었다. 친구 사이였다면 말이다. 하지만 그는 적이었다. 내 물건이 적들의 손아귀에 들어간다는 사실은, 아무래도 마음 편히 받아들일 수 있는 일이 아니었다. 얼른 결정을 내릴 수가 없었다. 그러다가 망치가 자꾸 어딘가를 힐끔거리고 있음을 눈치 챘는데, 대략 짐작으로 그가 스승의 눈치를 살피고 있다는 것을 알 수 있었다. 스승은 교실 구석 자리에서 영어 단어니 수학 공식이니 하는 것들을 끼적거리고 있었다. 망치의 가슴속에 남아 있던 스승에 대한 경외심과 두려움의 발로일 수도 있었고, 어쩌면 그의 속내에 숨겨진 비열한 협잡의 증거일 수도 있었다.

짧은 고민 끝에 나는 체육복을 꺼내 주기로 마음먹었다. 그가 스승을 의식하고 있다면 감히 비열한 수작을 걸어오지는 못하지 않을까 하는 기대가 반, 그리고 예상치 못한 일이 벌어진다 해도 당당히 맞서는 것뿐, 다른 선택은 없으리라는 생각이 반이었다.

비상시국이었다. 사소한 일 하나에도 비장한 각오가 필요한 때였다.

망치는 간소하게 감사의 뜻을 표한 뒤 교실을 떠났다.

망치가 내 체육복을 입고 있던 2교시는 즐거운 음악 시간이었다. 노장군의 후예들은 대학 진학률을 높이는 데 아무런 도움도 되지 않고 아무리 열심히 가르쳐 봤자 유행가나 흥얼거릴 우리의 정서 따위는 함양될 필요가 없다는, 매우 정당한 이유로 음악 수업을 하지 않았다. 그러나 시간표상으로는 음악 시간이 있었고, 음악 선생이라 불리는 인물도 한 명이 있긴 했다.

음악 선생은 자칭 뒷골목을 주름잡던 반항아에서, 가문의 이름을 드높인 우등생, 고결한 영혼의 음악가, 신념에 불타는 예술 교육자, 자상하고 책임감 넘치는 가장으로 변신에 변신을 거듭하며 살

아왔다는 교장의 처남이었다. 놀라운 상상력과 풍부한 감성의 소
유자였던 그는, 주로 자신이 창작한 소설들을 낭독해 주는 것으로
수업을 대신해 왔는데, 항간에서는 그가 조뺑이라는 필명으로 활동
중인 현역 소설가라는 설이 조심스럽게 제기되기도 했다. 물론 성
이 조씨이기 때문이었다.

그날의 조뺑은 자유분방한 상상력에 기반을 둔 초현실적인 분위
기가 물씬 풍기는 실험적인 작품을 우리에게 소개해 주었다. 훗날
그의 작품은 많은 이들에 의해 꼼꼼하게 분석된 적이 있는데, 여기
그 일부나마 소개해 보기로 하겠다.

당 작품의 미덕은 작가의 전작들과 마찬가지로 현실의 상식적인
작동 원리들을 가벼이 뒤집어 버리는 재기 발랄한 상상력이 유감없
이 발휘되는 데에서 느껴지는 페이소스라고 할 수 있을 것이다. 그
의 작품을 접하는 독자들은 '말도 안 돼.'라는 말을 연발하면서도,
어느새 그 놀라운 상상의 세계 속에 깊이 몰입되어 있는 자기 자신
을 발견하게 되는 것이다. 작품을 직접 들여다보며 좀 더 구체적으
로 이야기해 보기로 하자. 작품의 화자이자 주인공인 '나'는 친구의
복수를 위해, 무려 열일곱 명이나 되는 적과 사투를 벌여야 하는 절
체절명의 위기에 처한 인물이다. 이는 오직 작가만이 보여 줄 수 있
는 자유분방한 상상력이 유감없이 발휘된 설정이라 할 수 있겠다.
주인공이 가진 초인적인 능력은 물론이고, 각종 흉기로 무장한 열일
곱 명의 괴한들에게 구타를 당했으면서도, 병원이나 경찰서 대신 주
인공을 찾아와 복수를 부탁하는 친구까지, (중략) 이와 같이 참신

한 상상력으로 무장한 이 걸출한 작가는 여기서 그치지 않고 한 놈만 팬다, 라는 얼핏 생각해선 말도 안 돼 보이는 방법으로 주인공이 승리한다는 대담한 결말을 택한다. 물론 이와 같은 대담함은 양날의 칼인지라 작품에 대한 비판의 빌미를 제공할 우려도 있음은 주지의 사실이다. 그러나 작가는 "그래도 나 정도 되니까……."라는 유려한 상용구를 이용하여, 슬그머니 독자들의 상식을 조롱함과 동시에 지능적으로 비난의 화살을 피해 낸다. 작가가 다른 작품들에서도 애용해 온 이 표현은 작품의 주제를 반영하고 있기도 한데……. (하략)

몇은 졸고, 몇은 듣고, 몇은 무시하는 가운데에서도 조뺑은 침까지 튀겨 가며 이야기를 계속해 나갔다. 그리고 초현실적인 격투담이 끝나고도 아직 시간이 남자, 고독한 야수와도 같은 청년과 그를 사모하는 시한부 인생의 소녀를 주인공으로 한 러브 스토리를 들려주기 시작했다. 여자아이들은 야유인지 환호인지 모를 탄성을 자아냈고, 사내 녀석들은 그들이 둘만의 여행이라도 떠나지 않을까, 그래서 막차가 끊어지지 않을까, 기대감으로 가득 찬 표정들을 짓고 있었다. 하지만 나는 초조한 심정으로 시간만 재고 있을 뿐이었다. 아무래도 예감이 좋지 않았던 것이다.

조뺑은 항상 치밀한 계산하에 창작 활동을 해 왔기에, 이제껏 시간이 부족하거나 남는 일은 거의 없었다. 일정한 경지 이상에 도달한 작가라면 누구에게라도 가능할 것이었다. 더구나 조뺑은 자신만의 독특한 문학 세계를 개척한 대가 급의 작가였다. 그런데 이번만은 수업이 끝나기 전에 이야기의 결말을 맺지 못할 것만 같았다.

일반적으로 그가 즐겨 사용하던 구성 방식에 따르면, 시한부 소녀는 결국 죽음을 맞이하게 될 것이었고, 고독한 야수와도 같은 청년은 슬픔에 겨워 자포자기하는 심정으로 술주정뱅이가 되어 가던 중, 또 다른 여인과 우연히 마주치며 다음 음악 시간을 기약할 것이었다. 그런데 그놈의 시한부 소녀는 쉬는 시간이 목전에 다다르도록 죽을 생각조차 하지를 않는 것이었다. 왠지 초조한 기분이 들었다. 그리고 복도를 내달리는 발소리가 요란하게 들려왔다. 운동장으로부터 아이들이 들어오는 소리, 아직 수업도 끝나지 않았는데, 저들은 벌써 교실로 돌아오는구나, 그런데 조뺑은 나갈 생각을 하지 않으니……. 나의 초조한 예감은 실로 한 치의 어긋남도 없는 정확한 것이었다. 그것이 확인된 뒤에야 나는 모든 것이 철저하게 계획된 음모였음을 확신할 수 있었다. 노장군이 붉은 고개를 밀어 버리던 시절부터 그들은 모든 것을 알고 있었던 것이다. 소피의 위험한 사랑도, 그 사랑의 수호자인 나까지도. 조뺑은 자신의 영혼을 노장군의 후예들에게 팔아 치운 타락한 예술가였던 것이다.

1분이 조금 넘을 정도의 짧은 시간이었지만, 노장군으로부터 망치까지 이어진 굳건한 협잡의 틀이 완성되기에는 충분했다. 재빨리 움직인다면, 꼭대기 층 구석 교실에서 지하의 매점까지도 왕복할 수 있는 시간이었다. 조뺑이 교실을 나서자마자 옆 교실로 달려갔지만, 예상대로 망치는 자리에 없었다. 타락한 예술가 조뺑이 벌어 준 시간을 이용해 어딘가로 사라져 버린 것이었다.

다음 시간도 마찬가지였다. 체육복은 내게 돌아오지 않았다. 교실 앞을 서성이며 망치를 찾아봤지만, 그의 모습은 보이지 않았다.

우리 반 쪽을 보고 있자니, 복도에 나와 있던 여자아이들이 와글와글 떠들고 있었다. 체육 시간마다 벌어지는 흔한 풍경이었다. 개중 몇은 의혹에 가득 찬 표정으로 나를 바라보고 있었다. 외국 영화에서나 보아 왔던 그럴싸한 라커룸은 고사하고 탈의실조차 없었던 은강 고등학교의 불문율에 따르면, 남자인 나는 그녀들이 복도에 나와 있는 동안 재빨리 체육복을 갈아입어야 했던 것이다.

사내 녀석들이 우르르 몰려나왔다. 그들의 행선지는 당연히 운동장. 뒤도 돌아보지 않고 달려 나갔다. 더 이상 머뭇거릴 시간이 없었다. 나는 마치 백만 년 전부터 결심해 온 일을 실행하듯이, 남들의 시선 따위는 애초에 내 관심사가 아니라는 듯이, 그들의 뒤를 따랐다. 무릎 안쪽이 근질거렸다. 정전기였다.

나는 맹세코 체육 선생을 무시하는 마음을 품은 적이 없었다. 물론 그의 교육 철학에 가슴 깊이 공감한 나머지 걷잡을 수 없는 흠모의 정을 품은 적도 없기는 했지만 말이다. 그래서 체육 선생의 질타는 근거 없는 평계에 불과했다. 그저 나를 옭아매려는 음모의 완성을 위해 되는 대로 떠들어 댄 것일 뿐이었다.

"제군들. 나는 이제껏 제군들의 체력 향상에 도움이 될 뿐 아니라, 고단한 학업의 압박을 해소하는 데 탁월한 효과가 있다고 입증된, 건전한 신체 활동의 장을 제공하는 일에 나름 최선을 다해 왔다고 자부한다. 천하를 호령하던 군웅들에 비할 바 아니고, 천기를 짐작하던 현인들에 비할 바 못 되지만, 이제껏 살아오는 동안 일말의 부끄러움도 없었으니 내가 행하는 바에 대한 정당한 존중은 기대할 만하지 않겠는가. 그러나 제군들 중 누군가는 나를 전혀 존중하고 있지 않구나. 아니, 경멸이라 해도 결코 과장이라 비난치 못하리라. 기본이 되어 있지 않은 자여, 나와서 그 대가를 받아라!"

따라서 손끝으로 나를 가리키는 체육 선생의 표정에서 음모의 완성을 눈앞에 둔 교활한 협잡꾼의 기쁨을 읽어 내는 것은 전혀 어려운 일이 아니었다.

"우리는 한 개인의 몰염치함이 가공할 전파력을 가지고 있음을 익히 알고 있다. 무조건적인 관용이 결코 권장할 만한 미덕이 될 수 없는 이유가 여기에 있는 것이다. 그러니 이제부터 내게 경멸을 보내는 자가 어떤 대가를 치르는지 분명히 보여 줌과 동시에, 제군들의 머릿속으로 파고들 달콤한 죄악의 유혹들을 말끔히 몰아내 주겠다. 모두 운동장을 뛰어라. 육신을 고되게 하여 머릿속을 파고드는 죄악의 병원균들을 말끔히 몰아내라. 어서 가라! 내게 허락된 시간을 온전히 제군들의 질주에 사용하겠다!"

이것이 노장군의 후예들이 꾸민 음모의 전모였다. 당당히 맞서겠다고 다짐했음에도 치가 떨려 왔다. 이토록 비열할 수도 있는 것인가. 나에 대한 음모의 함정 속에 같은 반 친구들의 자리까지 마련해 됐다니.

물론 간첩단과 전면전을 선포한 이상, 그들에게도 얼마든지 음모를 꾸밀 권리는 있었다. 전쟁이 항상 정당한 수단에 의존할 수야 없는 일이 아닌가. 역사에 길이 남을 위대한 승리들도 그 이면에는 비열한 음모들이 잔뜩 도사리고 있을지도 모를 일이었다. 그걸 영광된 승리라는 이름의 휘장으로 꾸며 왔을 뿐이라 해도 누가 과연 반박할 수 있겠는가. 그러니 노장군의 후예들이 마련한 비열한 음모 역시, 싸움에 임해 승리를 구하는 이들이 선택할 방편으로 본다면 일견 합리적인 것일 수도 있는 것이었다. 하지만 그럼에도 불구하고 최소한의 도리는 있어야 했다.

작전 지역 내에 있다 해도 교전 당사자가 아닌 민간인들에 대한 공격은 엄격히 금지되는 게 상식인 것이다. 아무리 위험한 사랑의 수호자인 내가 눈엣가시 같았다 할지라도, 그래서 치졸한 협잡을 동원해서라도 쓰러뜨리고 싶을 만큼 눈에 거슬리는 적이었다 할지라도 말이다. 나와 같은 반이라는 것이 어찌 운동장을 돌아야 할 이유가 될 수 있겠는가. 게다가 가공할 전파력이라니. 활극 영화를 통해 폭력을 배우고, 성애물을 보며 강간을 꿈꾼다고 주장하는 광인들이나 외쳐 댈 법한 헛소리였다. 이와 같은 억지는 스스로 악의 군대임을 자인한 것이나 다름없지 않겠는가. 그리고 기왕 모두에게 징벌이 주어진 마당에, 내게 가해진 주먹질과 발길질과 몽둥이질은 대체 무어라고 설명할 생각인지 미치도록 궁금했다. 도대체 기본이 되어 있지 않은 게 어느 쪽이란 말인가.

억울했지만 이를 악물고 버텼다. 거룩한 희생이었기에, 우연히 내가 희생양이 됐을 뿐이기에, 결국 천만 배, 피의 보복을 해 줄 수 있을 것이기에.

피멍이 든 허벅지가 발을 절게 했다. 거룩한 희생의 증표였다. 체육 시간 내내 운동장을 달렸던 아이들 역시 땀과 먼지로 범벅이 되어 힘없이 계단을 오르고 있었다. 겨우 2층에 있는 교실로 오르는 데에도 몇 번씩 난간에 의지해 걸음을 멈춰야 했다. 그나마 다행이었던 것은 아이들의 원망이 정당한 방향으로(즉, 체육 선생에게로) 향해져 있다는 것이었다. 그러나 동료들의 사려 깊은 이해도 내 분노를 잠재울 수는 없었다. 점심시간, 매점을 향해 달려가는 일단의 무리들을 헤치며 힘겹게 2층까지 올라온 나는, 거의 뛰는 듯한 기세로 옆 교실로 들어섰다. 뒤통수로 의혹에 찬 눈초리들이 느껴졌지만 ─ '역시 무자비한 구타는 한 인간의 정신세계를 뒤흔드는 일대 사건이로구나, 그가 돌아가야 할 교실은 저곳이 아니거늘.' ─ 내게는 망치와 대면하는 일이 그 무엇보다 중요했다.

"내 사소한 부주의로 인해 자네에게 큰 화가 미쳤다니, 진정 안타까움을 금할 수 없는 일이네, 내 진심으로 사과해야 할 일임에는 분명하네. 그러나 학교의 기풍을 뒤흔드는 무리들이 지금 이 순간에도 도처에 창궐하는 마당에 어찌 내게 주어진 직분에 태만히 임할 수 있었겠는가. 매 시간 교내를 순시하며 불미스러운 언동들을 미연에 방지해야 하는 막중한 책무에 충실하다 보니 자네에게 응당 돌려줘야 할 것이 있었음을 미처 생각지 못했네. 넓은 아량으로 용서하시게."

맹세코, 하늘 아래 존재하는 어떤 조롱의 말도 이보다 더 신경을 거슬리게 하지는 못했을 것이다. 그는 미소를 머금은 채 나를 바라보고 있었다. 비열함은 표면과 이면의 부조화를 통해 스스로를 드러내는 법. 그러니 그는 웃을 수 있었을 것이다. 그러니 적의와 분노를 겨누면서도 미소를 지어낼 수 있었을 것이다. 도저히 용납할 수 없었다.

내가 적이라면 분노해라!

주저 없이 손을 뻗었다. 망치의 더러운 미소와 함께 내밀어진 체육복을 멀리 쳐 내기 위함이었다. 하지만 손끝에 닿는 감촉은 도저히 체육복의 그것이라고는 생각되지 않는 것이었다. 무언가 전혀 다른 재질의 것이었다.

방만한 자세로 도시락을 들고 있던 망치는, 자신의 일용할 양식들이 한 덩어리가 되어 손에서 빠져나가 먼지 가득한 교실 바닥에 뒹구는 것을 보며 경악하는 표정이 되었다. 의도했던 결과는 아니었다. 하지만 오히려 잘됐다는 생각이 들었다. 그의 얼굴을 마주 쏘아보며 한껏 적의를 드러냈다. 그리고 눈빛으로, 온몸으로 외쳤다. 웃지 말고 분노해라, 나만큼! 가식에 찬 미소를 벗어라. 내 앞에 너의 음흉한 속내를, 너의 독기를, 너의 적의를, 그리고 분노를 토해 내라!

망치의 어퍼컷이 내 턱에 작렬했다. 매우 위험한 일격이었다. 재빨리 물러서 치명적인 타격을 피했음에도 눈앞이 노랗게 변할 지경이었으니 말이다. 뒤이어 망치의 사정없는 주먹질이 나를 향해 쏟아져 내렸다. 둔탁한 타격음. 망치의 노여움을 고스란히 드러내는 소리였다. 승리였다. 마음속의 독기를 미소로 감추고 부드러운 말씨를 지어내던 그를, 기어코 험악한 욕설과 함께 주먹을 휘두르도록 만든 것이었다. 그로 인해 결국 자신의 검은 속내를 만천하에 드러내 버린 꼴이었다. 이제 더는 마음에도 없는 미소로 스스로를 꾸며 내지 못할 것이었다.

그는 이렇게 된 이상 살인멸구라도 하고야 말겠다는 듯이 맹렬한 기세로 주먹을 휘둘러 댔다.

나 역시 그의 주먹에 몸을 내맡길 생각은 없었다. 나도 있는 힘껏 주먹을 내뻗었다. 내 주먹으로도 종종 묵직한 타격감이 전해져 왔다. 여자아이들의 새된 비명 소리가 귓전을 스쳤다. 몇몇 아이들은 난타전을 벌이고 있던 나와 망치의 주변으로 몰려들었다. 우리에게는 목숨마저 내던져야 할 일전이었지만, 그들은 오랜만에 만난 좋은 구경거리라는 듯 환호를 내지르고 있었다.

비교적 대등한 싸움을 벌이고 있었음에도 오싹한 예감이 등골을 훑고 지나갔다. 명백한 위기감이었다. 하지만 신경 쓸 여유가 없었다. 망치의 주먹은 생각보다 매서운 구석이 있었던 것이다.

"예의를 모르는 녀석이로구나! 웃음으로 사죄하는 이에게 주먹을 앞세우다니!"

누군가의 호통 소리였다. 머리털이 곤두서는 듯했다. 그럼에도 망치와 한 교실을 쓰는 인물 중 하나이겠지 싶어 애써 무시했다. 하지만 호통에서 그치지 않았다. 누군가의 억센 손길이 내 허리를 부둥켜안았던 것이다. 순간 나는 애교 넘치는 아이들이 당도했음을 직감했다. 어떤 손길도 망치의 허리를 부둥켜안지는 않았기 때문이었다. 낭패감에 사로잡힌 순간 시야가 어두워졌다. 치열한 난타전의 와중에도 여전히 체육복을 들고 있던 교활한 망치는 기회를 포착한 순간, 그것을 내 머리에 뒤집어씌워 버렸던 것이다. 움직임은 물론 시야마저 막히고 말았다. 나는 순식간에 망치의 손쉬운 표적으로 전락해 버리고 말았다. 쉴 새 없이 타격음이 울렸다. 내 육신이 부서져 가는 소리였다. 입안 가득 느껴지는 피맛, 꿀꺽, 삼키고 싶은 유혹에 휩싸였다. 이를테면, 그만큼이나 정신없이 두드려 맞고 있었다는 뜻이다.

'길지 않은 생애를 예서 마감하고 마는가?'

머리가 울리고, 온몸이 아파 왔다. 너무도 간절히 쓰러지고 싶었다. 하지만 교실 구석까지 몰려 버린 탓에, 그조차도 내 뜻대로 되지 않았다. 지금이 생의 마지막 순간이 될지도 모른다는 생각이 들었다. 부정하려 했지만, 믿어 버리는 쪽이 오히려 현명한 판단인 것만 같았다. 차라리 의식을 놓아 버리면 편해지지 않을까 싶을 만큼 처참하게 유린당하며, 도무지 빠져나갈 수 없는 절망 속에서 헛되이 몸부림칠 수밖에 없었다.

탈출구가 보이지 않는 절체절명의 위기였다.

그런데 어느 순간 눈앞이 환하게 밝아 왔다. 더 이상의 타격도 없었다. 아주 잠깐 동안이었지만 아무런 소리도 들리지 않았다. 짧은 정적이 지나고, 주파수를 놓친 라디오에서 들리는 것과 같은 거친 이명이 들려왔다. 나는 그것이 의심할 여지없이 내 영혼이 사후 세계로 편입되어 가는 과정이라 생각했다. 하지만 눈을 떴을 때, 눈 앞에 보인 것이 여전히 무미건조하게 회백색으로 도색된 교실 벽이라는 것을 알고서는 의아한 기분이 들기도 했다. 내가 아직 살아 있는 것인가? 물론 나로부터 약간 어긋난 방향을 바라보며 당혹스런 표정을 짓고 있는 망치를 봤을 땐, 역시 죽었을지도 모른다는 생각이 들었다. 떨리는 마음으로 고개를 돌렸다. 망치의 시선이 향해 있는 곳, 그곳에서 나는 눈을 까뒤집고 피투성이가 된 채 혀를 빼물고 널브러진 내 주검을 발견하게 될 것만 같았다. 부러진 목은 어쩌면 살아생전엔 실현 불가능한 각도로 꺾여 있을지도 몰랐다. 최소한의 존엄마저 지켜지지 못한 수치스러운 모습의 핏덩어리가 되어 있을지도 몰랐다. 적어도 내 시야를 가리고 있던 체육복을 한 손에 구겨 들고, 싸늘한 눈매로 망치를 노려보는 스승을 발견하기 전까지 내 생존을 확신할 수 없었다.

언젠가 내게 세상의 중심을 보여 주던 시절의 모습 그대로의 스승이 거기 서 있었다.

그 살기등등한 눈빛에 기가 죽은 망치는 무슨 말인가를 꺼내려 했다. 하지만 이미 굳어 버린 입술은 미미하게 달싹거리기만 할 뿐, 아무런 소리도 지어 내지 못했다. 그리고 스승의 손아귀에 구겨져 있던 체육복이 바닥으로 내던져지는 순간, 망치의 고개가 크게 젖혀졌다. 돌이킬 수 없는 사태를 세 치 혀로 막아 보기 위해 꿈틀거리던 그의 입 언저리에 스승의 주먹이 꽂힌 것이었다. 급히 제자리로 돌아온 망치의 동공은 크게 확장되어 있었다. 곧이어 양쪽 눈자위에 공평하게 한 대씩의 주먹이 날아들었다. 망치는 머리를 감싸며 상체를 움츠렸다. 하지만 스승의 날카로운 손길은 그가 미처 가리지 못한 작은 틈새를 파고들어 머리채를 움켜쥐었다. 곧이어 신음인지 교성인지 가늠할 수 없는 소리와 함께 몸부림치고 있던 망치의 명치께로 스승의 무릎이 파고들었다. 망치의 몸이 흉하게 엉덩이를 뺀 자세로 솟아올랐다. 그리고 솟아오른 것보다 몇 배는 더 빠르게 바닥으로 고꾸라지고 말았다. 그의 머리채를 휘어잡고 있던 스승의 두 손이 아래쪽으로 힘차게 뿌리쳐졌기 때문이었다. 망치는 절이라도 하는 듯한 자세로 엎드린 채 고통에 겨운 신음을 흘리고 있었다. 하지만 그 자세도 오래 지속될 수 없었다. 목덜미를 노리고 날아든 스승의 발길질이, 한 치의 어긋남도 없이 목표에 적중했던 것이다. 망치는 잠시 상체를 바로 세웠다가 순식간에 뒤쪽으로 무너져 내리고 말았다. 얼핏 드러난 그의 얼굴은 이미 엉망이 되어 있었다. 망치는 태고로부터 유래된 절대적인 힘에 유린당하는 무력한 인간에 불과했던 것이다.

스승은 신화의 시대로부터 이제 막 걸어 나온 괴수와도 같은 모습으로 망치를 내려다보고 있었다. 위대한 부활의 순간. 간섭도, 외면도, 비명도, 그 어떤 것도 허락되지 않았다. 교실 안의 모두는, 그저 주춤주춤 물러서며 신음 소리처럼 웅성거리는 것 외에는 다른 어떤 것도 할 수 없었다. 신화 속의 존재란 그저 경배의 대상일 뿐이었다. 그들의 어린 영혼으로는 무엇도 어떻게도 해 볼 여지가 없었다.

그대가 만일 신을 경배한다면, 그것은 결코 사랑과 은총 때문만은 아닐 것이다. 사랑과 은총이야 그대의 선량한 지인들도 얼마든지 베풀어 줄 수 있는 것이 아닌가. 그러나 어느 누가 선량한 지인 앞에 기꺼이 무릎 꿇어 섬김을 자청하겠는가. 그대는, 그대를 굽어살피는 자가 힘이 세다는 것을 알기에, 그 힘이 언제든 자신에게 겨누어질 수도 있다는 것을 알기에, 두려움에 오금이 저려 오기에, 넘볼 수 없는 막강함 앞에 차마 서 있을 수조차 없게 되기에, 신 앞에 무릎 꿇는 것이다. 당신을 경배한다고 소리 높여 외치는 것이다. 즉, 그대가 가진 신앙이란 두려움과 조금도 다를 바 없는 마음가짐인 것이다.

스승의 모습은 신과 같은 광휘 속에 휩싸여 찬란히 빛나고 있었다. 모두의 눈빛이 공포에 휩싸여 있었다. 그들의 어린 영혼은 이미 스승 앞에 무릎 꿇고 있었다.

　그리고 스승이 한쪽 무릎으로 망치의 가슴팍을 누르며 올라타자, 교실 곳곳에서 숨 막힌 신음 소리들이 새어 나왔다. 저마다의 공포와 혼란을 나타내는 표정 속에서 흘러나오는, 어린 영혼들의 아우성이었다. 밑에 깔려 속수무책으로 가혹한 공격을 받고 있던 망치를 제외하면 스승의 주변으로 아무도 범접하지 못했다. 반경 3미터에 달하는 널찍한 공간 속에 인간을 초월한 존재인 스승과, 인간으로서의 존엄을 잃어버린 망치만이 살아 숨 쉬고 있었다. 그나마도 망치는 의심할 나위 없이 죽어 가고 있었다. 규칙적으로 들려오는 타격음. 거기에는 아무런 감정도 실려 있지 않았지만, 우리는 무의식중에 그 소리에 맞춰 호흡하고 있었다. '퍽' 들이쉬고, '퍽' 내쉬고, '퍽' 다시 들이쉬고, '퍽' 다시 내쉬고……. 둔탁했지만 지극히 선명했다. 망치에게선 혼절했음을 나타내는 모든 징후들이 발견됐는데도 소리는 멈출 기색이 없었다. 그리고 마침내 스승이 몸을 일으켰을 때, 격렬한 주먹질의 결과로 그의 등 언저리는 흥건하게 젖어 있었다. 아이들은 크게 한 발 물러서며 급하게 숨을 몰아쉬었다. 격렬했지만 일방적인 전투의 최후를 목도한 자들의 안도감에 가득 찬 소리였다. 거의 한숨 소리에 가깝게 들렸다.

　하지만 단순한 파괴와 살육만으로 공포를 이야기할 수는 없는 일이다. 더구나 스승이 몰고 온 공포가 단순한 주먹질에 원인을 두고 있을 리는 없었다.

　그럼에도 어린 영혼들은 무가치하게 웅성거리기 시작했다. 폭력의 끝과 승자의 너그러운 미소를 기대했으리라. 이제 스승이 환한 미소 속에 사랑과 은총을 담아 자신들을 바라보리라, 헛된 기대를 품었으리라. 감히, 스승의 싸움을 멋대로 끝내 버리려는 불경함이었다. 그들이 아직 스승에 대한 믿음을 완성시키지 못했음을 보여 주는 어리석음이었다.

스승은 말없이 교실 뒤편으로 걸어가 주전자를 집어 들었다. 그리고 망치의 곁으로 돌아와 주전자를 기울였다. 흘러내린 물이 망치의 얼굴을 때렸다. 아이들의 웅성임이 더욱 기승을 부리는 와중에 망치가 힘겹게 눈을 떴다. 아이들은 자신들이 아름다운 미담의 목격자가 되었음을 확신하는 듯, 평화롭고 유쾌한 표정으로 풀어져 가고 있었다. 하지만 그 모든 것이 내게는 스스로의 어리석음을 고백하는 것으로 보일 뿐이었다. 승자는 패자를 일으켜 세우고, 따뜻한 말들이 오가고, 둘 사이에 마침내 극적인 화해가 달성된다? 어리석은 자들을 위한 동화일 뿐! 스승의 소재지는 동화가 아니라 신화였다. 그것도 거룩한 신이 아닌 피에 굶주린 괴수를 노래하는, 피로 얼룩진 잔혹한 신화였다.

스승이 망치를 부축해 일으키는 순간까지만 해도 모두가 미소 지을 준비를 갖춘 채 조금씩 둘의 곁으로 다가서고 있었다. 스승이 망치를 창가에 기대 놓을 때까지도 마찬가지였다. 하지만 스승이 주전자를 휘둘러 망치를 후려치는 순간, 교실 안은 다시 정적으로 휩싸였다. 스승은 못된 송아지를 몰아가듯 맹렬한 기세로 주전자를 휘둘러 망치를 몰아붙였다. 맹렬하게 몰아붙이는 스승의 집념을 거부하지 못한 망치는, 결국 다친 몸을 이끌고 창틀로 올라서야만 했다. 그리고 스승이 예정한 망치의 거처에는 발 디딜 곳이 없었다.

망치는 당장이라도 울어 버릴 것 같은 표정으로 창틀을 붙잡고 버텼다. 하지만 스승은 손가락 하나하나를 잡아 펴서 결국 그를 창밖으로 떨어뜨리고 말았다. 요란한 소리들이 들려왔다. 화단의 나뭇가지들이 부러져 나가는 소리였다. 망치가 남긴 소리, '억'이라고 표기할 수밖에 없는 불확실한 외마디 비명이 교실 안을 맴돌며 공포감을 증폭시켰다. 아이들의 얼굴에 떠오르던 미소가 순식간에 흔적도 없이 증발해 버렸다. 그리고 모두 슬금슬금 뒷걸음질을 치기 시작했다. 자신의 등으로 벽을 뚫을 수 있을 거란 착각에 빠지기라도 한 듯, 등이 벽에 달라붙은 뒤에도 그들의 발은 멈추지 않았다.

"그러니까 어른들 말씀 하나도 틀린 게 없어. 창문에 매달려서 장난치니까, 떨어지잖아. 안 그래? 얼마나 아플까."

스승의 작은 읊조림만이 교실에 가득했다.

어린 영혼들은 스승의 얼굴에 떠오른 미소가 세상에서 가장 끔찍한 그 무엇이라도 되는 것처럼 외면하기 위해 안간힘을 썼다. 그리고 스승은 너무도 당연히, 그들의 반응에는 신경도 쓰지 않았다. 다만 내게 어깨를 내어 줄 뿐이었다. 나는 감격에 겨워하며 스승의 부축을 받아들였다.

목격자들 전부는 그들의 점심시간을 완벽하게 유린당한 채 멍하니 허공만 바라보고 있었다. 극심한 공포를 겪은 뒤였으니, 마치 5분 전에 밥상을 물린 사람보다도 입맛이 없었을 것이 분명했다. 전하는 말에 따르면 점심을 거른 그들 대부분은 오후 수업 내내 멍한 표정으로 이따금 창밖을 내다보기만 했다고 한다. 성장기의 청소년들에게 하루 세 끼를 꼬박꼬박 챙겨 먹는 일이 얼마나 중요한 것인지를 시사해 주는 일화이기도 했고, 다시 시작된 괴수의 신화가 몰고 올 공포의 징조이기도 했다.

교실을 나서며 스승은 내게 말했다.

"싸움 같은 거 하지 마. 건강에 해롭단 말이야. 꼭 싸워야 될 일이 생겼다 싶으면…… 그래도 싸우지는 마. 싸우는 게 아니야. 그냥 밥맛 떨어지게 구는 놈이 눈에 띄었으니, 죽도록 패 주는 거다, 이렇게 생각하란 말이야. 말은 필요 없어. 잘했네, 잘못했네, 따져 봤자 기회만 놓치게 될 뿐이야. 싸움이 나겠다 싶을 땐, 무조건 먼저 때려. 그리고 끝까지 때리란 말이야. 언제가 끝이냐고? 나도 모르지. 그야말로 끝도 없이 패 버리는 거야. 이를테면 일방적인 가해자가 되란 소리지. 그러니까, 이게 기본이다. 알겠지?"

입안이 쓰라렸지만, 나는 스승을 향해 환히 미소 지어 주었다.

철로 변에서 팽이를 돌리던 시절 이래로 가장 해맑고 환한 미소였다.

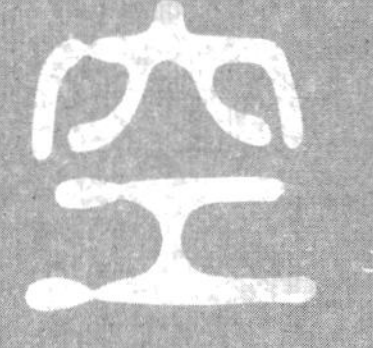

뒤통수

은강 고등학교의 제2외국어는 불어였다. 내가 입학하기 전까지는 그랬다. 세 학년을 통틀어 30개 반이 있었기에, 두 명의 불어 선생이 15개 반씩을 담당하는 것을 원칙으로 삼고 있었다. 하지만 3학년들은 대입 시험에서 제2외국어를 선택하지 않을 수도 있었던 만큼, 담당해야 할 학급은 이보다 조금 적었을 것이다.

소피의 연인과 교장의 귀염둥이 조카딸이 불어를 가르쳤다. 그러다가 내가 입학하던 해부터 시대의 변화에 발맞춰 가기 위해 일본어를 함께 가르치기 시작했다. 그리하여 소피의 연인과 교장의 귀염둥이 조카딸은 한결 적은 수업만 담당하고도 똑같은 월급을 받는 행운을 누릴 수 있게 됐다. 계산상으로는 분명히 그랬다. 하지만 실제로는 계산 결과와 동떨어진 일이 벌어지고 말았다. 소피의 연인이 학교를 떠나게 됐고, 결과적으로 교장의 귀염둥이 조카딸은 전보다 더 많은 수업에 시달리는 처지가 되어 버린 것이다.

　이와 같은 일련의 조치들은 많은 이들에게 혼란을 야기했다. 소피의 연인이야 노장군의 후예들의 입장에서는 그야말로 눈엣가시였을 테니 언젠가는 손을 봐 주려 벼르고 별러 왔을 테지만, 그 와중에 교장의 귀염둥이 조카딸에게까지 불똥이 튀리라고는 아무도 예상하지 못한 것이었다. 왜, 가재는 게 편이라고도 하고, 팔은 안으로 굽는다고도 하지 않던가.

　이와 같은 상식을 벗어난 조치로 인해 노장군의 냉혹함에 대한 비난, 혹은 엄정함에 대한 칭송이 동시다발적으로 천지 사방에 울려 퍼졌다. 하지만 당사자인 교장의 귀염둥이 조카딸은 여전히 밝고 활기찬 모습이었고, 항상 웃는 표정이었으며, 여간해선 짜증을 내거나 학생들을 심하게 나무라지도 않았다. 마침 빼어난 미모를 자랑하는 젊은 여선생이기도 했기에 그녀의 인기는 가파르게 상승했지만, 그로 인해 많은 이들이 혼란에 빠져든 것은 역시 어쩔 수 없는 일이었다.

　그리고 얼마 후 새로 부임한 일본어 선생이 노장군의 눈에 넣어도 아프지 않을 손녀딸이며, 앞으로 은강 고등학교의 제2외국어가 완전히 일본어로 바뀔 것이란 방침이 알려졌다. 또 우리 교장의 동생인 은강 중학교의 교장이 유명 정치인과 굴지의 기업가를 여럿 배출한 명문가와 사돈을 맺기로 했는데, 그의 딸내미는 모 고등학교에서 교편을 잡고 있는 여선생이라더라, 그런데 시댁에선 며느리가 밖으로 나돌기보다는 내조에만 전념해 줬으면 한다지, 라는 소문도 돌기 시작했다. 그리고 또 얼마 후 교장의 귀염둥이 조카딸은 소피의 연인의 뒤를 이어 학교를 떠났고, 결국 불어 수업은 급히 채

용된 탓에 출신 성분조차 정확히 알려지지 않은 임시 교사가 담당하게 됐다.

그제야 혼란스러워하던 이들은, 역시 세상은 언제나처럼 아무 탈 없이 돌아가고 있구나, 하고 안정을 되찾을 수 있었다.

하지만 간첩단의 동지들은 이 복잡한 일련의 사태들이 숨 가쁘게 돌아가는 와중에도 한결같이 덤덤한 태도를 유지하고 있었다. 왜냐하면 소피의 연인을 비롯한 잊혀진 선생들은, 노장군과 그의 일족들은 언제나 은밀한 꿍꿍이를 품고 있으며, 자신들의 이해관계에 관한 것이라면 손톱에 낀 때조차 희생시키는 일이 없다 주장해 왔기 때문이었다. 선배들의 말에 따르면 그들은 최소한 남아 있던 선생들보다는 신뢰할 수 있는 인물들이었다.

그들은 적어도 밑도 끝도 없이 우리를 윽박지르거나, 조상까지 들먹여 가며 상욕을 퍼부어 대거나, 어금니를 꽉 물라고 해 놓고 정강이를 걷어차는 따위의 짓은 하지 않았으니, 믿지 못할 이유가 없었다. 어차피 교과서나 참고서에 별표를 그려 주며 '이번 시험에 이 부분이 반드시 출제된다.'라고 말해 줄 때를 제외하고는 선생들에게 도움 받는 느낌이 들었던 적은 단 한 번도 없었다. 적극적으로 나를 해코지하려 들지만 않는다면, 나는 얼마든지 그들의 은혜에 대한 노래까지 불러 줄 의향이 있었다.

간첩단의 세력을 쉽게 불려 갈 수 있었던 이유들 중 하나가 바로 이것이었다. 애교 넘치는 아이들의 공격적인 방해로도, 노장군의 후예들이 쉼 없이 떠들어 대는 거짓과 공갈로도, 우리와 버림받은 선생들 사이에 형성된 끈끈한 신뢰의 끈까지 잘라 버릴 수는 없었던 것이다.

그리하여 우리는 기말고사가 시작되는 날, 학교를 점령하고 말겠다는 야심 찬 계획을 세우기에 이르렀다.

그리고 바로 전날, 버림받은 선생들이 우리를 찾았다. 갑작스러운 방문이었지만, 그들의 방문은 언제나 그러했기에 아무도 놀라지는 않았다. 우리는 학생 회장의 안내로 학교에서 꽤 멀리 떨어진, 허름하지만 넓고 은밀한 내실을 갖춘 식당으로 이동해, 저녁을 함께하며 마지막으로 계획들을 점검했다. 모든 계획의 입안자인 소피의 연인은 우리에게 인쇄물 한 장씩을 나눠 줬다. 복잡한 표와 숫자들이 빼곡히 들어찬 것이었는데, 그동안 노장군의 후예들이 학교 공금을 유용해 왔다는 결정적인 증거들이라고 했다. 소피의 연인이 불어 선생이었음에도 수학에까지 조예가 깊다는 사실에 감명 받은 우리는 연신 고개를 끄덕이기만 했다.

그리고 소피의 연인에 의해 계획이 설명되었다.

우리의 목표는 학생들을 부추겨 교무실과 교장실을 비롯한 학교 건물 전체를 점령한 뒤 농성에 돌입하는 것이었다. 그러면 미리 약속되어 있던 신문기자들이 우리의 주장과 교내 곳곳에서 발견될 각종 장부 및 서류들을 근거로 노장군의 후예들이 저질러 온 비리의 전말을 신문에 대서특필해 주기로 되어 있다는 것이었다. 칼과 펜을 적절히 이용한, 더없이 신묘한 계책이었다. 노장군의 비참한 노후가 눈앞에 그려지는 듯 했다. 물론 아버지가 이 계획을 듣게 된다면, '이제 언론마저 남파 공작의 도구로 전락하였구나!'라며 장탄식을 했겠지만 말이다.

빈틈없는 계획은 사람의 마음을 편안하게 해 주는 힘을 지니고 있다. 예상되는 어려움을 최소화해 주고, 실패에 대한 두려움을 현저히 줄여 주기 때문이다. 그래서 우리는, 상대해야 할 적이 노장군이라는 불세출의 전쟁 영웅이었음에도 불구하고 조금도 두려움을 느끼지 않았다.

또한 믿음직한 동료는 의지를 한층 강하게 만들어 준다. 경우에 따라선, 무엇을 하려는가보다, 누구와 함께하는가가 더 중요해질 수도 있는 이유가 그것이었다. 특히 내 맞은편에 앉아 있던 소피나, 옆자리에 앉아 있던 스승과 같은 인물이 함께해 준다면 더욱 그러할 것이었다.

그즈음에는 스승 역시 당당한 간첩단의 일원이 되어 있었던 것이다.

물론 망치를 처단한 직후만 해도, 스승은 조직의 일원이 될 생각까지는 없는 눈치였다. 그저 어릴 적부터의 친구이자, 다른 반 교실에서 비겁한 술수에 휘말려 공격당한 급우인 내게, 자신의 능력 범위 안에서의 도움을 제공한 것뿐이었다. 당연한 일이었다. 망치 따위가 스승의 행보에 영향을 줄 수야 없지 않겠는가.

간첩단과 애교 넘치는 아이들이 첨예하게 대립하고 있던 당시의 은강 고등학교는, 약육강식의 법칙이 지배하는 사바나의 대초원과도 같은 곳이었다. 승자가 패자의 모든 것을 차지하는 일이 너무나도 정정당당하게 받아들여지는 곳 말이다. 그렇다면 스승은, 단연코 초원의 제왕인 사자일 수밖에 없었다. 강인한 발톱과 이빨, 제왕이란 이름에 걸맞은 늠름한 자태, 듣는 것만으로도 간담이 서늘해지는 우렁찬 포효. 오직 스승만이 지닐 수 있는 맹수의 기상이었다. 어느 누가 감히 이의를 제기할 수 있겠는가.

모든 사자는 토끼 한 마리를 잡을 때에도 혼신의 힘을 다하게 마련이었다. 망치를 처단하는 순간에 이미 증명된 일이었다. 스승에게 있어 망치를 상대하는 일이란, 등이 흥건해지도록 땀을 흘릴 것도 없이, 매서운 말 몇 마디와 눈빛만으로도 충분한 일이었다. 그럼에도 불구하고 스승은 필생의 적수를 만난 듯 가진 바 역량을 모두 쏟아붓지 않았던가. 실로 토끼를 향해 날카로운 송곳니를 드러낸 사자와도 같은 용맹이 아닐 수 없었다.

하지만 그럼에도 불구하고 간과해선 안 될 것이 있다. 사자는 한 마리의 토끼를 잡을 때에도 혼신의 힘을 다하지만, 토끼 한 마리를 상대로 포효하는 일은 절대 없다. 실용성의 문제가 아니라, 제왕으로서의 자긍심에 관련된 문제인 것이다.

따라서 스승을 간첩단으로 포섭해야겠다는 내 계획 안에서, 망치 따위의 하찮은 사냥감은 작은 디딤돌 정도의 의미밖에 지닐 수 없는 것이었다. 스승과도 같은 위대한 인물이 망치와의 일전을 계기로 중대한 인생의 방향을 결정짓는다면, 그야말로 지나가던 토끼조차 실없이 웃고 말 유치한 농담이 아니겠는가.

망치의 교실을 등지고 나서던 길에, 스승은 이 점을 지적한 바 있었다.

"도시락은 아무리 쳐 봤자, 소용없어."

하지만 답을 내려 주지는 않았다. 때문에 나는 마치 시험받고 있는 듯한 느낌을 받아야 했다.

당시의 나는, '아름답다'와, '강하다'와, '위대하다'라는 말을 얼른 구분하지 못했다. 그것들은 마치, 하나의 삼각형을 이루는 꼭짓점들에 각자의 이름을 붙인 것처럼 느껴질 뿐이었다. 구분할 필요가 없는 것들을 구분하는 일만큼 불필요한 행동이 또 어디 있을까? 더구나 아름다운 소피와 강대한 스승, 이 위대한 인물들의 첫 대면을 목격한 나로선 더더욱 그러하지 않겠는가.

그저 내 목전에서 펼쳐진 역사적인 만남에 대한 강렬한 인상만 남겨 두었을 뿐이었다.

따라서 나는 둘 사이에 오간 대화들을 거의 원전에 가깝게 기억하고 있다. 이 역사적인 대담이 이루어진 곳은 은강 시내의 한 패스트푸드점이었다. 주말, 성당을 다녀오던 나와 소피가 스승을 불러내서 이루어진 만남이었는데, 스승은 왠지 탐탁지 않은 기색이었다. 그래서 둘 사이의 대화는 보는 이를 무척이나 조마조마하게 만드는 것이었다.

소피 아주 큰일 벌였더라. 걱정 안 돼?

스승 그거 때문에 겁먹어서 여기까지 나왔잖아요.

소피 아니었으면? 안 나올 생각이었어?

스승 확실히 내키지는 않았죠.

소피 겁먹었다면서 참 속 편한 소리 하고 있구나.

스승 다 끝난 일인데요 뭐.

소피 그게 과연 네 멋대로 끝낼 만한 일일까?

스승 제 나름대로는 끝을 봤거든요.

소피 끝? 그게 언젠데?

스승 한 번만 살려 달라고 싹싹 빌기 시작하면, 그 뒤로 정확히
      1분 뒤죠.

소피 그거 어쩐지 나를 겁주려고 하는 말로 들린다.

스승 그럴 리가요. 제가 제법 예의는 아는 놈이에요.

소피 물론 오해겠지. 아니어도 소용은 없을 테고. 사람이 강해지
      는 건, 주먹이 아니라 의지에 달려 있다는 건 확실히 알고
      있거든. 센 척해 봤자. 멋있어 보이지도 않아. 도움이 필요
      하면, 그냥 솔직하게 도와 달라고 해. 따지고 보면 너 역시
      피해자라고 생각하고 있으니까.

스승 가해자라고 해야 하지 않나요? 그쪽이 더 폼도 나는 것 같고.

소피 두어 살만 더 먹어도 부끄러워질 소리는 하지도 마. 듣자니
      그동안은 얌전히 지냈다면서. 너도 느낀 바가 있어서 그랬
      을 것 아니야.

스승 그렇죠. 장래 희망이 건달도 아니고, 공부해서 대학 가야
      겠다 싶었죠.

소피 그 다짐, 2년도 못 간 셈인데. 아깝지 않아?

스승 원래 남 핑계 대는 성격은 아닌데, 그래도 주변에서 내버려
      두질 않아서라고 말할 수밖에 없겠네요.

소피 그 주변에 우리도 포함된다는 걸로 들린다면, 그것도 오해야?

스승 어느 정도.

소피 완전히는 아니구나.

스승 제가 중학생 때 좋은 형들을 많이 알고 지냈거든요. 어릴
      때부터 싸움깨나 했던, 어른들이 가지 말라는 데서 어른들

이 하지 말라는 짓 아주 잘하는 형들이었죠.

소피 그런 건 보통 질이 나쁘다고들 말하지 않아?

스승 질 나쁜 걸로 따지면 저도 남 말 할 처지가 아니라서요. 비
슷한 처지들끼리 만나면 그 나름대로 다 좋은 구석이 눈에
들어와요. 그러니까 의리나 그 비슷한 것들. 질 나쁜 애들
이 그런 건 또 무지하게 좋아하잖아요.

소피 그래서, 배신이라도 당했다는 말을 하려는 거야?

스승 잘 아시네요. 3학년 되자마자 학생과 불려 가서 처음 들은
말이, 이번에 너희 밑으로 들어오는 녀석들 명단 좀 정리해
서 넘겨라, 너희 선배들도 다 그렇게들 해 줬다. 미운 정도
정이라는데 서로 돕고 살아야지, 대신 학교 안에서 생기는
일들은 적당히들 덮어 주겠다.

소피 그러니까 결국…….

스승이 나와 헤어져 있던 3년 동안의 일을 이야기한 것은 그때가
처음이었다. 둘의 이야기는 계속됐다.

소피 기분 나빠하지 않을게. 우린 너를 속이거나 이용하려 들지
않을 테니까. 내 입으로 꺼내기엔 쑥스러운 얘기지만, 최소
한 우리는 진실을 위해 싸우고 있다고 생각하거든. 그러니
까 네가 조금만 우리에게 마음을 열어 주면…….

스승 표정 하나 안 변하고 그런 말 하는 사람이 진짜 있네요. (희
미하게 미소 짓는 소피) 진실…… 맞겠죠. 확신은 못해도, 가
능성은 높죠. 지금 우리가 다니는 학교도 그날 내가 느꼈
던 학교랑 크게 다를 게 없어 보이니까요.

소피 그리고 우린 네가 만났던 형들하고 달라.

스승 그랬으면 참 좋겠네요. 거의 믿고 싶어질 정도니까요. 그런
      데 궁금한 건, 제가 누나들 앞에 마음을 열면, 어떻게 되는
      거죠? 비로소 한때의 불량배 생활을 청산하고, 정의와 진
      실의 편에 서게 되는 건가요? 역시 누군가의 밑으로 들어
      가야 되잖아요. 생각이 달라서, 무서워서, 귀찮아서, 게을
      러서, 딱히 이유는 없지만 그냥 하기 싫어서, 시키는 대로
      안 하면, 역시 배신이라고 할 거잖아요?

소피 그건 나도 싫어. 하지만 힘을 모으려면, 체계를 갖출 수밖
      에 없고. 불가피한 일도 생기는 법이야. 노력하는 것 말고
      는 방법이 없지 않아? 우린 아직 젊잖아. 그러니 결국 실망
      하게 될지 몰라도, 옳다고 믿는 일이 있으면 죽을힘을 다해
      봐야지.

스승 맞아요. 사실 선택의 여지도 없죠. 그런데 우리가 진짜 학
      교를 이겨 버리면 어떻게 될까요?

소피 최소한 지금보다는 나아지겠지.

스승 그러니까, 싼값에 제대로 된 교복 사 입고, 쫓겨난 선생들
      이 돌아오고, 엄마들은 돈 봉투 걱정에서 해방되고?

소피 그것만은 확실히.

스승 그래서, 시험 못 봐서 죽도록 맞을 일도 없고, 대학 못 가도
      적성대로 살면 되니까 부끄러울 일 없고, 그러다 빌어먹을
      처지가 돼서도 떳떳하게 동창회 나올 수 있고, 남북통일,
      세계 평화, 우리나라 만세?

소피　비꼬지 마. 당장은 어렵겠지만, 결국 그렇게 되기를 원해. 그리고 크게 벗어난 길이 아니라고 믿고 있어.

스승　조금 더 할게요. 전 대학 가서 놀면 된다는 말 안 믿어요. 거기도 학교니까요. 학교가 그럴 리 없거든. 그래서 세상이 좋아질 거란 말도 못 믿겠어요. 세상이 그렇게 돼 줄 리가 없잖아요.

소피　물론 완전히 만족스러운 결과는 오기 힘들겠지. 하지만 그렇다고 실패랄 수는 없어. 최선을 다했다면, 이루지 못했다 해도, 실패가 아니야. 바라는 바를 위해, 온몸을 던져 봤다면, 그것만으로도 충분히 성공인 거야. 한 번에 도달하자는 게 아니라 조금씩 다가가자는 거지. 나도 우리 목표가 단숨에 이루어질 거란 생각은 안 해. 어쩌면 현실성이 없을지도 모르고, 상상도 못했던 문제들이 끝도 없이 나타날 거야. 결국 헛된 희망이었다는 것만 깨닫고 끝내야 될지도 몰라. 하지만 누군가 하고 있어야 되는 일이란 것만은 자신 있게 말할 수 있어. 그러니 헛된 희망이라도 버려서는 안 되는 거지. 그조차 없으면 누가 그 일을 하려 들겠어? 희망을 갖고 시도해 볼 수만 있다면, 어떤 결과도 실패가 되지 않을 거야.

스승　그런데, 다들 같은 생각일까요? 학교만 엎어 버리면 다 해결될 것처럼 들떠 있던데요. 실패는 걱정 안 해도 돼요. 다음에 또 하면 되니까. 그래도 안 되면, 그냥 살던 대로 살면 되니까. 그런데 성공하면? 그것도 반쪽짜리 성공이라면. 어떡할 거죠? 모두를 만족시키긴 못할 거잖아요. 결국 실패라고 생각하고 말 거예요. 다들…….

둘 사이엔 잠시 침묵이 흘렀다. 지혜로운 소피조차도 쉽게 답할 수 없는 질문이었던 모양이다. 그 짧은 시간 동안 소피의 표정은 복잡하게 변해 갔다. 그리고 끝내 단호한 표정에 도달하고 나서야 소피는 다음과 같이 스승에게 반문했다.

소피 아니, 그건 포기야. 너는 지금 실패가 아니라 포기를 얘기하고 있다고. 성공한 뒤가 두렵다고? 그래서 포기하자? 넌 싸움을 앞두고 그런 생각을 하니? 그게 가장 확실한 패배인걸. 지금까지 싸워서 져 본 일이 없다고 했지? 이렇게 포기부터 생각하자는 네가? 그게 어떻게 가능했는지 나를 이해시켜 줄래?

첨예한 대립이 이어졌다.

마치 그들이 스승 앞에 등장했던 그날처럼 말이다. 정확히 말하자면, 망치를 처단한 지 두 시간 뒤의 쉬는 시간처럼 말이다. 마지막 수업을 앞두고 교실 전체가 나른한 피로에 젖어 있는 시간이었다. 그는 교실로 들어서며 크게 외쳤다.

"여기 있음을 이미 알고 왔다. 밖으로 나와라. 내 친히 네게 죗값을 물을 것이야!"

거절.

"체면을 간수할 기회를 주려 했건만. 스스로 걸어차는구나. 그렇다면 네 놈이 저지른 짓에 대해 한번 변명해 보겠느냐?"

거절.

"사죄도 변명도 모두 마다하는구나. 그렇다면 내 한 가지 제안을 하겠다. 너도 알다시피 현재 학원의 안위가 풍전등화의 위기에 처해 있어, 많은 뜻있는 이들이 자리를 박차고 일어나 힘을 모으고 있다. 네놈의 흉수에 희생된 친구 역시 우리의 맹우였다. 그렇다면 네가 그 자리를 대신해 보겠느냐? 선량하고 성실했던 친구의 빈자리가 너무도 크다. 비록 지난일이라 하나, 너 또한 우리와 같은 길을 걸었던 한 사람으로서 학원의 안위를 가벼이 여기지는 못할 것이 아니겠느냐? 받아들이겠다면, 기꺼이 아량을 베풀겠다. 이것이 나의 마지막 제안이다."

거절.

세 번의 거절로 인해, 그는 피가 배어 나올 듯 붉은 안색이 되었다. 그러나 선뜻 주먹을 앞세우지는 못했다. 그 역시 촉망받는 예비 복학생으로 폭력의 길 위에 서 있는 인물이었지만, 어찌 스승을 앞에 두고 함부로 이빨을 드러낼 수 있었겠는가. 어리석은 자들에겐 일촉즉발의 위기처럼 보일 법한 장면이었지만, 실상은 스승이 일방적으로 양보하고 있기에 그의 보잘것없는 목숨이 이어지고 있다고 해도 틀릴 게 없는 상황이었다. 스승은 그가 지나친 흥분으로 인해 건강을 해칠 것이 걱정됐는지, 차분한 음성으로 다시 한 번 양보의 뜻을 표했다.

"밖에, 다 들어오라고 해. 교실 비좁을까 봐 걱정돼?"

그리고 역시 차분한 태도로 말을 이었다.

스승 17대1이요.

소피 17대1?

스승 내 친구 열여섯 명이 나를 도와줄 때에야, 비로소 한 명을
    상대한다.

말 그대로였다. 그의 뒤로 꾸역꾸역 밀려온 17인. 혹자는 대여
섯 명이라 했고, 다른 이는 열 명 남짓이라 했으며, 일각에서는 서
너 명에 불과할 뿐이라는 말도 안 되는 주장이 제기되기도 했지만,
분명히 열일곱이었다. 세어 볼 필요조차 없었다. 절대적 파괴의 권
능을 정당하고도 유일하게 소유한 인물인 스승 앞에 당당히 맞서
기 위해 필요한 인원을 상상해 보는 것만으로도 충분했다. 이 초원
의 유일한 사자인 스승이 결코 한두 마리의 토끼를 앞에 두고 포효
할 리가 없었다. 뭇짐승들을 얼어붙게 만들 살기등등한 울부짖음
을 끌어내기 위해서는 최소한 열일곱쯤 되는 하이에나의 무리가 몰
려들어야만 했다.

하이에나의 무리들이 모두 들어서자 그 우두머리는 득의만만한
표정으로 스승을 바라봤다.

하지만 스승은 비웃음에 가까운 미소를 띤 채, 심드렁하게 대꾸
할 뿐이었다.

"그래, 좋다. 개떼처럼 몰려온 너희들을 보고, 나는 무서워서 벌
벌 떨다가 한 번만 봐 달라고 손이 발이 되도록 빌었다. 됐지?"

"지금 무슨 소리를 하고 있는 것인가?"

"가서 그렇게 소문내도 좋다고. 귀찮게 굴지 말고 그만들 가 봐."

그러자 하이에나의 무리들이 짖어 대기 시작했다.

한 꼬마 하이에나가 짖었다.

"발칙한 놈! 그것이 지금 당장 바닥에 머리를 찧으며 사죄한다

해도 용서받기 힘든 만행을 저지른 자의 입에서 나올 말인가. 네놈의 그 시건방진 주둥이를 가로세로 네 방향으로 갈기갈기 찢어 놓고 말겠다."

두 꼬마 하이에나가 짖었다.

"육시를 해도 부족할 놈이로다! 제 처지를 생각지도 않고 도리어 우리를 능멸하려 드느냐. 그 콧대가 언제까지 하늘 높은 줄 모르고 치솟는지 두 눈 똑바로 뜨고 지켜보겠다."

세 꼬마 하이에나가 짖었다.

"인면수심이란 말이 있으되, 네놈에겐 오히려 과분한 말이 될 것이다! 어찌 선량한 축생들을 빗대어 네놈의 악랄함을 말할 수 있겠는가. 오히려 그들을 욕되게 하는 말이 될 것이다!"

……기타 등등.

열일곱 꼬마 하이에나가 짖었다.

"일신에 지닌 알량한 용력을 믿고 그토록 방자하구나. 그러나 네놈에게 하늘을 덮고 땅을 뒤집는 재주가 있다 해도, 오늘만은 결코 무사하지 못할 것이다!"

"좋아, 개떼처럼 몰려와서, 실컷 짖어 댔으니, 이제 덤빌 차례인가?"

소피 이런 말, 어떻게 받아들일지는 모르겠지만, 비겁한 생각인
    것 같아.

스승 싸움인데요?

소피 난 그렇게 생각해. 싸움이라는 것도, 원칙적으로는 서로의
    입장 차이를 조절하기 위한 행동일 뿐이잖아. 그런 말로 싸
    움이 정당화될 수야 없겠지만, 어느 정도 선의 예의는 있어

야 한다고 봐. 비겁한 방법으로 이기는 건 의미가 없어.

스승 싸움에 대해서 뭔가 오해를 하고 있네요.

소피 그래, 네가 싸움에 대해서만큼은 확실히 나보다 잘 알겠지.
하지만 말이야, 사람이 하는 일들은 다 상식적으로 판단해
보면 알 수 있는 거야.

스승 상식이란 게 있으면, 싸움 같은 짓은 애초에 생각도 안 하
겠죠.

소피 네가 지금 그런 말 할 입장은 아닌 것 같은데.

스승 틀린 말은 아니니까요. 그럼 한번 물어볼게요. 17대1로 싸
우는 게 왜 비겁한 거죠?

소피 열일곱 명이 한 명보다는 무조건 셀 것 아니야.

스승 한 명이 한 명보다 센 경우도 있어요.

소피 최소한 정정당당하기는 하잖아.

스승 1대1이나 17대1이나, 센 쪽이 이기는 건 마찬가지잖아요.

소피 마찬가지라고는 할 수 없지.

스승 그럼 한번 설명해 보세요.

소피 그건 조금 복잡한 얘기가 될 것 같은데.

스승 복잡할 것 없어요. 그냥 비겁한 짓일 뿐이니까요. 싸우겠다
는 생각을 하게 되려면, 그게 전제 조건이거든요. 1대1이건
뭐건, 싸워서 이겨야겠다고 마음먹는 자체가, 친구들 끌고
가서 저놈 밟아 버리겠다는 심보하고 하나도 다를 게 없는
거라고요. 어떤 이유에서건, 말 대신 주먹을 택했으면, 거
기서 얘기는 끝난 거예요. 이미 충분히 비겁해진 거고, 조

금 더 비겁해진다고 해서 문제될 것도 없죠. 주머니에 천
원이 있건, 만 원이 있건, 버스 탈 때는 그중에서 차비만큼
만 내는 거잖아요.

소피 그래서 열일곱 명이나 필요한 거였구나, 언제나 이기기 위
해서. 아주 대단하시네.

스승 예, 그런데 사실 힘으로만 따지면 두세 명만 있어도 상관없
어요. 아무리 싸움을 잘해도 두 명 이기기 힘들고, 정말 대
단한 사람이라서 두 명쯤 이길 수 있다 해도 세 명은 절대
못 이기거든요. 이소룡 정도 되는 사람이 유치원 가서 난
동 부리는 게 아닌 이상.

"그런데, 너는 어찌하여 우리에게 맞서는가. 네 비록, 눈빛이 오
만하고, 허리는 꼿꼿하여 굽힘이 없으나, 그것이 허장성세에 불과함
은 삼척동자라도 알 것이다."

하이에나의 무리들은 일제히 험악한 미소를 띠었다. 교실 안의
아이들은 슬금슬금 몸을 피하기 시작했다. 잔잔한 호수에 파문이
생기듯, 스승 주변의 공간이 커져 갔다. 불과 몇 시간 전에 일어났
던 사건이 남긴 공포가 미처 지워지지 않은 탓이었다. 그들을 나약
하다 비난할 일만은 아니었다. 한 마리 사자와 열일곱 하이에나의
무리들이 내뿜는 날카로운 안광이 교차하는 가운데서 어찌 몸을
사리지 않을 수 있었겠는가.

"눈 부라리고 있느라 수고들 했다. 이제 그만 눈에 힘들 빼고 가
봐라."

"끝까지 방자한 놈이로다!"

하이에나의 우두머리가 날카로운 송곳니를 드러내며 으르렁거
렸다.

"네놈의 수급이 떨어져 바닥에 굴러야 분수를 깨우칠 테냐."

그의 머리털이 한껏 곤두섰다. 혼절하지 않고 정신을 수습할 수
있다는 것만으로도 강인한 정신력의 증거가 될 법한 압박감이 대기
를 물들이고 있었다.

"내 말이 어렵나? 잘 이해가 안 가?"

반면에 스승의 목소리는 지극히 건조하게 변해만 갔다. 표정도
그에 못지않았다. 체내의 수분이 모조리 말라 버린 듯, 초점 없는
눈동자와 무감동한 목소리였다. 생동감이라고는 눈을 씻고 봐도 찾
을 길이 없었다.

하이에나의 우두머리는 여전히 득의만만한 표정으로 스승을 윽
박질렀다.

"감히 어디서 요사스런 주둥이를 놀리려 드느냐. 썩 닥치지 못할
까! 네놈의 요설은 더 이상 듣지 않겠다."

하지만 누구나 알 수 있었음에도 오로지 그 혼자만 눈치채지 못
한 사실이 한 가지 있었다. 스승은 말라 버린 것이 아니었다. 그것
은 건조라기보다는 응축이라 표현돼야 마땅했다. 모든 습한 기운들
이 폐부 깊숙한 곳으로 모여 들어가며 일어난 현상이었다. 그러니
건조해 보일 수밖에. 스승의 무감동한 태도는 체념이나, 두려움이
나, 패배의 예감 따위와는 아무런 상관이 없는 것이었다. 오히려 가
장 강렬한 폭발을 위한 준비 과정일 뿐이었다.

하지만 하이에나의 우두머리와 같이 날카로운 송곳니와 강인한

턱뼈를 가지고도 오롯이 초원을 거닐지 못하는, 살아 숨 쉬는 것들의 목덜미를 물어뜯지 못해 썩은 고기만을 탐하는 야수일 뿐, 결코 맹수가 될 수 없는 저주받은 짐승의 주제로는 짐작조차 할 수 없는 일이었다.

"나는 분명히 경고했다. 알아먹지 못했다고 해도, 그건 너희들이 멍청한 탓이지, 내 책임은 아닐 거야."

스승의 목소리는 한결 더 메말라 있었다. 불분명한 발음으로 웅얼거리는 것이 혼잣말을 되뇌는 듯했다. 그리고 침묵이 찾아왔다. 무언가 엄청난 일이 벌어질 것만 같은 순간이었다.

결과적으로, 이 절호의 순간에 하이에나의 무리들이 덤벼들지 않은 것은 결정적인 실수임에 분명했다. 하지만 동시에 그들의 위기 감각이 오작동 없이 발휘되고 있다는 뜻이기도 했다. 심장이 조여들고, 오금이 저려 오는, 살기만으로 가득 찬 그곳에서 감히 누군들 움직일 수 있었겠는가.

오직 한 사람, 스승만이 그럴 수 있었다.

"지금 당장! 도망이라도 치면, 한 번은 살려 주겠다고, 아까부터 말했잖아! 왜들 못 알아들어! 내 말이 그렇게 어려워?"

소피 그래, 잘 이해가 안 돼. 넌 지금 자기 스스로를 비겁한 사람
　　　이라 말하고 있는 거잖아. 자학하는 걸 즐기는 이상한 취
　　　미라도 있는 거야? 그게 아니라면 절대 자신만만한 태도로
　　　말할 내용은 아니지.

스승 자신 있게 말할 수 있는 이야기라서 그래요. 누나도 학교
　　　욕할 때 보면, 저보다 더 자신만만하던데요. 별로 승산도

없어 보이면서. 누나네가 학교보다 세진 않잖아요.

소피 그래 좋아. 네가 하고 싶은 얘기가 뭔데? 우리를 못 믿겠다
는 거니, 아니면 못 미덥다는 거니?

스승 기왕 끼어든 싸움에서 지고 싶지는 않다는 거죠.

소피 그게 겁나?

스승 누구나 무서운 게 있잖아요. 예를 들면, 밤길 걸어가는데
누가 날 노리고 숨어 있으면 어쩌나, 우연히 시비가 붙었는
데 패거리가 수십 명쯤 몰려나오면 어쩌나, 혹시 주머니 속
에 칼이라도 숨기고 있지는 않을까, 이런 것들요. 당연히
무섭죠. 잘못하면 크게 다칠 수도 있는데.

소피 싸우다 보면 다칠 수도 있고 질 수도 있어. 그 정도는 각오
해야지.

스승 내 친구 열여섯 명이 도와주면, 절대 안 다쳐요. 정확히 말
해서 열일곱 명씩이나 있으면, 그중에 누구 한 명은 반드시
찾아낼 수 있는 곳, 거길 노리면, 싸움은 반드시 이겨요.

소피 그래서 우리가 네 말대로 비겁해져야 한다는 거니?

스승 단지 상황을 정확히 판단해야 한다는 거죠.

소피 그렇다면 너는 어때? 우리가 봐야 할 곳을 찾아서 보여 줄
수 있어?

스승 최대한 노력해 본다는 말밖에 못하겠네요. 어떻게든…….

이 역사적인 만남이 이루어진 것은 30분 남짓한 정도의 짧은 시
간에 불과했다. 스승이 근처 단과 학원의 주말 특강을 들어야 한다
며 일어나 버렸던 것이다. 소피는 쓸쓸하게 웃으면서, "마음에 안

든다고 해야 할지, 괜찮아 보인다고 해야 할지" 정확히 구분이 가지 않는다고 했다. 혼란스러운 반응으로 보아선 인상이 깊었다는 뜻이리라. 스승은 앞장서 걸었다. 그 모습을 보며 소피는 "저 아이도, 지켜야 할 것을 가져야 해."라고 했던가? 무슨 의도로 그런 말을 했는지, 아직도 정확히 짐작해 낼 수 없다. 사실 그런 말을 했는지에 대해서도 확신할 수는 없다. 그저, 그런 상황에서의 소피라면, 그렇게 말하지 않았을까 싶었을 뿐이다.

스승은 큰 걸음으로 앞서 걸으며 큰길 쪽으로 뚫린 통유리 문을 힘차게 밀었다.

폭음이 교실을 가득 채웠다.

여기저기서 울리는 비명 소리! 자연스러운 반응이었다.

폭음의 크기로 가늠해 볼 때, 엄청난 규모의 폭발임에 분명했으니 말이다.

얼른 하이에나의 무리들을 바라봤다. 난데없는 폭음에 순간적으로 몸을 움츠리고 있던 녀석들은, 그제야 고개를 들어 같은 무리 중 희생자가 없는지, 주위를 둘러보고 있었다.

다시 스승 쪽으로 고개를 돌렸다.

스승은 촉촉하게 웃고 있었다. 나는 잠시나마 하이에나의 우두머리를 두고 '득의만만'과 같은 표현을 사용했던 것이 얼마나 어리석은 일이었던가를 깨달을 수 있었다. 스승의 미소는, '진정한 승자란 바로 이와 같이 미소 짓는 법'이라고 시범을 보여 주는 것과도 같았다. 폐부 깊숙이 응축되었던 습한 기운들이 일순간에 터져 나온 탓에 그의 주위로는 밀도 높은 기운들이 감돌고 있었다.

스승은 순간적으로 몸을 일으키며 자신이 앉아 있던 의자를 집어 들었던 것이다. 그 모습에 하이에나의 무리들은 약속이나 한 듯 몸을 움츠렸다. 그들 중 누군가가 불의의 일격을 맞아 주고 나면 공격 수단을 잃은 스승에게 아귀처럼 달려들 예정이었던 것이다. 그들이 살아가는 초원에서라면 지극히 당연한 행동 법칙이었다. 누군가 목숨을 바쳐 불행을 받아들이고, 남은 무리들이 그 틈을 이용해 행운을 거머쥐는 것 말이다. 하지만 제왕이 살아가는 초원은, 그렇게 질 낮은 원칙들이 통용되는 곳이 아니었다. 스승이 노린 것은 하이에나의 무리들 중 지독히도 운이 나빴던 누군가가 아니었다. 스승의 손을 떠난 의자는 창을 향해 포탄처럼 쏘아져 나갔던 것이다.

유리창 세 장이 깨져 버렸다. 그중 한 장은 창틀째로 떨어져 내렸다. 창가에 있던 아이들은 머리를 감싸며 주저앉았다. 그들의 머리 위로 먼지와 유리 가루들이 소용돌이치며 날리고 있었다. 비명, 비명, 비명 소리뿐이었다.

오직 스승만이 허리는 꼿꼿하고, 눈빛이 오만하여, 자신이 승자임을 드러내고 있었다. 은강의 거센 바람에 스승의 짧은 머리가 휘날리고 있었다.

거대한 폭음은 은강 고등학교 전체에 울려 퍼졌다. 복도 저편에는 어느새 몰려든 수많은 눈길들이 교실을 엿보고 있었다. 그들은 아마도 열일곱이나 되는 하이에나의 무리들이 스승 한 명을 어쩌지 못하고 있는 불가해한 풍경에 생경함을 느꼈으리라. 물론 눈이 밝고 머리가 맑은 자라면 스승의 내면에 감추어진 사자의 기상을 읽어 내곤 슬며시 미소를 짓기도 했으리라.

어쨌든 그 엄청난 소리를 듣고 몰려든 수많은 눈과 노장군의 재산인 창문을 보호해야 할 책임을 지닌 충복들의 발 빠른 대응이 — "그 소리가 대체 무어냐! 내가 당도할 때까지 모두 꼼짝 말고 있거라!" — 하이에나의 무리들을 묶어 버렸다. 교실로 달려온 노장군의 후예들의 대변인은 자신의 눈앞에 펼쳐진 끔찍한 장면에 경악을 금치 못했다. 아마도 노장군의 손녀사위인 그의 귓전에는 노장군의 노호성이 들려왔으리라.

'네 녀석은 도대체 무슨 염치로 그 자리를 꿰차고 있는 게냐! 천둥벌거숭이 같은 놈에게 귀한 손녀딸을 안겨 주고 안정된 호구지책까지 마련해 줬건만. 내가 베푼 은혜가 그와 같은 태만으로 보답되어야 할 것이었단 말이냐!'

그는 분노했다. 당장이라도 살아 숨 쉬는 인간을 갈아 마시는, 식인과 흡혈의 권능을 펼쳐 보일 것만 같았다. 하지만 평소 품행 방정했던 학생이(그의 중학 시절을 화려하게 장식했던 전과들은 잠시 접어 두기로 하자.) 금품 갈취와 폭력 행사를 목적으로 난입한 한 무리의 불량 학생들의 위협으로부터 구원을 요청하기 위해 부득이하게 학교 기물을 파손하게 되었지만 진심으로 반성하고 있으며, 때마침 도달한 구원의 손길에 눈물이 날 정도로 감동하여 감히 어떤 말로 칭송해야 할지조차 떠올릴 수 없는 벅찬 심정이라는 데에야 어찌할 도리가 없었다. 자신은 이제 겨우 노장군의 후예들 중 말석을 차지했을 뿐인 보잘것없는 위인으로 분에 넘치는 칭송을 감당할 길이 없다는 겸허한 태도를 취할 뿐이었다. 아마도 조언을 구할 집안 어른들이 곁에 없었기 때문이리라. 그는, 집안 어른들과의 상의를 통해 처분이 결정되겠지만 더 이상의 위험은 없을 것이다, 그래도 수리비 정도는 변상해야 될 가능성이 높으니 명심하기 바란다, 유리창은 한 장에 얼마이고, 창틀은 얼마이다, 지정된 업체에서 구입한 지정된 제품만이 교칙에 부합되므로 염두에 두기 바란다, 라며 더듬더듬 말들을 주워섬겼다. 그에 스승은 흔쾌히 집으로 전화하겠다며 노장군의 손녀사위를 안심시켰다.

일은 그렇게 마무리되었다. 노장군의 손녀사위에 의해 각자의 교실로 돌려보내지던 군중들 사이에서 일그러진 귀의 소유자를 목격했던 일은 일단 언급하지 말기로 하자.

그리고 하이에나의 무리들에게는 전대미문의 불운이 연이어 닥쳤다.

누군가 계단에서 굴러 크게 다쳤다는 소문이 돌았다.

한 꼬마 하이에나였다. 눈자위에 남아 있던 구타의 흔적임에 분명한 멍 자국에 대해, 그는 기억나지 않는다는 말로 일관했다고 한다.

누군가 화장실 바닥에서 미끄러져 입원했다는 소문이 뒤를 이었다.

두 꼬마 하이에나였다. 누군가 화장실 바닥이 전혀 미끄럽지 않다는 점을 지적했지만, 그는 웃기는 소리 하지 말라며 버럭 소리를 질렀다고 한다.

누군가 동네 불량배들에게 죽도록 얻어맞았다는 소문도 있었다.

세 꼬마 하이에나였다. 지갑을 건드린 흔적은 없었는데, 그는 철두철미하게도 바지 뒷주머니에 숨겨 둔 덕에 발견되지 않은 것이라고, 실로 불행 중 다행이라며 가슴을 쓸어내렸다고 한다.

……

누군가 뺑소니 차량에 치었지만 다행히 갈비뼈 하나만 부러지고 말았다는 소문이 뒤따랐다.

열일곱 꼬마 하이에나였다. 번호판을 보았느냐는 질문에 그는 그저 한숨만 내쉬었다고 한다.

그리고 스승이 나를 찾았다.

"혼자서는 여기까지가 한계인 것 같다. 내키지는 않지만 나도 그무리에 한번 어울려 보자. 어쨌든 몸은 지키고 봐야지."

이와 같은 과정을 통해 스승과 소피의 만남이 이루어졌던 것이다.

소피와의 짧은 논쟁 이후, 스승은 어느 누구와도 대립하지 않았다. 북으로부터 시작되어 소피의 연인과 학생 회장을 거쳐 우리에게 전달되는 지령들을 묵묵히 수행할 뿐이었다. 입은 무거웠고, 손과 발은 빨랐다.

그리고 소피의 연인은 각자의 앞에 놓인 물 잔에 맥주를 따라 주었다. 고작 반 잔 정도씩이었지만 간첩단의 역사상 처음 있는 일이었다. 일부는 잔을 만지작거리며 멋쩍어했고, 일부는 장난스러운 표정으로 기뻐하는 시늉을 했다. 잔을 든 소피의 연인은 연설이라기에는 짧았지만, 한마디라고 표현하기에는 장황한 건배사를 했다. 그리고 우리는 학생 회장의 선창에 따라 힘차게 잔을 부딪쳤다. 한 명의 예외도 없이 단숨에 잔을 비운 후, 우리는 자리에서 일어섰다.

집으로 돌아온 나는 설렘에 잠을 이룰 수가 없었다. 드디어 나는 사랑의 수호자로서 내게 주어진 사명을 완수할 수 있게 된 것이었다. 그것도 스승과 함께 말이다. 생애 최초의 소풍을 앞둔 초등학교 시절의 어느 날에도, 잠을 이룰 수 없던 나였다. 그러니 내가 어찌 잠들 수 있었겠는가.

그런데 왠지 잠이 오지 않는 이유가 하나쯤 더 있는 것만 같았다. 심호흡을 하고 설레는 가슴을 진정시켜도 여전히 잠이 오지 않았다. 고등학생씩이나 돼서 양을 셀 수는 없는 일이었기에 애꿎은 베개만 구겨 가며 한참을 고민하던 나는, 망치에게 어퍼컷을 맞았을 때와 똑같은 충격을 느끼며 벌떡 일어났다. 그리고 왜 그리 방정맞은 상상을 한 건지 스스로를 책망하며 미친 듯이 베란다로 달려 나갔다. 그리고 맞은편 동 건물을 허겁지겁 더듬어 갔다. 소피의 집을 찾았다. 아니, 소피의 집이라고 생각되는 곳을 찾았다. 불은 꺼져 있었다. 수험생인 소피가 잠들기에 아직 이른 시간이었다. 나는 머리를 싸매고 기억을 더듬었다. 나와 같은 아파트에 사는 소피는, 거의 매일 하굣길을 함께했던 소피는…… 함께 오지 않았다는 것이 기억났다. 그렇다면 그녀는 어디로 간 것인가. 여기까지 생각이 미치자 손아귀가 땀으로 가득 찼다. 불길한 상상을 쫓으려 고개를 세차게 휘젓다가 주저앉고 말았다. 정말이지 담배라도 피울 수 있으면 좋을 것 같은 기분이었다.

거실에 놓인 무선 전화기를 몰래 집어 들고 방으로 돌아왔다. 떨리는 손으로 소피의 집에 전화를 걸었다. 소피의 어머니는 내게 무척이나 호의적이었다. 늦은 밤에 전화를 건다는 게 마음에 걸렸지만, 연극부의 일로 급히 전해 줄 말이 있다고 둘러대면 문제없을 것이었다. 그다지 어색한 일이 아니었다. 그렇게 이상한 일이 아니었다. 절대로 의심을 살 만한 일이, 맹세코 아니었다. 심장이 내려앉는 듯한 충격 속에 전화벨이 울렸다.

소피의 어머니는 전화를 받을 것이다. 소피의 어머니는 자연스럽게 전화를 받을 것이다. 소피의 어머니는 자연스럽게, 반가운 목소리로 전화를 받을 것이다.

그리고 나는 절망할 것이다.

"며칠 전부터 계속 청해 왔던 일이다. 엄격하신 부친은 끝내 허락하지 않으려 했지만 내가 도움을 주었다. 평소 가까이 지내던 친우의 부모가 원로에 오르셨다니, 아녀자의 몸으로 홀로 밤을 보내게 될 것이 아니겠는가. 나 역시 어미 된 자로서, 어찌 이를 방치할 수가 있단 말인가. 만일 급한 용건이라면 내가 이름을 알려 줄 터이니 전화해 보도록 하거라. 역시 같은 연극부라 하니, 전화번호를 알고 있을 것도 같구나."

눈앞이 깜깜해졌다. 귓속에 고장 난 라디오 백만 개가 들어차 있는 듯, 지직거리는 소리가 들려왔다. 두 시간도 더 전에 마셨던 알코올이 머릿속을 휘젓는 것 같았다.

나는 왜 평소에 술 담배를 배워 두지 않았던가. 자욱한 연기 속에서 맑은 소주라도 잔뜩 들이부어야 숨을 쉴 수 있을 것 같은데. 땅을 치고 울었다면, 지구 반대편까지 울림이 전해졌을 만큼이나 슬펐다.

소피와 그녀의 연인이 어둠 속으로 사라지는 뒷모습을 봤던 것도 같고, 우연히 내 쪽으로 고개를 돌린 소피의 연인이 하얀 앞니를 드러내며 웃었던 것도 같고, 둘을 태운 택시가 내 앞으로 스쳐 지나갔던 것도 같고, 택시를 쫓아 달렸던 것도 같고, 그러다 숨이 차 주저앉았던 것도 같고, 택시 안의 소피를 향해 손을 뻗었던 것도 같았다.

　—결국 뒤통수를 맞았다고 말하고 싶은 거구나.

　—다들 뒤통수를 맞았다고 생각하지 않을까요?

　—어떻게든 뒤통수를 찾아서 한 방 먹여야죠.

　소피의 연인은 연설이라기에는 짧았지만, 한마디라 표현하기에는 장황하게 말했다.

　"우리는 매번 무력하게 당해 왔다. 알지 못했고, 알았어도 뭉치지 못했기 때문이며, 뭉쳤어도 일어서지 못했기 때문이다. 그러나 이제 알고 있다. 뭉쳤고, 일어설 것이다. 낡은 세상으로부터 유서를 받아 내어 집행할 것이다. 이제 우리는 더 이상 뒤통수를 맞지 않을 것이다."

　그는 소피의 연인이었고, 파리지엔이었으며, 수학에도 능통했다. 그리고 비겁하게 어른이기까지 했다.

　택시의 뒤통수가 흐려졌던 것도…….

　눈물을 흘렸던 것도 같았다.

殺 _살

호모 파베르

'은강 소재 모 고등학교 학생들, 학교 건물을 점거한 채 농성 중.'

'부당하게 해고된 교사들의 복직과 재단 이사장의 친인척으로 구성된 교직원들의 부정부패에 대한 조사와 처벌을 요구하며……'

'군 장성 출신의 재단 이사장, 사임 의사를 밝힌 후 자택에서 칩거 중.'

'사립 학교법 개정이 국회에 정식으로 상정됐다. 이는 얼마 전 은강의 모 고등학교에서 일어난 사건을 계기로 촉발된 범국민적인 사학 재단 운영의 정상화 요구에 따라……'

나는 조심스레 뒤를 이어 봤다.

학교에 복직된 소피의 연인은…….

민주적인 절차를 통해 구성된 학교 운영 위원회에 의해 교장으로, 그리고 이사진으로 선출된다. 여세를 몰아 정계에 입문, 국회의원으로 당선되고, 소신 있는 의정 활동으로 인지도를 높여 간다.

내각이 구성될 때마다 주요 부처의 수장으로 거론되고, 실제로 다양한 정부 요직을 역임하기도 한다. 그리고 결국 대권에 도전하여 상대 후보를 압도적인 표차로 누르고 당선되는 기염을 토한다. 그로 인해 우리나라는 풍요로운 미래와 정치적 안정을 보장받게 되며, 요원해 보이기만 했던 통일 문제 역시 일사천리로 진행되어 간다.

그 모든 업적들은 뜨거웠던 젊은 날의 값진 경험들을 밑거름 삼아 이루어진 것이며, 그의 영원한 연인이 함께해 주지 않았다면 불가능한 꿈에 그치고 말았을 것이다. 그리고 그 위대한 역사의 한구석에는 위험한 사랑의 수호자에 대한 것도 몇 마디 포함될지도 몰랐다.

나도 모르게 입가에 미소가 걸렸다.

그런데 소피는 왜 나를 꼬집었던 것일까?

"뭐해? 그만 들어가자니까. 듣지도 않고."

우리는 은강 재단 앞의 전철역 출구에서 전단지를 나눠 주고 있었다. 우리 외에도 많은 동료들이 같은 일을 하고 있었다. 은강 재단의 다종다양한 학생들이 내리는, 세 개의 버스 정류장과 한 개의 전철역에 있는 네 군데의 출구에서 말이다.

나는 머쓱한 기분에 바보처럼 머리를 긁적여야 했다. 그리고 소피의 뒤를 따라 은강 재단의 언덕길을 올랐다.

아침은 오고야 말았던 것이다. 울어도 소용없었다.

소피는 약간 피곤해 보였지만, 표정만은 더없이 활기차 보였다. 그래서 내 가슴은 다시 한 번 무너져 내려야 했다.

앞부분은 소피의 지난밤 꿈 이야기였다. 정신없이 운전기가 돌아가는 인쇄소를 배경으로 신문들이 한 장씩 클로즈업되는, 옛날 영화에서나 등장할 법한 상투적인 장면들로 이루어진 꿈이었다고 한다. 그래도 그녀는 매우 만족스러워했고, 때문에 아침 내내 나를 상대로 꿈 이야기를 늘어놓았던 것이다. 그녀의 주장에 따르면, 언젠가 그것을 예지몽이었다고 회상할 날도 분명히 올 거라고 했다.

그 꿈을 꿀 때 함께 있던 사람이 누구였냐고 캐묻고 싶은 욕구를 억누르자니 약간의 허황된 공상이 필요했던 것이다. 나의 공상은 예지와 아무런 상관도 없겠지만 그래도 혹시, 소피의 연인이 대통령이 된다면 소피는 영부인이 되는 셈인가?

은강 재단의 긴 오르막길을 오르며, 나는 문득 소피의 미래가 궁금해졌다. 물론 아름다운 소피는 아무것도 하지 않은 채, 그저 살아가기만 해도 여전히 아름다울 것이기는 했다. 하지만 아름다운 소피는, 동시에 지혜로운 여인이기도 했다. 그녀의 방대한 독서와 다방면에 걸친 깊이 있는 관심들이 그저 살아가기 위한 것만은 아닐 것이었다. 나는 조심스레 물었다. 물론 직접적으로 물어보는 것은 실례가 될 수 있기에 우회적인 방식을 택했다.

"내가 어느 대학을 갈 건지는 왜 궁금해하지? 장래 희망 같은 게 궁금해?"

그럼에도 지혜로운 소피는 내 질문에 담긴 숨은 의도를 파악해 냈다. 물론 완벽하게 집어내지는 못했지만 말이다.

"아니면 내 성적표가 궁금한 거야?"

아마 멋쩍게 웃었지 싶다. "그냥."이라는 이래저래 쓰임새가 많은 대답을 곁들이면서.

"난 기자가 되는 게 꿈이거든. 기왕이면 해외 특파원으로. 그래서 그쪽에 도움 되는 곳으로 진학하고 싶어. 신문 방송학과도 좋고 아니면 외국어를 전공해도 괜찮을 것 같아."

해외 특파원이 된다면, 소피는 분명 파리 지사에서 근무하게 되겠지. 그리 된다면 소피는 마치 그곳에서 나고 자란 사람처럼 자연스레 파리지엔느가 되어 갈 것이다.

곧이어 소피가 던진, "그러는 너는?"이란 물음에, 나는 엉겹결에 불어를 전공하고 싶다고 대답했다가, 불어를 배워서 이룰 수 있는 장래 희망들을 생각해 내느라 힘들게 머리를 굴려야 했다. 하지만 외교관이나 통역사 같은 마음에도 없는 직업들밖에 떠올리지 못했기에, 얼른 다른 쪽으로 말을 돌리려 별로 우습지도 않은 농담들을 늘어놓아야 했다. 아름다운 소피를 앞에 두고 거짓으로 꿈을 만들어 내고 싶지는 않았던 것이다. 다행히 소피는 내 농담을 흔쾌히 받아 주었다.

"이래봬도 미모의 여기자가 되고 싶거든. 그래서 대학에 가면 쌍꺼풀 수술부터 할 거야. 그리고 내가 쓰는 기사에는 항상 사진도 같이 싣는 거지. 잘 나온 것들만 골라서. 그래서 팬클럽도 만들고. 훗, 그러면 괜찮은 남자들이 제발 한 번만 만나 달라고 내 앞에 줄을 서겠지? 하하하."

나도 하하하. 그래, 소피의 연인이 다시 선생이 된다면 쌍꺼풀 수술 정도야 얼마든지 시켜 줄 수 있겠지. 고등학교 선생이 재벌처럼 돈을 벌지야 못하겠지만, 그래도 안정적이고 괜찮은 직장이라고들 하니까, 쌍꺼풀 수술 정도야 껌 값이겠지. 하하하. 나는 왜 불어 선생 같은 매력적인 직업을 떠올리지 못했을까. 나는 그저 웃었다. 하하하. 쌍꺼풀 없어도 충분히 예쁘다는 말은 죽어도 할 수 없었으니까. 하하하.

소피의 연인도 하하하, 웃으며 우리를 맞이해 주었다. 그의 얼굴에는 화색이 돌고 있었다. 전교생 대부분이 운동장에 모여 학생 회장을 따라 구호를 외치고 있었다. 그 기세는 가히 하늘을 찌를 듯했다.

처음부터 모든 것을 지켜본 아이들이 신이 나서 떠들어 댔다.

"내 평생 운동장에 모인 수많은 집단을 보아 왔으나, 오늘 같이 가슴 벅찬 환희의 순간을 누려 본 적은 없었다네. 교실로 들어오는 모든 학우들의 두 손에 그대들이 배포한 격문이 들려 있었다네. 그리고 또, 읽고 있었다네. 그들의 눈빛이 총기로 빛나니, 그것은 우리의 의거가 만고의 세월을 넘어 승리의 영광 속에 영원히 빛나리란 천지신명의 교지가 아니고 무엇이겠는가. 그동안……."

아이들이 선전지를 읽으며 노장군의 후예들이 벌인 행각들에 대해 치를 떨고 있을 때, 노장군의 후예들은 교무실에 모여 가족회의를 하고 있었다. 그날은 기말고사가 시작될 예정이었던 것이다. 시험을 앞두고, 그들은 항상 가족회의를 했다. 그리고 노장군의 일가가 아닌 선생들도 가족회의의 방청권을 얻을 수 있었다. 노장군이 즐겨 하는 표현에 따르면, 단 한 명의 열외도 있을 수 없었다. 따라서 긴 시간은 아니었지만, 학교 안의 모든 선생들이 교무실에 틀어박히는 절호의 기회가 생긴 것이었다. 교문 밖으로 선전지를 나눠 주러 떠났던 나와 소피 같은 경우를 제외한 모든 간첩단의 요원들은 각자의 교실에서 풍성한 이야깃거리들을 만들어 냈다.

시험 당일에는 가열차게 암기 과목을 붙들고 있는 경우가 아니라면, 오히려 평소보다 여유로운 아침 시간을 보내게 마련이었다. 그리고 시간을 보내는 가장 편리한 수단은 누군가와 환담을 나누는 것이었다. 그리고 대화는 종종, 티끌만 한 감정을 태산과 같이 키워 놓을 수도 있는 법이다. 은강 고등학교에 당장이라도 폭발해 버릴 듯한 격한 공기가 흐르게 된 것은 그와 같은 과정들을 통해서였다. 그리고 우리에게는 그것을 건드리기 위한 계획도 있었다.

"이제나저제나 노심초사 기다렸다네. 왜 이리 조용한가. 혹여 그들의 앞길에 상상만으로도 끔찍한 불미스러운 장애물이 등장한 것은 아닌가 싶었다네. 아마 나와 같이 심장을 졸였던 이가 한둘이 아니었을 것이네. 그러나 지성이면 감천이라 하였던가. 우리의 간절한 기원이 하늘에 닿은 듯, 소리가 들려왔다네. 그 소리 우레와 같으니, 그야말로 파죽의 기세요, 그 음성 조화로우니, 실로 천상의 음률이었다네……."

학생 회장의 정체에 대해 다시 한 번 말해 보자면, 그는 정치인의 아들이었다. 그것도 숱한 실패를 겪으며, 한 달 보름간 담금질한 쇳덩이처럼 단련된 노회한 정치인의 아들이었다.

따라서 학생 회장은 정치에 대해서만큼은, 백과사전도 울고 갈 놀라운 식견의 소유자로부터 교육받으며 자라난 셈이었다. 혹자는 그것이 정치라기보다 그저 어리석은 유권자들을 홀리는 간교한 술책일 뿐이라 폄하할지도 모르겠지만, 그렇다 해도 학생 회장이 지닌 놀라운 능력에 대해서는 차마 부정하지 못할 것이다.

그는 언제나 당당한 태도로 굽힘이 없었지만, 누구에게도 거부 감을 주지 않았다. 목소리가 컸지만, 듣기 싫은 음성이 아니었다. 특히 어떤 상황에서도 그 순간에 가장 적절한 억양을 구사하는 능력은 발군이었다. 그의 목소리가 교실마다 설치된 스피커를 통해 흘러나오니, 누군들 귀를 기울이지 않을 수가 있었겠는가.

"금일의 일등 공신은 방송실의 열쇠를 미리 확보해 둔 저 친구가 될 것이야."

간첩단의 일원으로 방송반에 잠입해 있던 그는 수줍게 웃었다.

그리고 노도와 같은 기세로 복도를 내달려 운동장으로 몰려나온 아이들은 거대한 학교 건물에 맞서 전의를 불태우고 있었던 것이다.

배 속에서부터 정치가였던 학생 회장은 군중을 다루는 기술이 탁월했다. 그는 짧고 강렬한 어휘들을 사용해서 다양한 구호들을 만들어 냈고, 그것을 가장 유효적절한 방식으로 선창했다. 공격적 인 내용일 땐 그야말로 살기등등한 목소리였고, 비판적인 내용일 땐 은근히 조롱기가 느껴졌으며, 호소하는 내용일 땐 애잔한 슬픔 이 묻어나기까지 했다. 그리고 아이들의 목이 피로해질 때쯤엔 여 지없이 좌중을 향해 연설을 했다. 상황에 따라 목청을 높이기도 했 고, 가벼운 농담을 섞기도 했으며, 스스로 감정에 격한 듯 목이 메 기도 했다. 그야말로 감동적인 장면이었다. 일개 고등학생에 불과한 어린 육신에 그토록 입신의 경지에 도달한 기예가 숨어 있으리라고 는 상상도 못 해 본 일이었다. 그의 아버지는 단지 실패한 정치인으 로 치부되어선 안 될지도 몰랐다. 오히려 가장 위대한 현자일 가능 성이 더 컸다.

노장군의 후예들 중 일부가 급히 대응에 나섰다.

"감히……(분노에 떨리는 목소리) 예가 어디라고 이리 패악질이더란 말이냐!"

무조건적으로 고함을 질러 대는 경우도 있었고…….

"이런 어리석은 것들을 보았나. 우리가 결코 남이 아닐진대, 이런 반목이 다 무어란 말이냐. 너희들의 청을 수렴하기 위한 합당한 절차들이 모두 마련되어 있거늘."

달래고자 노력하는 경우도 있었으며…….

"우리는 이미 너희의 수괴가 누구인지를 알고 있다. 그들의 세 치 혀에 현혹됐을 뿐인 자들은 모두 용서받을 것이야."

은근한 회유와 협박도 있었고…….

"열 중에 둘도 대학에 가지 못할 어리석은 이들이여! 너희가 감히 당당하게 입시의 관문을 통과한 대학생들에게나 허락된 데모질을 흉내 낸단 말인가. 너희 중 어느 누구도 대학에 가지 못할 것이다! 천년만년 재수생으로 살다, 늙어 죽고 말 것이다!"

노골적인 저주도 있었다.

하지만 어떤 방식으로도, 배 속에서부터 정치적 역량의 세례를 받고 태어난 천부적 선동가인 학생 회장의 달변을 당해 낼 수는 없었다. 기세 좋게 소리 높여 외쳤지만, 그들은 결국 아이들의 살기등등한 구호와 눈빛에 압도당해 결국 집안 어른들의 품으로 달아나 버리고 말았다. 그리고 잠시 후, 교장의 검은 세단이 맹렬한 속도로 학교를 빠져나가는 장면이 목격됐다. 게다가 남아 있던 선생들 중에서도 노장군의 후예가 아닌 이들은 우리에게 동조해 주기도 했다. 그들이 우리의 대열 속으로 들어올 때마다 우렁찬 함성과 박수 소리가 운동장을 뒤흔들었다. 실로 우리를 막을 수 있는 것은 세상에 아무것도 없을 것 같았다.

운동장 주변으로 재단 안의 다른 학생들이 옹기종기 모여들기 시작했다. 은강 초등학교나 은강 중학교에 다니는 아이들이었다. 그들의 머리 위로 불쑥 솟아 있는 것은 은강 대학교나 은강 전문대의 학생들이었다. 저 멀리 은강 공고와 은강 상고의 건물은 군데군데 창문이 열려 있었다. 창문마다 와글와글, 우리를 바라보는 머리통들이 선명하게 보였다. 그 시선들이 바로 우리의 힘이었다. 그들이 바로 그날의 증인이었다. 더 크게, 더 힘차게, 우리는 외쳤다. 우리가 무엇을 원하는지, 어떤 모습으로 세상이 변해 갈 것인지, 목이 터져라 소리쳤다. 은강 고등학교가 세상의 중심으로 변해 버리는 순간이었다.

그러니 이제 걸음을 내딛어야 할 때가 되었다, 라고 느껴질 즈음이었다. 학교 건물 쪽을 향해 돌아서던 학생 회장이 긴장된 표정으로 다시 뒤돌아섰다. 그의 표정에 겨우 읽어 낼 수 있을 정도의 미약한 당혹감이 서려 있었다. 얼핏 보기에는 다시 한 번 각오를 다질 것을 촉구하는 정도의 표정처럼 보이기도 했다. 하지만 그는 뭔가 불길한 풍경을 봤음에 분명했다. 확성기를 들고도 아무 말도 하지 못했던 것이다. 그리고 그의 눈이 커지기 시작했다. 하지만 눈동자는 초점을 맞추지 못한 채였다. 이쯤 되자 누구라도 그의 당혹감을 읽어 낼 수 있었다. 그의 당혹감은 빠르게 전파되어 갔다. 웅성대는 아이들의 일부가 사방을 둘러보기 시작했다. 그들의 눈은 닫혀 있지 않았다. 따라서 아주 쉽게 모든 것을 찾아낼 수 있었다.

학교 건물 앞, 남아 있던 모든 선생들이 결연한 표정으로 진형을 갖춘 채 서 있었다. 우리에 비하면 극소수의 인원이었지만, 그들이 누구던가. 걸음마를 하던 시절부터 엄격한 내무 생활과 지옥 훈련을 통해 다양한 전술 전기를 익혀 왔다는 노장군의 후예들이 아니었던가. 그들은 그 자체로 사열 종대의 굳건한 성벽이었다. 넘어서기는 쉽지 않아 보였고, 수적 우세에 의지하여 무너뜨리는 것은 가능할지 몰라도, 서로 간에 엄청난 피해를 감수해야 할 것이 분명했다.

그리고 저 아래, 재단의 입구로부터 한 무리의 검은 그림자들이 다가오고 있었다. 그 시절, 그들의 이름을 못 들어 봤으면 간첩이라 불릴 만큼 세인들의 입에 자주 오르내리던, 한 시대를 풍미한 최강의 전사들이었다. 세인들은 그들을 이렇게 불렀다. '전경'이라고. 흑색 갑주와 악몽의 유황불로 무장한 당대 최강의 실전 용사들. 그들은 어쩌면 노장군이 파견한 지옥의 특전대였는지도 몰랐다. 우리 모두의 뇌리에는 최루탄 연기로 부옇게 흐려진 운동장에서 곤봉과 방패를 피해 피투성이가 된 채 비명을 지르며 뛰어 다니는 끔찍한 영상들이 스쳐 지나갔다.

학생 회장이 어찌할 바를 모른 채 굳어 버린 것은 이와 같은 이유들 때문이었다.

전경들은 시시각각 다가오고 있었고, 노장군의 후예들은 요지부동이었다. 어디론가 움직여, 무엇인가 해야 했다.

그로부터 꽤 여러 해가 지난 뒤, 언젠가의 나는 전쟁 역시도 일종의 정치 활동이라는 요지의 글을 읽고 묘한 감회에 사로잡히는 경험을 하게 된다. 필자의 주장에 따르면 정치와 전쟁 모두는, 집단적인 요구를 관철시키기 위해 집단적 역량을 이용하여 반대자에게 강제를 가하는 행위로, 그 역량이 물리적인 것인지 아닌지는 근본적인 차이로 볼 수 없다는 부연 설명까지 친절하게 붙어 있었다. 전쟁에 대해 혐오감을 가져야 한다는 강박에 시달리던 나는 우선 반발심을 느꼈다. 더구나 당시의 나는 사회 진출을 앞두고 경제와 정치에 지대한 관심을 가지기 시작한 참이기도 했다. 그러나 논리적으로 따져 볼 때, 필자의 의견은 내 역량으로 반론하기에는 너무나 치밀했으며, 결정적으로 모든 문장에 한두 개 이상의 전문 용어들이 포함되어 있었다. 그래서 분한 마음에, 나 역시 원래 그렇게 생각해 왔다, 전쟁이나 정치나 똑같다고 생각하는 사람이 너뿐만은 아니다, 라고 마음을 고쳐먹었던 것이다.

그러나 당시의 내가 좀 더 차분히 기억을 더듬어 봤더라면, 머릿속을 전문 용어들로 빼곡히 채운 그 머저리의 말에 충분히 반론을 펼 수 있었을 것이다.

학생 회장이 이미 둘이 같지 않음을 보여 주었던 것이다. 그 순간의 우리에게 필요했던 것은 정치적 영도력이 아니라, 전술적 지휘력이었다.

누구라도 예측 가능한 해결책도 여럿 있었다.

우선, 전경들이 도착하기 전에 노장군의 후예들이 만든 사열 종대의 성벽을 강행 돌파하는 방법이 있었다. 위험성은 높았지만 교무실을 점령하고, 학교 건물에 의지해 농성을 벌인다는 애초의 목표를 달성할 수 있는 정공법이기도 했다.

두 번째로, 그대로 운동장에 주저앉아 평화적 시위를 계속해 나가는 방법도 있었다. 소극적인 방법이며, 오래 지속되기 힘들다는 단점은 있었지만, 예상되는 피해를 최소화시킬 수 있었고, 노장군의 후예들에게 불만을 품고 있다는 우리의 뜻은 확실히 전달될 수 있는 것이었다.

그런가 하면 세 번째 방법도 있었다. 그대로 뒤돌아 전경들을 향해 돌진하는 것이었다. 물론 상대도 되지 못하겠지만, 피투성이가 되어 흙바닥에 뒹굴고 말겠지만, 우리 모두는 9시 뉴스의 주인공이 될 수도 있을 것이었다. 운이 좋다면 대규모의 사상자가 발생할지도 몰랐다. 어차피, 이제껏 약자들이 거둬 온 승리들이란 슬프게도 하나같이 막대한 피의 대가가 아니었던가.

문제는 더 늦기 전에 선택하는 것이었다. 우리는 어떤 결정에도 두려움 없이 뛰어들 각오가 되어 있었다. 그러나 위대한 정치 지도자인 학생 회장은 어떤 전술적인 결정도 내리지 못한 채 그저 얼어붙어 있을 뿐이었다. 이런 분명한 예를 두고 어찌 전쟁과 정치가 매한가지라고 말할 수 있단 말인가?

그리고 우리에겐 가장 비정치적인 전투 전문가도 있었다.

"누구한테 말 좀 해 줘. 이대로는 정말 곤란해."

바로 스승이었다.

"선생들보다 우리 쪽 인원이 많긴 하지. 하지만 아이들이 선생들이랑 치고받을 수 있을까? 난 아니라고 봐. 벌써 바싹 얼어붙어 있잖아. 그리고 저 뒤에 있는 경찰 아저씨들? 말도 안 되지. 장담할 수도 있어. 잠시도 못 버티고 흩어져서 도망 다니느라 바쁠 거야. 거기다 최루탄까지 쏜다면? 아마 오늘 저녁은 유치장에서 보내야 될 거야."

스승의 예리한 분석에 소피의 연인이 귀를 기울였다. 간첩단의 조직에서부터 공작 활동까지 모든 것을 지휘해 온 현명한 인물다운 판단이었다.

"그럼 어찌하란 말인가? 여기서 끝내서는 안 될 것이야. 맞서는 것도 가당찮은 일이고. 하지만 이래서야 건물 안으로 진입하는 데에도 어려움이 많을 것 같네. 그렇다고 예서 주저앉아 있을 수도 없는 일이 아닌가. 얻어 내야 할 것은 반드시 얻어 내야 할 것이 아닌가."

스승의 눈이 빛났다.

"그럼, 안 되는 걸 다 빼고 나면 어딘가 떠오를 텐데요?"

스승이 손을 들었다. 손가락은 곧게 뻗어 어딘가를 가리키고 있었다. 순간, 구름이 걷히고 서광이 비추었다. 찬란한 태양 아래 드러난 것은, 은강 재단이 자랑해 마지않는 돔형 체육관이었다.

그래, 저런 곳도 있었구나!

달렸다. 소피의 연인이 무어라 소리쳤던 것도 같기는 했지만, 사실 알아듣기 힘든 괴성에 불과했고, 우리를 이끌었던 것은 분명 스승의 손끝이었나.

차선책이었음은 부정할 수 없었다.

승리감은 오래가지 못했다. 분명히 우리가 노장군의 후예들과 전경들을 따돌리고 체육관을 점거함으로써 그들의 뒤통수를 치기는 했지만, 그로 인해 많은 계획들이 틀어지고 말았던 것이다. 그토록 많아 보이던 아이들도 체육관을 북적거리게 만들지는 못했다. 그 엄청난 크기, 실로 자랑거리가 될 만했다. 학생 회장이 확성기를 사용해 다시 한 번 기세를 북돋우려 했지만, 천장이 너무 높았던 탓에 소리가 울려 시끄러운 소음으로 들릴 뿐이었다. 게다가 적들의 침입을 막기 위해 아주 작은 틈새만 남기고 입구를 막아 버리느라 주도적으로 농성을 이끌어야 할 간첩단의 주요 인물들이 지쳐 버린 것도 큰일이었다. 문은 너무도 컸고, 우리가 날라야 했던 책걸상이나 운동 도구 등의 잡동사니들은 지나치게 무거웠던 것이다. 우리모두는 장마철의 수재민들처럼 지친 몰골로 체육관 구석구석에 주저앉아 있을 수밖에 없었다. 꼼짝없이 체육관 안에 갇혀 버린 꼴이었다.

소피의 연인이 장담했던 대로, 기자들이 오기는 했다. 그들은 기대했던 교장실의 가죽 소파 대신 딱딱한 체육관 바닥이 자신들을 기다리고 있다는 사실에 조금 당황한 것 같았다. 소피의 연인과 학생 회장을 인터뷰하는 내내 그들은 고개를 절레절레 젓고 있었다. 호기심에 다가가서 들어 보니 시위 사실에 대해선 기사를 내 줄 수 있지만, 노장군과 그 후예들이 저질렀다는 비리에 대한 기사는 아무래도 어렵겠다는 것이었다. 그에 학생 회장은 발끈한 표정이 되었다. 하지만 증거가 없으니 도리가 없다는 대답에는 아무 말도 하지 못했다. 애초의 계획대로라면, 교무실과 교장실 어딘가에 숨겨져 있을 이중장부, 내부 지침서, 학부모들에게 강제적으로 모금한 찬조금 내역, 등등, 노장군의 안락한 노후를 송두리째 뒤흔들 만한 자료들을 찾아내 그들 앞에 보란 듯이 내놓아야만 했다. 그러나 우리가 보여 줄 수 있었던 것은 소피의 연인이 수학에도 깊은 조예가 있음을 보여 줬던 문서뿐이었다. 기자들은 고개를 절레절레 내저으며, 노장군의 수하들 중에는 수학에 정통한 인물들이 다수 포함되어 있다, 그들의 실력이라면 이 문서에 전혀 다른 의미를 부여할 수 있을 것이다, 그대의 수학 실력에는 경의를 표하는 바이지만 집합과 명제로써 어찌 미분과 적분을 상대할 수 있겠는가, 라고 했다. 이따금 젊고 혈기왕성한 초보 기자들이 애매한 증거들로 기사를 썼다가 다종다양한 봉변을 당한 게 한두 번이 아니었다는 말도 덧붙이면서 말이다.

나는 그들이 당했다는 봉변들이 무엇인지를 생각해 봤다. 소피는 그것들을 합법적 봉변과 불법적 봉변으로 크게 나누어 생각해 볼 수 있으며, 불법적 봉변은 다시 탈법적 봉변과 초법적 봉변으로 세세하게 분류할 수도 있음을 알려 주었다. 역시 소피는 지혜로운 여인이었다.

기자들의 방문이 희망을 주지 못한 관계로 체육관 안의 우리들은 더욱 무기력한 분위기 속으로 빠져들어 갔다. 보다 못한 학생 회장은 교장과 담판을 짓고야 말겠다며 반장들 몇을 거느리고 나가 버렸다. 체육관 안의 구심점이 사라져 버린 것이었다. 그리고 설상가상으로 매우 강력한 반격이 뒤를 이었다.

사실, 단순하기 그지없는 것이었다. 체육관 입구 쪽에서 누군가의 이름을 부르는 큰 소리가 들려온 것이었다. 이름의 소유자는 고개를 들어 부름에 응했다. 그의 부모님이었다.

그렇게 불려 나간 아이들은 대부분 다시 돌아오지 않았다. 오후

내내 서너 번쯤 일어난 일이었지만 그 파장은 엄청났다. 우리는 자신이 부모의 덕으로 먹고, 자고, 학교에 다닐 수 있는 학생들이라는 사실을 잠시 망각하고 있었던 것이다. 역시 노장군의 후예들은 시야에 들어온 뒤통수를 절대 놓치지 않을 만큼 노련했다. 아마도 동원 가능한 모든 이들이 학생들의 집에 전화를 걸고 있었을 것이다. 부모들의 마음이란 결코 귀한 자식이 체육관을 점거한 폭도의 무리들과 어울리는 것을 용납할 수 없는 것임을 잘 알고 있었을 테니 말이다. 노장군의 후예들은 더 악의적으로 상황을 과장했을 것이며, 은근한 협박도 잊지 않고 덧붙였을 것이다. 조만간 수많은 부모들이 체육관을 무너뜨릴 듯한 기세로 몰려들 것이 예상됐다. 그리고 조금씩 인원이 빠져나가 버리고 나면 남겨진 소수의 아이들에게는 비참한 최후를 안겨 줄 것이었다. 주동자 내지 극렬 행위자라는 꼬리표를 달아서 말이다. 부모조차 찾으러 오지 않는, 혹은 부모를 이용해서도 끌어낼 수 없는 자식들은 죽이지 않는 한도 내에서는 아무렇게나 다뤄도 무방한 존재였으니까. 인정하고 싶지는 않았지만, 노장군의 후예들은 법적으로는 여전히 선생들이었다. 무기력에 공포가 덧씌워졌다. 우리는 더욱 지쳐 갔다.

　힘겹게 고개를 들어 소피를 찾았다. 소피의 연인과 이야기를 나누고 있었다. 어깨가 축 처져 버렸다. 가까스로 다시 고개를 들어 스승을 찾았다. 그는 구석에 놓인 높이뛰기용 매트 위에 쭈그려 앉아 있었다. 스승의 고독을 방해할 구실이 없었다. 그리하여 나는 어딘가에 주저앉아야만 했다.

　따라서 내가 주저앉은 곳이 마침 '가끔 한마디'의 옆자리였던 것은, 결코 의도한 바가 아니었다. 그저 우연히 그곳에서 걸음이 멈춘 것뿐이었다.

그녀와 나는 2년째 같은 반이었지만, 한 번도 이야기를 나눠 본 적이 없는 사이였다. 따라서 내가 그녀에 대해 알고 있는 것은 많지 않았다. 일목요연하게 정리해 보면 다음과 같은 것들 정도였다.

첫째, 그녀는 미대 지망생이었다. 화실에서 실기 지도를 받느라 야간 자율 학습은 하지 않았고, 교복 여기저기에는 언제나 물감 얼룩이 묻어 있었다.

둘째, 그녀는 언제나 이어폰을 꽂고 있었다. 이어폰을 통해 흘러 나오는 시끄러운 음악은 M 자로 시작되는 이름을 가진 미국 밴드의 것이었다.(그 당시 활동하던 M 자로 시작되는 이름의 미국 밴드들은 하나 같이 시끄러운 음악을 했다.)

셋째, 누군가와 대화를 하게 될 때면, 그녀는 짜증스러운 표정으로 이어폰을 한쪽만 빼고, 비상식적이라 할 정도의 짧은 단어만으로 대꾸했다. 귀염성 있는 얼굴이었음에도 눈빛은 실로 날카로웠기에, 그녀와의 대화를 즐기는 사람은 없었다.

나 역시 그녀와 대화를 나누게 될 거라는 생각을 해 본 적이 없었다. 어쩌다 보니 바로 옆자리에 앉게 됐다 해도 말이다. 말을 걸어 봤자, 애초에 나와는 대화가 통하지 않을 것이라는 듯한 태도로 짤막한 대꾸만 늘어놓다 다시 외면해 버릴 게 분명했다. 하지만 그녀가 앉은 쪽에서 쉴 새 없이 사각거리는 소리가 들려오는데, 그 소리에 따라 손에 든 연습장 위에 이곳의 풍경이 담겨 가고 있는데, 눈길조차 주지 않을 수는 없었다. 그녀는 실로 미대 지망생다운 태도로 체육관의 폭도들 사이에 섞여서도 예술혼을 불태우고 있었던 것이다. 눈길이 가지 않을 수 없었다.

그녀의 연습장 안에는 눈 코 입이 생략된 우리의 동지들이 여기 저기에 주저앉아 있었다. 무언가 해야 하지 않을까 불안해하고 있지만, 실제로는 무엇 하나 해 볼 만한 게 없는 우리들의 모습이 절묘하게 표현되어 있었다. 경이로운 장면이었다. 그녀의 옷깃에 묻어 있던 물감 얼룩들의 묵직한 색채가 느닷없이 화사하게 느껴질 정도로 말이다. 그리고 나는 자연스레 예전에 보았던 그녀의 그림을 떠올리게 됐다.

1학년 미술 시간에 실기 과제로 제출했던 그림으로, 당시 우리에게 주어진 주제는 자화상이었다. 천편일률적인 그림들 중에서 그녀의 그림은 단연코 돋보이는 것이었다. 단지 미대 지망생다운 출중한 그림 실력 때문만은 아니었다. 인문계 고등학교의 1학년 교실에서라면, 뛰어난 그림 실력이 미대 지망생들만의 전유물은 아니었다. 다재다능한 손재주를 자랑하는 아이들은, 대부분 그림에도 평균 이상의 소질을 가지고 있었던 것이다. 더구나 그녀의 그림은 기술적으로는 오히려 허술한 편에 속했다.

화폭의 한쪽 구석에는 액자가 그려져 있었고, 액자에는 무표정한 그녀의 사진이 붙어 있었다. 그리고 대충 구도만 잡아 놓은 상태임에 분명한, 이목구비가 십자선으로 그려진 인물이 그녀의 사진을 외면한 채 무릎을 꿇고 있었다. 십자 얼굴의 인물은 무릎걸음으로 기어 화폭을 벗어나려 애쓰는 것처럼 보였는데, 그의 전신에는 붉은 물감이 얼룩져 있었다. 마치 온몸에서 피가 배어 나오고 있는 것처럼 보였다. 그리고 액자 아래쪽에는 오른손잡이가 왼손으로 쓴 것 같은 서툰 글씨로 '네 안의 나를 죽여라.'라고 적혀 있었다. 그림의 제목이었다. 당시 미술 선생은 고개를 내저으며 뭐라고 불만스럽게 중얼거렸었다. 어떤 점수를 줘야 할지 판단이 서지 않는다는 표정이었다.

다시 현실로 돌아온 나는 또 한 번 그녀가 그려 낸 절묘하고도 경이로운 풍경을 향해 눈을 돌렸는데, 때마침 그녀 역시 내쪽으로 고개를 돌렸다. 아마도 내 시선이 느껴졌던 모양이었다. 무언가 말을 걸어야 할 것 같은데, 하지만 그래 봤자 나와는 말이 통하지 않는다는 듯 짤막한 답변이나 늘어놓고 다시 외면해 버릴 텐데, 그렇다면 무슨 말을 어떻게 해야 이 어색한 분위기를 자연스러운 것으로 바꿔 놓을 수 있을까 고민스러웠다. 그런데 고맙게도 먼저 말을 걸어 준 것은 그녀였다.

"습관."

그녀 특유의 간결하고 냉정한 말투였다. 그리고 그게 전부가 아니었다. 그녀는 자신의 그림에 관심을 보이는 내게 호감을 느꼈는지, 몇 마디의 말을 더 던져 주었다. 그녀가 툭툭 던져 놓은 짤막한 단어들을 조합해 보면 자신이 미대 지망생이 된 이유는, 당연한 얘기지만 무언가 뜻깊은 것을 그림으로 표현하고 싶다는 바람 때문이었다. 그러나 미대에 입학하기 위해선 반복적인 훈련을 통해 실기 시험에 대비해야 한다, 석고 데생을 비롯한 기초적인 훈련들이 그것인데, 그 중요성에도 불구하고 너무도 오랫동안 반복해 온 결과, 이제 자신에게 있어 그림을 그리는 일은 단순한 습관에 불과한 것이 되어 버리고 말았다, 하지만 입시를 끝낸 후에는 진짜 그리고 싶은 걸 그릴 수 있지 않을까, 막연한 기대감에 오늘도 손을 쉬지 못하고 있다, 라는 의도를 파악해 낼 수 있었다. 그녀는 내가 자신의 대답들을 솜씨 좋게 조합해 내는 것에 대해 꽤나 깊은 감명을 받은 듯, 조금 부드러운 표정이 되었다. 그러고는 내가 물어보지도 않았는데, 왜 사람의 얼굴 구도를 잡을 때 십자선을 그려 두는 줄 아느냐, 세로선은 코의 위치이며 가로선은 눈의 위치다, 미술의 문외한들이 쉽게 범하는 실수 중 하나가 머리의 위로부터 3분의 1정도 되는 곳에 눈을 그려 넣는 것인데, 이는 머리카락 때문에 생기는 착시 때문이다, 실제로 눈은 얼굴의 중간 부분에 위치한다, 등등의 잡다한 미술 상식들을 늘어놓기까지 했다.(그녀의 말이었던 만큼 복잡한 해독 과정을 거쳐야 했음은 물론이었다.) 덕분에 나는 그녀가 생각보다는 한결 사귐성이 좋은 성격이란 것을 알 수 있었다. 그래서 나는 자연스럽게 현재 우리가 처한 상황에 대한 이야기를 꺼내 놓았다. 그리고 역시 자연스럽게 부모님이 데리러 오면 어떻게 하겠느냐고 물어보기까지 할 수 있었다.

"별거 중."

순간 나는 엄청나게 당황했다. 부모의 별거와 같은 엄청난 일은 한 영혼을 괴멸 상태로 몰아가고야 마는 끔찍한 것으로, 주부들 대상의 연속극에서가 아니라면 그것을 입 밖에 내는 일조차 피해야만 한다는 고루한 생각 탓이었다. 나뿐 아니라, 당시에는 대부분 비슷한 생각들을 가지고 있었을 것이다. 하지만 가끔 한마디는 대수롭지 않은 듯, 혹은 익숙한 반응이라는 듯 담담한 어투로, 그리고 변함없이 짤막한 단어들로, 이혼을 전제로 별거에 들어가 있는 자신의 부모들은 자신에 대한 양육권을 놓고 첨예하게 대립 중이다, 하지만 절대 자식에 대한 가눌 길 없는 애정 때문이 아니다, 위자료와 재산 분배를 비롯한 다양한 경제적 문제들만 해결된다면, 지금도 만나고 있는 각자의 애인을 속 편하게 만나기 위해서라도 자신을 떼어 놓지 못해 안달일 것이다, 따라서 사랑하지도 않는 딸까지 이용하고 싶어질 정도로 돈 많은 집에 태어났음에도, 자신에게는 제대로 된 거처가 없다, 양쪽 집을 오가며 사는 떠돌이 신세다, 그러니 집에 가지 않아도 서로 상대방의 집에서 자고 올 것이라 생각하며, 조금도 신경 쓰지 않을 것이다, 라고 말했다. 나는 너무도 생소한 기분이 들었고, 너무도 당황스러웠으며, 심지어는 부끄러운 기분까지 들어서, 차마 그녀의 얼굴을 똑바로 쳐다볼 수 없었다. 그래서 그녀가 한쪽에 내려놓은 연필을 물끄러미 바라볼 수밖에 없었다. 연필의 옆면에는 금박 글씨로 무언가 새겨져 있었다. F……A……B……E……R. 페이버? 파버? 뭐라고 읽어야 되지?

"파베르라고 써 있구나. 도구적 인간, 호모 파베르, 할 때의 파베르. 미술 연필인가? 썩 괜찮은 이름인데."

소피였다. 가끔 한마디는 꾸벅, 고개를 숙였다. 소피는 환히 웃었다.

"놀라지 마. 별거 아니야. 대한민국 수험생들의 저력이지. 잠깐 와 줘, 얘기 좀 하게."

슬쩍 바라보니, 소피의 연인을 중심으로 간첩단의 중심 인물들이 모여 있었다. 나는 가끔 한마디를 쳐다봤다. 그녀는 마치, 자신의 허락을 얻어야만 내가 갈 수 있을 거라 믿고 있는 듯 고개를 끄덕여 주었다.

"귀엽게 생긴 아이네. 잘해 봐. 같이 앉아 있는 모습이 보기 좋더라."

자리를 옮기던 그 짧은 순간에도, 소피는 윙크까지 해 가며 내 억장을 무너뜨렸다.

"자식 이기는 부모 없다는 옛말이 있으나, 작금의 상황에선 여지 없이 뒤집어야 할 것 같구나. 부모 이기는 자식도 없음이 속속 증명 되고 있지 않은가."

그사이 인원이 꽤 줄어 있었다. 대부분이 부모들의 습격 때문이 었다.

소피의 연인은 우리에게 몇 가지 당부 사항들을 전달했다.

첫째, 학생 회장의 부재로 분위기가 해이해질 우려가 있으니 주 의할 것.

둘째, 오늘 안에 해결될 가능성은 없으니, 지원자 위주로 외박을 준비할 것.

셋째, 지원자 외의 귀가는 막지 말 것.

넷째, 밤에는 입구를 더욱 튼튼히 막아 두고 불침번을 세울 것.

다섯째, 파이팅!

그동안에도 많은 인원들이 빠져나갔다. 부모들의 부름에 응답한 경우도 있었고, 일부는 스스로 나가기도 했다. 부모를 이기는 자식 들도 있었지만 극히 일부였다. 남은 인원은 집단이라 부를 수 있는 한계를 아슬아슬하게 유지하는 정도였다. 우리는 착잡한 심정으로, 다음 날 몇 명이나 돌아올 수 있을지를 예측해 볼 수밖에 없었다.

아침이 밝자마자 체육관 위층으로 올라가 상황을 살피고 온 아이들에 따르면, 교정은 한산해 보였고, 전경들은 운동장에 버스를 세워 둔 채 대기 중이라고 했다. 당장 쳐들어올 기미는 없었지만, 무장을 갖추고 있는 것이 마음만 먹으면 언제든 공격해 올 수 있을 것이라고 했다. 재단의 진입로는 여전히 많은 인파로 북적거렸지만 은강 고등학교의 교복은 눈에 띄지 않는다고도 했다. 혹시라도 학생 회장이 돌아왔는지를 살펴봤지만 보이지 않았다. 그가 억류되었을 가능성이 제기되기도 했다. 우두머리 없이 얼마나 더 버틸 수 있을지에 대한 격렬한 토론이 오간 후, 우리는 약속이나 한 듯 한숨을 내쉬었다.

일부가 돌아오기는 했다. 그들은 재단의 정문 앞에도 전경들이 서 있으며, 운동장에 있는 것은 그중 일부에 불과하다는 소식을 전해 왔다. 그리고 신문을 가져온 경우도 있었다. 그는 자신이 먼저 신문을 가로채지 않았다면 집에서 나오지도 못했을 거라며 가슴을 쓸어내렸다. 그의 집에선, 전날 우리를 취재해 간 신문을 구독하고 있었다. 우리는 소피의 연인을 시작으로 신문을 돌려 봤고, 역시 약속이나 한 듯 한숨을 내쉬었다. 그런데도 체육관 바닥은 꺼질 생각조차 하지 않았다.

신문 기사는 지극히 객관적으로 정확한 사실들만을 기술해 놓은 것이었다. 과장도, 축소도, 왜곡도 없었다. 하지만 완고하게 유지한 객관성 때문에 우리들의 궐기는, 학교에서 해고당한 것에 앙심을 품은 전직 교사들이 시험 기간에 맞춰, 안 그래도 공부하기가 죽기보다 싫었던 철없는 학생들을 부추겨 일어난 난동이었다고밖에 볼 수 없는 것이 되어 있었다. 노장군의 후예들이 야음을 틈타 습격해 오지 않았던 이유도 알 것 같았다. 우리는 이미, 공부도 하기 싫고, 귀도 얇고, 폭력 성향이 짙으며, 머리도 나쁠 가능성이 높은 문제아들이 되어 있었던 것이다. 이름 하여 세상의 적들.

하지만 동의할 수 없었다. 절대로, 그건 아니었다. 우리 중에는 최소한, 미모의 여기자를 꿈꾸는 파리지엔느도 있었고, 가장 비정치적인 전투 전문가도 있었으며, 미대 지망생인 결손 가정의 딸은 물론 위험한 사랑의 수호자도 있었다. 재단의 진입로를 걸어오는 아이들과 조금도 다를 바 없는, 약간은 부족하고, 나약하지만, 그래도 어떻게든 세상에 몸담고 살아야겠기에, 무엇이든, 어떻게든, 어떤 이유에서건 해 보고 싶은 평범한 아이들일 뿐이었다. 오히려 세상이 우리의 적일 가능성이 더 높았다. 나는 가끔 한마디가 그리고 있던 스케치가 작품으로 완성된다면, 분명히 '절망'이란 단어가 포함된 제목이 붙을 거라고 생각했다.

오후가 되도록 우리는 아무것도 할 수 없었다. 한데서 잠을 잔 탓에 모두들 얼굴이 푸석푸석했다. 불편한 잠자리를 극복해 낼 만큼 억센 생명력을 갖기에 우리의 육신은 아직 덜 여물어 있었다. 서로에게 보낼 안쓰러운 눈빛을 지어내는 것만으로도 충분히 힘겨웠다.

체육관에 일그러진 귀의 소유자가 나타난 것은 오후가 저녁으로 바뀌기 직전이었다. 물론 그사이에도 몇몇 아이들이 부모의 부름에 불려 갔고, 학교 건물을 바라보던 아이들은 건물 안을 돌아다니는 사람이 거의 없음을 확인해 주었다. 그래서 체육관 곳곳에, 그것도 구석과 변두리만을 찾아서 이리저리 흩어져 있던 우리는 그가 들어온 사실조차 눈치 채지 못하고 있었다.

"사람을 찾는다!"

크게 외치는 소리가 들려온 후에야 우리는 그의 왼팔 상박에 채워진 선도부 완장을 볼 수 있었다. 그의 정체를 눈치챈 아이들이 벌떡 일어서서 경계 자세를 취했다. 그러나 일그러진 귀의 소유자는 그들에게는 눈길조차 주지 않고 다시 소리쳤다.

"사람을 찾는다! 대신 너희에게 새로운 소식을 전해 주겠다!"

"소식이라니? 무엇을 말해 주겠다는 것인가? 그리고 여기 어디에 그대와 만나야 할 자가 있단 말인가?"

대답한 것은 소피의 연인이었다. 일그러진 귀의 소유자는 조소를 날리며 대꾸했다.

"버림받은 선생이여, 내가 그대라면 속히 이 자리를 피하겠소. 내가 가져온 것은 그대에게 좋지 못한 소식이오. 아마도 커다란 절망을 안겨 주게 될 것이오."

"헛된 말로 나를 핍박하지 마라. 내 비록 지금은 야인의 신분이나, 한때 네 스승이었다."

"한때 그랬을 뿐이오. 아마도 다시는 그럴 일이 없을 것이오. 조금 전 이 불미스러운 준동을 즉각 중지함과 동시에 어떤 처벌이라도 달게 받겠다는 각서에 그대들의 수괴가 직접 날인을 했다오."

"너희들의 흉중은 어찌 이리도 악독하단 말이냐. 귀한 동지의 명예를 더럽혀 우리의 의기를 꺾으려 하느냐. 나는 절대로 믿지 않겠다."

"그렇다면 좋소. 버림받은 선생이여, 그대가 가진 믿음의 근거란 도대체 무엇이오."

"동지란 이름 때문이다. 그의 신념이 내 안에 살아 있으며, 나의 신념 역시 그의 안에 살아 있기 때문이다. 그것이 바로 동지다. 내 안의 그가 죽지 않는 한, 나는 언제까지고 그를 믿을 것이다."

"그 믿음, 아마도 가장 슬픈 보답을 받게 될 것이오. 어쨌든 내가 가져온 대가는 지불했으니, 이제 내가 원하는 바를 이루도록 해 주시오."

"좋다. 말해 보아라."

"이제 오늘이 지나면, 내겐 다시 강호로 나설 기회가 주어질 것이오. 이는 이제부터 펼쳐질 그대들의 커다란 슬픔을 전제로 하고 있으니, 축복을 청하지는 않겠소. 다시 강호로 나서 일신의 역량을 펼칠 수 있게 됨은, 그 자체로 이미 한량없는 축복이니 세인들의 축하는 필요치 않기도 하오. 그러나 강호로 나서기 전 미처 마무리 짓지 못한 사적인 여한이 이곳에 남았으니, 내 그것을 끝맺고자 이곳을 찾았다오."

"네게 무슨 여한이 남아 있다는 말이냐, 그리고 찾는 자가 도대체 누구이더냐? 그리고, 그것이 과연 우리의 도움이 필요한 일이더냐?"

"내 이곳을 떠나 강호를 주유하게 된다면, 다시는 그대들과 같은 범부들과는 힘을 겨룰 수 없게 되오. 그러나 난 알고 있다오. 비록 범부의 두겁을 쓰고 있지만, 그 안엔 한 마리의 범과도 같은 용맹함을 품고 있는 이들이 있다는 것을 말이오. 그처럼 용맹한 이들과 자웅을 겨뤄 보지 못한 채 이곳을 떠나게 된다면, 그 애석한 마음은 열 동이의 술로도 씻어 낼 수 없을 것이오. 이것이야말로 사내가 품을 법한 높은 뜻이 아니겠소. 그러니 그가 내 앞에 나설 수 있도록 그대들의 힘을 빌려 주었으면 하오. 그리 해 준다면, 내게 남겨진 마지막 한 조각의 자비는 기꺼이 그대들을 위해 베풀도록 하겠소."

심장이 덜컥 내려앉았다. 소피의 연인은 폭력은 절대 용납할 수 없으며, 어떤 결과가 오더라도 우리는 물러서지 않을 테니 당장 떠나라고 외쳤다. 하지만 일그러진 귀의 소유자는 이미 소피의 연인을 바라보고 있지 않았다. 나 역시 주위를 둘러보며 스승을 찾았다. 그러나 스승은 어디에 있는지 보이질 않았다. 일그러진 귀의 소유자는 다시 외쳤다.

"폭력의 길 위에 선 자여! 회피하지 말고 내 앞에 마주하라. 내 이미 오래전부터 너를 눈여겨 보아 왔다. 네 비록 나의 눈길을 피한 적이 있으나, 굴복한 것은 아닐 것이다. 나 또한 폭력의 길을 걸어온 자, 네가 내 뜻을 읽을 수 있듯이, 나 역시 네 뜻을 짐작할 수 있다. 그러니 내가 품은 흠모의 정을 떨쳐 내지 말기 바란다. 말이 오간 적은 없으나, 우리는 이미 서로를 잘 알고 있지 않은가. 적으로 만나지 않았다면, 독한 술로써 우정을 나눌 수도 있겠으나, 그리 되기엔 이미 너무도 멀리에 있다. 그러니 내 안의 너를 간직하기 위해선 당당히 마주 서 주먹을 섞어 봐야 하지 않겠는가. 너 역시 마찬가지일 것이다. 네 안에도 내가 있지 않겠는가. 이제 나서 맞서지 않는다면, 평생에 씻지 못할 회한이 따를 것이다."

꼴깍, 하고 침만 삼켜도 메아리가 칠 것 같은 정적이 이어졌다. 모두가 숨을 죽이고 있었다. 일그러진 귀의 소유자는 무표정하게 서 있었다.

그리고, 쾅!

폭음이 들렸다. 어디선가 날아온 소화기가 포탄처럼 바닥에 떨어지는 소리였다. 일그러진 귀의 소유자를 노리고 날아든 것이 분명했다. 그는 재빨리 몸을 날려 소화기를 뛰어넘으며 외쳤다.

"이, 이게 무슨 짓이냐! 암습을 가하다니!"

소화기의 윗부분이 떨어져 나가며 하얀 분말이 터져 나왔다. 일그러진 귀의 소유자가 매캐한 연기를 뚫고 달려 나갔다. 하지만 다시 그를 향해 테니스 라켓이 날아들었다. 그것은 매끈한 포물선을 그리며, 그림같이 표적에 꽂혔다. 일그러진 귀의 소유자는 팔로 머리를 감싸 치명타는 피했지만, 꽤 충격을 받은 듯 휘청거렸다. 테니스 라켓은 그의 굵은 팔뚝에 튕겨 높이 치솟았다. 뒤이어 축구공, 빗자루, 운동화 등, 체육관이라는 배경에서 상상 가능한 거의 모든 잡동사니들이 그를 노리고 날아들었다.

"어찌 이리 나를 실망시킨단 말인가! 네놈은 일개 시정잡배였더냐!"

정신없이 날아드는 암기들을 피하고 막으며 스승의 위치를 파악해 낸 그는 투우와 같은 기세로 내달렸다. 그의 앞길에 놓인 모든 것이 짓밟혀 부서질 것만 같았다. 그러나 스승은 침착한 태도로 적이 지척에 도달할 때까지 온갖 잡동사니들을 계속 던져 댔다. 그리고 급기야 서로의 주먹을 교환할 수 있을 만큼 거리가 좁혀지자, 전

광석화와 같이 옆으로 몸을 날렸다.

아무도 보지 못했는데, 스승의 손에는 어느새 야구배트가 들려 있었다. 스승은 한쪽 무릎을 꿇으며 배트를 휘둘러 적의 발목을 강타했다. 맹렬한 기세로 달려오던 일그러진 귀의 소유자는 몸의 중심을 잃고는 형편없는 몰골로 나뒹굴고 말았다. 순식간에 승부가 결정 나 버린 것이었다.

그러나 스승을 아는 모두는, 몇 차례 겪어 왔고, 또 목격해 왔기에 싸움이 끝나려면 아직 멀었다는 것을 알 수 있었다. 쓰러진 자의 육신을 무대로 배트가 춤을 췄다. 팔을 들어 막으면 팔을 쳤고, 발을 들어 막으면 발을 쳤다. 몸을 틀어 피하면 옆구리를, 돌아누우면 가슴을 향해. 조금의 사정도 봐주지 않는 무자비한 구타였다. 심지어 배트가 부러져 나가기까지 했다. 일그러진 귀의 소유자는 절규하듯 외쳤다.

"비겁…… 어찌, 정정당당한 승부에…… 믿었건만……."

하지만 스승은 멈추지 않았다. 모두가 넋을 놓은 채 살기로 충만한 스승을, 일그러진 귀의 소유자가 부서져 가는 장면을 바라보고만 있었다. 제일 먼저 움직인 것은 소피의 연인이었다. 그는 몸을 날려 스승의 허리에 매달리며 외쳤다.

"안 된다! 이래서는 안 된다! 사람을 죽일 심산이냐!"

그러나 소피의 연인 혼자서 스승을 제압할 수는 없었다. 스승은 배트를 휘두르는 것만이 살아 있는 이유의 전부라고 믿는 사람처럼 집요하게 일그러진 귀의 소유자를 두들겨 댔다. 그제야 정신을 차린 아이들 몇이 스승에게 달려들어 팔다리를 붙잡고 늘어졌다. 나도 스승의 한쪽 팔을 붙들고 늘어졌다. 한참을 드잡이질 한 끝에 우리는 스승을 쓰러뜨려 찍어 누를 수 있었다.

일그러진 귀의 소유자는 죽어 버리기라도 한 듯 미동조차 없었다. 스승이 계속 몸부림쳤기에, 우리는 온몸의 체중을 실어서야 겨우 스승을 잡아 둘 수 있었다. 그리고 나는 스승의 중얼거림을 들었다. 그는 마치 은강의 오래된 주택가를 떠돌던 광인들처럼 중얼거리고 있었다. 잔뜩 치켜뜬 눈은 일그러진 귀의 소유자를 계속 노려보고 있었다. 그의 손에는 여전히 부러진 배트가 움켜쥐어져 있었다. 점점이 희생자의 피가 묻어 있는, 살해의 연장이었다. 등골이 오싹해져 왔다.

그리고 가끔 한마디, 형상을 지어내는 연장을 움켜쥔 소녀, 그녀는 파리하게 질린 얼굴로 연습장을 그러안은 채 우리를 바라보고 있었다. 그녀의 손에는 여전히 파베르가 쥐어져 있었다.

학생 회장과 함께 떠났던 반장들 중 한 명이 돌아온 것은, 가까스로 스승을 진정시켜 한쪽 구석에 주저앉혀 놓은 직후였다. 그는 학교 측과의 협상을 통해 극적으로 타결점을 찾아낼 수 있었다며 체육관에서 나올 것을 요구했다. 우리는 불안한 표정으로 서로를 쳐다봐야 했다. 그러나 계속 버티고 있을 기력도, 의지도 없었다. 나가자, 라는 말이 군데군데서 들려왔다.

밖에는 어느새 간단하게나마 단상이 마련되어 있었다. 스피커까지 준비된 것으로 봐선 협상 결과가 나온 것은 꽤 오래전의 일인 것 같았다. 단상은 체육관 건물을 등지게 설치되어 있었다. 그래서 우리는 단상의 좌우를 돌아 앞쪽의 공터에 모여 서야 했다. 공터는 부동자세로 서 있는 애교 넘치는 아이들로 포위된 형상이었다. 단상 옆을 지나며 슬쩍 쳐다봤더니, 학생 회장은 교복이 아닌 감청색 정장을 차려입고 앉아 있었다. 마치 선거 유세를 앞둔 노회한 정치인 같아 보이는 모습이었다. 공터에 모인 우리 대부분은 그대로 자리에 주저앉아 버리고 말았다. 피로와 불길한 예감 때문에 도저히 서 있을 수가 없었다.

"남겨야 할 것이 있다면, 지워야 할 것 또한 있을 것입니다."

학생 회장의 시원스러운 목소리가 스피커를 통해 증폭됐다.

"이 자리를 통해 우리의 어제와 오늘을 어느 쪽으로 기억해야 할지 생각해 봅니다."

여전히 힘차고 우렁찼다. 그런데 왜 우리에겐 '갑갑함'이 느껴졌는지 모를 일이었다.

"웃어야 합니다. 스승과 제자가 서로에 대한 믿음을 버리고, 반목과 갈등으로 빚어낸 이 일을 우리는 절대 진담으로 이야기해선 안 될 것입니다. 우리의 어제와 오늘을 이야기할 때, 우리는 웃어야 합니다. 농담이 아니라면, 입 밖으로 꺼내서도 안 될 것입니다. 이토록 슬픈 이야기에 어찌 진심을 담을 수 있다는 말입니까. 여러분, 그렇게 돼야 합니다."

웅성, 웅성, 웅성. 학생 회장의 머리 뒤, 체육관의 지붕 위로 핏빛 석양이 번져 가고 있었다.

"이제 그만 멈춰야 합니다. 아무 일도 일어나지 않았던 것처럼 다시 교실로 돌아갑시다. 여러분에겐 어떤 불이익도 발생하지 않을 것입니다. 여러분 앞에 자신 있게 약속드리건대……."

누군가 연단으로 뛰어들려 했다. 그러나 단상 아래 대기하고 있던 애교 넘치는 아이들이 그를 제지했다. 팔다리를 잡히고서도 그는 뭐라 소리 지르려 했지만, 날카로운 주먹 한 방이 명치께에 꽂혔다. 그리고 굵은 팔뚝 하나가 목으로 감겨들었다. 그가 있는 힘껏 발버둥 쳐 봤지만 소용없었다. 그에게는 정강이로 날아드는 무수한 발길질을 제지할 방법이 없었던 것이다.

학생 회장은 별일 아니라는 듯 연설을 이어 갔다.

"아무도 다치지 않을 것입니다. 아무도 우리를 강제하지 않을 것입니다. 아무도 우리를 내몰지 않을 것입니다. 아무도 우리를 핍박하지 못할 것입니다. 아무도 우리를 유혹할 수 없을 것입니다. 언제까지고, 아무 일도 없었던 것처럼, 각자의 자리만 지켜 간다면……."

여기저기서 아이들이 일어섰다. 하지만 애교 넘치는 아이들이 키만 한 몽둥이를 들고 다니며 가차 없이 휘두르기 시작했다. 남녀를 구분하지도 않고 머리나 등판을 후려쳤다. 소름 끼치는 소리와 함께 아이들은 다시 주저앉아 버리고 말았다. 소리만 들어도 알 수 있었다. 비명도 지르지 못할 만큼 아프다. 막아도 소용없다. 무기력하게 주저앉아 무릎 사이로 고개를 처박았다. 눈앞이 흐려지는 것 같았다. 빌어먹을 정치인의 아들 같으니라고. 잊어야 한다고? 미모의 여기자를 꿈꾸는 파리지엔느를? 형상을 지어내는 연장을 손에 쥔 소녀를? 살해의 연장을 움켜쥐고 있던 스승의 손아귀를?

"지금 이 순간, 우리가 선택할 수 있는 길은 그것뿐입니다."

왈칵, 소리 내어 울어 버리고 싶었다. 하지만 그렇게 해 버리면 정말로 죽고 싶을 만큼 부끄러울 것 같았다. 입술을 깨물며 고개를 들었다. 흐려진 돔형 지붕이 시야에 가득 찼다. 테두리의 붉은 노을이 마치 일식이 진행 중인 태양처럼 보였다. 학생 회장이 짖어 대는 소리는 더 이상 들리지 않았다. 빛을 집어삼키고 있는 거대하고 둥근 지붕만이 내가 느낄 수 있는 전부였다. 그리고 또르르 눈물이 흘러내릴 때, 지붕 테두리의 한구석이 뭉개지며, 무언가 혹 같은 것이 솟아올랐다. 얼른 눈가를 문지르고 다시 바라봤다. 둥근 지붕에서 솟아오른 것은 사람이었다. 좀 더 정확히 말하자면, 소피였다. 실루엣으로 보일 뿐이었지만, 나는 한눈에 알아볼 수 있었다. 아름다운 소피는 천천히 지붕 가장자리를 따라 걸어왔다. 그리고 그녀가 학생 회장이 서 있던 연단 위까지 걸어왔을 때쯤엔, 그 자리에 있던 거의 모두가 그녀를 발견할 수 있었다. 여기저기서 손을 들어 그녀를 가리켰다.

고개를 돌려 그녀를 확인한 학생 회장은 더 크고 열정적인 목소리로 떠들기 시작했다. 그녀의 존재를 묻어 버리려 악이라도 쓰듯이 말이다. 하지만 모두의 시선은 이미 소피에게 향해 있었다. 언제나 단정하게 묶여 있던 그녀의 머리는, 풀어진 채로 바람에 휘날리고 있었다. 그녀 역시 우리를 향해 무어라고 외치기 시작했다. 학생 회장은 단상 아래쪽을 향해 어지럽게 손짓했다. 스피커의 볼륨이 한층 높아졌다. 때문에 소피의 목소리는 한마디도 알아들을 수 없게 묻혀 버리고 말았다. 하지만 무어라 외치는지보다, 누가 외치고 있는지가 우리에게는 더 중요한 일이었다. 그리고 누가 자신의 휘날리는 머리카락을 한 움큼 잡아 쥔 채, 반대쪽 손을 하늘 높이 치켜

올리고 있는지가 더 중요했다.

높이 들어 올린 그녀의 손아귀에는 무언가 반짝이는 것이 움켜쥐어져 있었다. 하늘을 붉게 물들이며 꺼져 가던 태양이 남아 있던 모든 빛을 쥐어짜 만들어 낸 반사광을 한껏 뿜어내고 있던, 그것은 가위였다. 그녀는 추호의 망설임도 없이 자신의 머리를 잘라 내기 시작했다. 잘린 머리카락들이 바람을 타고 흩어지더니 단상 위로 흘러들었다. 소피는 끊임없이 외치며 끊임없이 머리카락을 잘랐고, 또 뿌렸다. 단상 위 의자에 앉아 있던 노장군의 후예들이 머리 위로 손을 휘저으며 황급히 자리를 피했다. 학생 회장의 목에 핏대가 섰다. 하지만 그녀의 존재를 지우기에는 너무도 미미한 외침이었다. 소피의 검은 머리는 그대로 검은 빗줄기가 되어 후두둑 떨어져 내렸다. 늦여름의 집중호우와도 같은, 너무도 세찬 빗줄기였다. 세상의 모든 것이 잠겨 버리고 소피만 남을 것 같았다.

교장은 학생 회장의 마이크를 뺏어 들고, 당장 그녀를 끌어내리라고 외쳤다. 단상 아래에 있던 애교 넘치는 아이들의 움직임이 분주해졌다.

잠시 후, 소피의 뒤편으로 세 개의 그림자가 등장했다. 그들은 조심스레 소피에게 접근해 갔다. 그러나 소피는 뒤도 돌아보지 않은 채, 우리를 향해 계속 빗줄기를 쏟아부었다. 그녀의 피맺힌 절규도 계속 이어졌다. 우리는 가슴을 졸여야 했다. 그러나 네 번째 그림자가 나타났을 때, 우리는 약속이나 한 듯 탄성을 내질러야 했다.

스승이었다.

그의 손에는 여전히 무언가가 들려 있었다. 피로 얼룩져 있을, 살해의 연장이었다.

 스승은 가장 뒤쪽의 그림자에 접근해, 그대로 배트를 휘둘렀다. 목덜미를 얻어맞은 첫 번째 그림자가 쓰러지며 돔 지붕을 타고 굴렀다. 가장자리의 꽤 넓은 턱이 없었다면, 그대로 떨어졌을 법한 위험천만한 장면이었다. 앞서 가던 두 번째와 세 번째 그림자가 몸을 돌려 스승에게 달려들었다. 스승은 몸을 날려 두 번째 그림자를 발로 차 버렸다. 스승의 공격을 피하지 못한 그는 쓰러져 몇 바퀴를 구른 후에야 가까스로 멈출 수 있었다. 하지만 스승도 중심을 잃고 엉덩방아를 찧듯이 넘어지고 말았다. 그 틈을 타서 세 번째 그림자가 달려들며 발길질을 했다. 그러나 스승은 침착하게 몸을 굴려 그의 발을 피했고, 배트를 휘둘러 그의 정강이를 후려쳤다. 세 번째 그림자는 무릎을 꺾으며 주저앉고 말았다. 스승은 재빨리 몸을 일으켰고, 세 번째 그림자의 몸 위로 인정사정없이 배트를 휘둘렀다. 우리 모두는 그의 비명을 들을 수 있었다. 두 번째 그림자는 몸을 추스르자마자 뒤도 돌아보지 않고 달아나기 시작했다. 그러나 스승은 기민하게 몸을 움직여 그의 앞을 막아섰다. 그는 맞설 엄두도 내지 못한 채 주저앉아 버렸다. 스승이 제일 먼저 노린 것은, 뒤로 물러나기 위해 부지런히 발버둥 치던 그의 두 다리였다. 길고 높은 비명 소리. 하지만 스승은 손을 멈추지 않았다. 핏빛 석양 아래 한 편의 참혹한 유혈극이 벌어지고 있었다. 스승의 손에 들린 배트는 쉼 없이 핏빛 대기를 가르며 춤을 추었다. 귓전에는 처참한 비명 소리만 들려왔다. 그리고 내게는 계속 달싹거리는 스승의 입술이 너무도 선명하게 보였다.

그사이 소피의 머리카락은 다 잘려 나가고 없었다. 더 이상 자를 것이 남지 않았음을 깨달은 그녀는 양손을 들어 우리 쪽으로 내밀었다. 자신이 지닌 모든 것이, 모두 우리에게 주어졌다 말하는 것 같았다. 그녀는 두 팔을 내민 채로 고개를 살짝 뒤로 젖혔다. 그리고 하늘을 우러러 보며 다시 무어라고 외쳐 댔다. 마치 강신한 무녀와도 같은 모습이었다. 하늘에서 뭔가 엄청난 것들이 쏟아져 내려, 소피의 품속으로 흘러드는 것만 같았다.

"뭣들 하고 있는 게냐. 더 올라가라, 더! 당장 저 연놈들을 끌어내려, 내 앞에 무릎 꿇려 대령하란 말이다!"

교장의 외침에 애교 넘치는 아이들 몇이 체육관 입구로 달려갔다. 그러나 그들의 발길은 계단참에서 멈춰 버리고 말았다. 처절한 비명 소리가 그들의 모든 움직임을 얼어붙게 만들었던 것이다. 비명의 주인공은, 처음 스승의 일격을 받고 쓰러져 있다가 가까스로 몸을 일으킨 첫 번째 그림자였다. 스승은 아무렇지도 않은 태도로 그에게 다가가 무성의하게 배트를 휘둘렀고, 그는 밑으로 떨어져야만 했다. 망치의 경우에는 고작 2층이었지만 이번에는 달랐다. 목숨을 잃게 될 것이 확실한 높이였다. 바로 아래, 화단에 심겨져 있던 무성한 나무들이 없었다면, 그는 분명히 이 사건으로 인한 첫 번째 사망자가 되었으리라.

그리고 스승은 부러진 배트를 들어, 똑바로 단상을 가리켰다. 그 순간 교장은 깜짝 놀라며 주저앉아 버리고 말았다. 스승의 입술은 여전히 계속 달싹거리고 있었다.

나는 몸을 일으켰다!

첫 번째 그림자가 여러 개의 가지를 부러뜨리며 바닥으로 떨어져 내린 순간, 아니면 그보다 조금 앞선 순간이었을 것이다. 가끔 한 마디, 형상을 지어내는 연장을 지닌 소녀, 그녀를 찾아야 했다.

소피는 여전히 하늘을 향해 피를 토하고 있었고, 스승은 부러진 배트를 들어 적들을 겨누고 있었다.

소피는 여신이었고, 스승은 여신을 수호하는 피투성이 괴수였다.

나는 몸을! 벌떡! 일으켰다!

여신의 연장은 한 줌의 햇빛을 모아 검은 홍수를 불러일으켰다. 괴수의 연장은 만인의 피를 머금어 공포를 지어냈다.

하늘도 땅도 태양도 석양도 공기도 바람도 은강도 학교도 체육관도 지붕도 모두가 알고 있었다. 그런데 나는 그제야 알 수 있을 것 같았다.

맨손으로 살해할 수 없는 적을 만났다면, 기꺼이 연장을 들어야 했다. 감당할 수 없는 적에게 살의를 적중시키기 위해선, 살과 살을 맞부딪치는 대신, 무기질의 흉기를 잡고 휘둘러야 했다. 따스한 피부 아래가 아니라 차가운 표면으로만 피가 흐르는, 단단하고 치명적이며, 손에 잡고 휘두르기에 편리할 뿐인, 영혼 없는 사물이 필요했다.

그들이 바로 우리의 연장이었다. 패배에 익숙해진 은강의 아이들에게 꺼지지 않는 분노의 횃불을 타오르게 해 줄, 치명적인 연장이었다. 그러니 형상을 지어내는 연장으로, 그 모습을 담아 둬야 했다. 그러자면 파베르의 소녀를 찾아야 했다. 웅성임이 잦아들기 전에, 술렁임이 멎기 전에, 살의가 무뎌지기 전에.

나는 뛰어오르듯! 몸을! 벌떡! 일으켰다!

등에 격렬한 통증이 느껴졌다. 나는 스승이 뭐라고 중얼거리는지 알고 있었다. 험상궂은 표정으로 몽둥이를 휘두르는 녀석이 보였다. 한 글자도 틀리지 않게 정확히 따라할 수도 있었다. 그는 나와 같은 반이었다. 자연스럽게 내 입술이 달싹거렸다. 그는 앉으라고 소리치며, 다시 한 번 몽둥이를 휘둘렀다. 처음에는 입 모양만 따라 했기에 불규칙적인 호흡 소리로만 들렸을 것이다. 나와는 한때 친하게 지낸 적도 있었다. 조금씩 성대가 울리기 시작하며, 그것은 나의 말이 되었다. 도시락을 함께 먹은 적도 있었고, 자율 학습 시간에는 모눈 연습장 위에 오목을 두기도 했고, 사 모아 둔 만화책을 서로 바꿔 읽기도 했었다. 손을 뻗어 몽둥이를 받아 냈다. 내 마음 한구석에는 그를 위한 자리가 마련되어 있었다. 손바닥의 모든 통각이 진저리 쳤다. 친구였다.

……

나는 친구의 얼굴을 똑바로 들여다보며, '으르렁' 외쳤다.

"내 안의 널 죽이겠다! 네 안의 나도 죽여라!"

敗 패

시정잡배

나는 담배를 배웠다. 아니, 담배라도 배워야만 했다.

은강 재단 역사상, 최초이자 최악이었던 대규모 폭력 사태의 주동자 중 한 명이 되어, 다시는 무언가를 배울 수 없을지도 모를 처지가 되어 버린 탓이었다.

노장군의 후예들은 전교생의 집으로 편지를 보냈다. 경우를 차리기 위한 미사여구들을 모두 생략하고 읽어 보면, '응분의 대가를 반드시 치르게 될 것'이라고 이해될 수 있는 것이었다.

편지를 받을 당시, 이미 나는 무기정학을 선고받은 처지였다. 연락이 닿는 아이들 사이에선 관련자 전원이 퇴학당하고 말 거라는 흉흉한 소문이 떠돌고 있었다.

그뿐이 아니었다. 내 앞에서 죄인인 양 시늉해 대는 가족들을 보는 내 심정은 하루에도 몇 번씩 무너져 내려야 했던 것이다. 나는 퇴학당할지도 모른다는 불안에 떨고 있었지만, 최소한 온전한 정신까지 놓아 버릴 지경은 아니었다. 따라서 모든 것의 원인이 '자식을 잘못 키운 죄'나 '바쁘다고 동생한테 눈길 한번 주지 못한 죄'가 아니라는 것쯤은 분명히 알고 있었다. 그런데도 가족들은 질책과 비난은 엄두도 내지 못한 채, 내 눈치를 살피며 비위를 맞추는 데에만 온 신경을 쏟았다. 내 앞에서는 감히 목소리조차 높이지 못했고, 끼니마다 생일상이 무색할 정도의 휘황찬란한 밥상이 차려지곤 했다. 아주 사소한 표정 변화도, 어쩌다 튀어나온 말 한 마디조차도 그들의 눈빛을 한없이 불안하게 만들었다.

집안의 공기는 숨이 막힐 듯 무거워졌다. 내가 할 수 있는 일은 아무것도 없었다.

담배라도 배우지 않고는 견딜 수가 없었다.

처음엔 배움에 대한 열정이 지나쳐 하루에 두 갑이 넘게 피워 버린 적도 있었다. 기관지에 뭔가 사달이 났음을 직감한 뒤에야 절제의 덕목을 익히게 되었다. 그리고 배움은 나날이 깊이를 더해 갔다. 담배를 물어도 될 때와 물지 말아야 할 때를 정확하게 분간하기 시작했고, 몸에 냄새가 배는 것을 막기 위해 통풍이 잘되는 장소를 찾아 헤맸으며, 격렬한 숨결로 순식간에 담배를 살해하는 기술도 연마했다.

그리고 허공으로 흩어져 가는 연기를 눈으로 좇으며, 패배의 쓴 맛을 음미했다.

내게는 소피도 있었다. 소피를 만나기 위해서도 한 개비의 담배가 필요했다.

식구들이 모두 잠든 늦은 밤이나 새벽, 베란다에 나가 담배를 피위 물고 맞은편 동을 바라봤다. 눈으로 더듬어 소피의 집을 찾는 것은 손쉬운 일이었다. 그리고 소피의 방을 찾는 일은 더욱 쉬웠다. 언제나 새벽까지 불이 켜져 있었던 것이다. 은강의 밤하늘로 담배 연기를 날리며, 간절한 눈길로 그곳을 쳐다보고 있자면 여전히 삐죽거리는 짧은 머리의 소피가 창밖을 내다보고 있기도 했다. 이목구비를 구분할 수 없는 어두운 윤곽에 불과했지만 내가 소피를 알아보지 못하는 일은 절대 일어날 수 없었다. 며칠에 한 번씩 찾아오는 운 좋은 기회이자, 소피의 모습을 볼 수 있는 유일한 기회이기도 했다. 소피는 집안에 유폐되어 창문을 통해서가 아니면 바깥공기조차 느낄 수 없는 처지가 되어 버린 것이었다. 그러니 집에 전화를 거는 일은 상상조차 할 수 없었다.

그래서 모두가 잠든 시간이 되면 베란다에 나가 있어야 했고, 그러기 위해서는 뭔가 그럴싸한 구실이 필요했는데, 담배는 실로 그럴싸한 것이었다. 나는 어른들 앞에서 당당하게 담배를 피워선 안 될 미성년자였으니 말이다. 그러니 가족들이 잠든 시간을 이용하는 것이 너무도 당연했다. 뿐만 아니라, 베란다는 창문만 살짝 열어 두면 집안에서 가장 통풍이 잘되는 곳이기도 했다.

내게 구실이 필요했던 것은 그날의 일 때문이었다.

교장부터 쳤어야 했다. 그리고 서울 어딘가에 있다는 노장군의 성채를 향해 기세 좋게 진군해야 했다. 노장군의 후예들에게는 아까울 바 없는 소모품에 불과했을, 애교 넘치는 아이들을 상대하는 데 시간을 허비해 버린 것이 실수였다. 그래서 우리는 결국 전경들의 군홧발 아래 처참하게 짓밟히는 신세가 되고 말았다. 전경들이 사다리

차까지 동원해 가며 소피와 스승을 끌어내리는 장면을 그저 멍청히 바라만 보고 있어야 했다. 스승은 전경들의 곤봉 세례에 쓰러지는 순간까지 피 묻은 배트를 맹렬하게 휘둘렀고, 소피는 덩치 좋은 전경 대원의 어깨에 떠메어진 채 내려오면서도 계속 무어라고 외쳤다.

체육관 지붕은 불이라도 붙은 듯 붉게 물들어 있었다.

경찰서로 끌려간 우리는, 정말 많이도 맞았다. 주먹으로 쥐어박히기도 했고, 서류철로 얻어맞기도 했으며, 심한 경우엔 눈물이 핑 돌게 따귀를 맞기도 했다. 눈물을 참기 위해 이를 악물고 눈을 부릅떴다가 한 대씩 더 쥐어박히는 일이 빈번했다.

완전한 패배였다.

만일 승리했다면, 그래서 내가 소피의 위험한 사랑을 지켜 낼 수 있었다면, 그리하여 소피의 연인이 다시 학교로 돌아왔다면, 그래서 신문 방송학 내지는 외국어를 전공하게 될 소피를 위해 쌍꺼풀 수술비를 마련해 줄 수 있게 됐다면, 그랬다면 나는 언제라도 당당하게 소피를 불러내, 아파트 주변을 거닐거나 벤치, 혹은 놀이터의 그네에 걸터앉아 이야기를 나눌 수 있었으리라.

그래서 소피의 모습이 드러날 때마다 나는 아주 천천히 손을 흔들어 주었다. 너무 빠르면 소피에게 들킬지 몰랐다. 그런데도 소피는 한 번도 내 쪽을 봐 주지 않았다.

그러니 내게 담배 말고 무엇이 남겨져 있었겠는가.

하지만 학교에서 온 두 번째 편지를 받고 난 후, 모종의 경험을 통해 언제까지나 담배를 피우며 살 수는 없다고 생각하게 됐다.

편지의 내용은 방학 중 보충 수업에 대한 것이었다. 편지 속 주장에 따르면, 퇴학을 당해 마땅한 용서받지 못할 자들이 한둘이 아니지만, 교육자로서 그들을 바른길로 인도해야 한다는 사명감에 불타는 노장군의 후예들은 대부분을 용서하기로 마음먹었다는 것이었다. 즉, 내게 담배 말고도 배울 만한 뭔가를 주겠다는 뜻이었다. 그리고 어수선했던 학교의 분위기나 정학 등의 징계로 많은 학생들의 수업 일수에 결손이 생겼을 뿐만 아니라, 기말고사도 시행할 수 없었기에, 그야말로 눈물이 앞을 가릴 지경이라고도 했다. 그래서 노장군의 후예들은 예전 같으면 상상도 못 했을 파격적인 결단을 내리게 됐다. 방학 보충 수업을 실시하고, 그 기간 중에 기말고사를 치러 전교생이 모두 정당한 성적표를 받아 볼 수 있게끔 하겠다는 것이 그것이었다. 그러니 한 명도 빠짐없이 보충 수업에 참여하기 바란다, 다음 학기 진도까지 배울 테니 절대 빠져서는 안 될 것이다, 이번만은 특별히 놀라운 가격, 얼마에 모시겠다, 지정된 은행, 지정된 계좌를 통해 납부하면 교칙에 정확히 부합된다, 카드 결제는 받아 주지도 않을 뿐더러, 무이자 할부 혜택은 생각도 안 해 봤다, 왜? 우리는 교육자니까, 장사꾼이 아니니까, 노동자가 아니니까.

아버지는 늦둥이 막내아들의 대학 합격증을 받아 쥔 가난한 농군처럼 감동했다. 그동안 고생 많았다, 라고 말하는 말끝이 파르르 떨리고 있었다.

당장에 외출 준비가 이루어졌고, 우리 가족은 시내의 유명한 고깃집에서 만찬을 즐겼다. 숯불 위에서 기름을 자글거리며 익어 가는 갈비 살을 상추에 싸, 볼이 미어터지도록 쑤셔 넣으며, 나는 소피 역시 편지를 받았을 거란 사실을 떠올렸다. 솔직히, 다시 무언가를 배울 수 있게 되었다는 것보다, 소피를 다시 만날 수 있게 됐다는 사실이 더욱 기뻤다. 그리고 불판 위로 피어오르는 연기를 보고 있자니, 소피가 담배 연기에 눈을 매워하지 않을까, 걱정이 됐다. 그렇다면 담배 따위 당장에 끊어 버리고 말겠다, 라고 다짐하며 다시 한 점의 갈비 살을 상추에 싸서 입에 쑤셔 넣었다. 아버지는 맥주를 시켜 내 잔을 채워 주었다. 기쁜 날 술이 빠지는 것은 옳지 못한 일이며, 술은 원래 어른들에게 배우는 것이 옳다는 설명이 뒤따랐다. 나는 옳건 그르건 상관하지 않고 따라 주는 대로 넙죽넙죽 잘도 받아 마셨다. 결국 아버지, 어머니 그리고 나, 뿐만 아니라 퇴근하자마자 부랴부랴 달려온 형과 형수까지 얼큰하게 취한 뒤에야 우리 가족은 집으로 돌아왔다. 모든 것이 완벽했다. 동화책의 마지막 구절처럼, 우리 가족은 그 후로도 오래오래, 영원히 행복하게 살아갈 것만 같았다.

술에 취한 가족들이 일찌감치 곯아떨어지자마자, 난 부랴부랴 베란다로 달려 나갔다. 내 인생 마지막 담배를 피우기 위해서였다. 불을 붙인 후, 나머지는 담뱃갑 채로 확 구겨서 창밖 멀리로 던져 버렸다. 그리고 어설프게 어두운 은강의 밤하늘로 연기를 흘려보냈다. 내 인생의 마지막 연기가 될 것이었다. 창백한 불빛 속에 창밖으로 고개를 내밀 소피의 모습을 딱 한 번만 더 보고 나면 다시는 내 인생에 등장하지 않을 연기였다.

그러나 소피의 창문에는 불이 꺼져 있었다.

나는 손목시계를 들여다봤다. 어두운 가운데에도 시계 표면에 비친 내 얼굴이 보였다. 의아한 표정. 뭔가 불가해한 사태에 직면한 사내의 표정이었다. 세상이 왜 이 모양 이 꼴로 굴러가는지 도무지 이해할 수가 없다는 눈빛을 한 사내를 보고 나서야, 아직 소피가 잠들 시간이 되려면 멀었다는 사실을 깨달을 수 있었다. 그런데 소피의 방에는 불이 꺼져 있었던 것이다.

물론 그럴 수도 있다는 것쯤은 알고 있었다. 합리적으로, 타당하게 설명할 자신도 있었다. 편지를 받은 소피의 부모도 그녀를 시내의 고깃집에 데려가, 숯불로 지글지글 구워 낸 갈비 살을 상추에 싸서 사랑스런 딸에게 건네주었을 것이다. 아니, 나와 마주치지 않은 것을 보면 부둣가의 횟집으로 갔는지도 모를 일이었다. 아마도 분명히 그랬을 것이다. 시원한 은강의 바닷바람을 맞으며 싱싱한 생선 살에 톡 쏘는 와사비 간장을 듬뿍 찍어 입안에 넣고 코끝이 찡하게 아려 와 눈물이 핑 돌았다가, 그게 우스워 해맑게 웃다가, 그렇게 울다가 웃기를 반복했을 것이다. 어쨌든 소피의 아버지도 그녀의 잔에 맥주를 가득 채워 주었을 것이다. 기쁜 날 술이 빠지는 것은 옳지 못한 일이고, 술은 어른에게 배우는 게 옳은 일이 아닌가 말이다. 그러니 술을 마시면 취하는 것도 옳은 일이고, 취했으면 일찍 잠드는 것도 옳은 일이었다.

세상에, 누가 그걸 모른단 말인가!

괜히 아까운 담배만 버렸다, 내일 일찍 일어나서 한번 찾으러 나가 보자, 구겨 버리기는 했지만 한두 개비 정도 안 부러진 게 있을지도 모른다, 딱 한 번만 더 소피를 보고 나서 다시는 피우지 말자. 진짜로 피우지 말자. 절대로 피우지 말자. 아무 일도 없을 것이다.

그러나 불길한 느낌은 쉽사리 지워지지 않았다.

일주일이 넘게 마지막 담배를 피운 뒤에야 나는 모든 것을 알 수 있었다.

소피는 방에 없었다. 그렇다고 소피의 집에 있는 것도 아니었다. 그런가 하면 아파트 안에 있을 리도 없었다. 하물며 은강에 있을 리는 더더욱 만무했다.

일주일도 더 전에 마신 알코올이 그제야 머릿속을 휘저었다. 나는 주저앉을 수밖에 없었다. 눈앞의 세상이 가물거리며 사라져갔다. 손을 뻗어 봤지만 잡히는 것은 하나도 없었다. 대신, 어느 새벽 조심스레 아파트 문을 여는 그녀의 하얀 손이 눈앞에 떠오를 뿐이었다. 그 손을 따라 올라가니 어처구니없이 거대한 가방이 걸린 어깨가 눈에 띄었다.

왜. 왜? 왜!

그리도 거대한 가방이 필요했단 말인가. 가방의 앞주머니에는 비행기 표 한 장이 살짝 고개를 내밀고 있었다. 행선지는 파리였고, 편도였다. 다시 한 번 눈앞이 흐려졌다. 담배 연기에 눈이 매워서가 절대로 아니었다. 그녀를 태운 파리행 비행기가 내 눈앞을 스쳐 지나갔기 때문이었다. 그녀의 어깨에 손을 얹은 소피의 연인이 시원섭섭한 표정으로 창밖을 내다보고 있었다. 아름다운 나의 소피는 그렇게 내 곁에서 사라져 버렸다.

불법 시위 선동 및 배후 조정, 허위 사실 유포, 불량 서클 조직, 기물 파손, 폭력 행사, 수업권 침해, 업무 방해, 등등, 일일이 열거할 수조차 없는 악랄하고 야만적인 행위들을 통해 학교의 명예를 처참하게 추락시켰고, 학생으로서 마땅히 지켜야 할 품위 유지의 의무조차 방기한, 따라서 선량하고 건전하며 성실할 뿐더러 명예롭기까지 한 다수의 학생들로부터 격리되어 마땅한 마당에, 보충 수업 신청이라는 참회의 뜻을 밝힐 기회조차 거부한 일부 극렬 분자들에 대해선 제적 처분이 이루어졌다.

단 두 명이었다.

두 자리쯤 비었다고 달라진 건 하나도 없었다.

매일 피곤한 몸을 이끌고 학교에 와서, 떠들썩하게 인사도 나누고, 수업도 듣고, 자습도 하고, 종종 졸거나 잡담도 하고, 화장실에 숨어 담배를 피우기도 하고, 티격태격 멱살잡이도 해 보고, 주의를 받거나 몇 대쯤 쥐어박히기도 하고, 복도로 쫓겨나 무릎도 꿇어 보고, 반성문도 쓰고, 도시락도 까먹고, 매점에서 군것질도 하고, 청소도 하고, 학교를 파하면 오락실도 가고, 만화 가게도 가고, 종종 당구장도 가고, 시내를 배회하기도 하고, 주말이면 영화도 보고, 미팅 자리에도 얼굴을 내밀어 보고, 바다도 보러 가고, 뭘 잘못 먹은 날이면, 학원을 다녀 볼까, 과외를 받아 볼까, 독서실을 다녀 볼까, 고민도 하고, 몇 시간이나 줄 서서 들어간 시립 도서관에선 한 시간도 채 못 버티기 일쑤고, 친구네 집이라도 빌 것 같으면 에로 비디오 한 편 빌려서 쳐들어가기도 하고, 몰래몰래 술 한잔씩 홀짝거리기도 하고, 어느 반에 누구는 가슴도 크네, 누구는 가슴만 크네, 킬킬대며 음담패설도 나누고…….

용서할 수 없었다.

소피가 사라졌는데, 스승이 사라졌는데.

내 안의 그들을 모조리 죽이리라.

밤마다 옥상에 올랐다. 입구를 걸어 잠근 쇠사슬은 이틀간에 걸쳐 실톱으로 끊어 놓은 뒤였다. 여름이었음에도 밤바람은 꽤나 쌀쌀했다. 간단한 맨손체조로 몸을 풀었다. 스트레칭도 했고, 팔굽혀펴기도 했다. 바닥에 앉아 앞뒤로, 양옆으로 다리도 벌려 봤다. 당기는 허벅지를 주무르며 하늘을 올려다봤다. 하늘을 우러르며 맹세했다. 반드시 복수하겠다고. 스승과 소피를 잊은 자들에게, 이자까지 남김없이 돌려주겠다고.

그리고 본격적인 훈련에 들어갔다.

가상의 인물을 불러냈다. 망치일 수도 있었고, 하이에나의 무리들 중 누군가일 수도 있었고, 일그러진 귀의 소유자일 수도 있었고, 학생 회장일 수도 있었고, 교장일 수도 있었고, 노장군일 수도 있었다.

가차 없이 주먹을 뻗었다. 사나이의 복수에 말은 필요 없을 터였다. 하지만 주먹은 허공을 가를 뿐이었다. 중심을 잃고 볼썽사나운 몰골로 시멘트 바닥에 나동그라졌다. 그래도 다시 일어났다. 다시 주먹을 뻗었다. 다시 허공을 갈랐고, 다시 나동그라졌다. 이를 악물고 일어났다. 다시 주먹을 뻗었다. 발도 뻗었다. 몸으로 덮쳤다. 어깨로 들이받았다. 머리로도 받았고, 이빨로 물어뜯기까지 했다. 손에 잡히는 거라면 뭐라도 집어 던졌고, 뭐라도 잡고 휘둘렀다. 그러나 한 대도 맞아 주질 않았다.

망치가, 하이에나의 무리들이, 일그러진 귀의 소유자가, 학생 회장이, 교장이, 노장군이 웃었다. 다시 일어나, 다시 덤벼들었다. 여전히 허공을 향한 헛된 몸부림이었다. 그들은 비웃고 있었다. 입가를 살짝 치켜 올린, 은하계에서 최고로 재수 없는 미소였다.

웃지 마라! 으르렁! 네 안의 나를 죽여라!

날씨는 점점 쌀쌀해져 갔다. 그리고 찬바람이 불어왔다. 은강이었고, 겨울이었다. 자비심 없는 은강의 겨울바람을 온몸으로 맞으면서도, 하루도 거르지 않고 옥상에 올랐다. 이가 딱딱 부딪쳐 올 때면 꿋꿋하게 하늘을 바라봤다. 복수를 맹세했던 바로 그 하늘이었다. 하늘의 별만큼이나 헤일 수 없는 원한들이 차곡차곡 이자를 불려 가며 내 안에서 자라고 있었다. 다시 내 앞에 가상의 적을 불러냈다. 한 번도 내 공격을 허용한 적이 없는 절대적인 강자. 주먹을 쥐고 그를 노려봤다.

그러던 어느 날, 그의 모습이 환히 빛나기 시작했다. 바라보기도 힘들 만큼 찬란한 광채였다. 그래도 물러서지 않고 끝까지 바라봤다. 눈이 시려 눈물이 흐를 지경이었지만 시선을 돌리지 않았다. 눈도 한 번 깜빡이지 않았다. 그러자 어느덧 빛이 걷혔고, 적의 모습은 한 점이 되어 갔다. 나는 본능적으로 느낄 수 있었다.

만인의 공포를 겨누던 스승이 의지했던 한 점이 바로 그것이었다.

내 안의 그들이, 그들 안의 내가 모두 죽어 버리고 남은, 한 점의 표적이 바로 그것이었다.

주먹을 뻗었다. 묵직한 느낌. 누군가 내 앞에 서 있는 듯, 누군가 나의 주먹에 맞은 듯, 누군가 피를 토하며 쓰러지는 듯, 거대한 존재감을 지닌 존재가 사라져 가며, 싸늘한 쾌감이 밀려들었다. 팔다리를 휘두를 때마다 묵직한 타격감이 온몸으로 전달되어 왔다.

내 안의 그들이 하나하나 쓰러져 갔다.

한층 더 맹렬하게 팔다리를 휘저었다. 이제 표적의 존재는 신경조차 쓰이지 않았다.

그래도 빗나갈 리 없었다. 왜냐하면, 내 모든 움직임에는 빗나가지 않는 나의 살의가 담겨 있기 때문이었다.

세상의 모든 이들을 향해 소리 높여 외치고 싶었다.

모두들, 아직 살아 있는가?

그렇다면 그대들은 아직 빗나가지 않는 나의 살의와 마주해 본 적이 없는 것이다. 빗나가지 않는 나의 살의는 너무나 강력하고, 치명적이어서 겨누어진 모든 이의 가치 없는 생명을 가차 없이 앗아 버리고 말 것이다. 치유 불가능한 질병도, 예측 불가능한 각종 사건 사고들도, 누구도 거스를 수 없는 세월의 흐름조차도, 빗나가지 않는 나의 살의 앞에선 사소한 일상에 불과할 것이다.

이제 빗나가지 않는 나의 살의가 그대들의 삶을 겨냥할 것이다. 단 한 명의 열외도 허용치 않는 힘 앞에, 그대들의 하찮은 숨결은 의식할 겨를도 없이 단숨에 거두어질 것이다. 그리하여 나는 빼앗고 살해하는 자가 되어 세상의 중심에 우뚝 설 것이다.

모두가 바라마지 않는 바로 그 자리에.

새 학년이 왔다. 나의 신분은 입시생이었으나, 그에 앞서 가혹한 복수를 꿈꾸는 가해자였다. 내 안에서 쓰러져 갔던 모든 이들의 주검으로 빗나가지 않는 살의를 지어낸, 빼앗고 살해하는 자였다.

나는 살기등등한 표정으로 교내 곳곳을 배회했다. 적들의 뒤통수가 발견되는 순간 휘두를 살해의 연장 역시 언제나 준비되어 있었다.

학교는 넓지 않았다. 일부러 피해 다녀도 언젠가는 마주칠 수밖에 없을 만큼. 첫 번째 희생자와 마주치기까지 긴 시간이 걸리지 않았음은 물론이었다.

쉬는 시간, 화장실에서였다.

지정된 업체에서 구입했을 지정된 창문이 활짝 열려 있었다. 지극히 교칙에 부합되는 일이었다. 그러나 화장실 안과 밖의 공기가 교차되는 공간을 가득 채운 희뿌연 연기는 분명히 교칙에 어긋나는 것이었다. 나는 연기의 근원지를 향해 시선을 돌렸다. 그곳에 빗나가지 않는 나의 살의로써 겨누어야 할 상대가 있음을 직감적으로 알 수 있었다.

망치였다. 어쩌면 당연한 일인지도 몰랐다. 처음을 장식하기에 더할 나위 없이 적당한 상대였으니 말이다.

그는 담배를 물고 쭈그려 앉은 일단의 무리들 중에 섞여 있었다. 비열한 음모를 담았던 그의 미소는, 담배 연기와 어우러져 더욱 추악하게 변해 있었다. 나는 천천히 그를 향해 다가갔다. 한 발 한 발 신중하게. 한 번이라도 잘못 내딛으면 이제껏 쌓아 온 모든 살의가 연기처럼 흩어져 버리기라도 한다는 듯, 조심조심 발을 옮겼다. 눈치 빠른 녀석들은 재빨리 옆으로 비켜서며 길을 내주었다. 피투성이 괴수의 권세 앞에 길을 터 주는 바다와도 같은 모습이었다. 순식간에 망치와 나 사이에 무인 지대가 만들어졌다.

네 발만 더, 세 발만 더. 손이 닿는 순간 너는 죽는다. 아무런 말도 필요 없다. 섣불리 저항하지 마라. 고통만 더욱 커질 것이다. 내 안의 너는 이미 죽고 없다. 이제 네 안의 내가 죽을 차례다.

드디어 망치 앞에 섰다. 망치가 슬쩍 고개를 들자, 서로의 눈빛이 부딪쳤다. 그러자 망치는 어기적거리며 몸을 일으켰다. 애써 지어 낸 여유인지, 아니면 내 눈빛에서 아무것도 읽어 내지 못한 탓인지 는 알 수 없었다. 어쨌든 그대로 주먹을 뻗으면 콧잔등과 서너 개의 앞니를 단숨에 부숴 버릴 수 있는 상황이었다. 하지만 그 정도로는 부족했다. 빗나가지 않는 나의 살의를 적중시킬 한 점을 노려 단숨 에 숨통을 끊어 내야만 했다. 주먹을 움켜쥐었다. 죽인다, 죽인다, 죽인다, 계속해서 중얼거렸다. 손톱이 손바닥을 파고들었다. 마침내 빗나가지 않는 나의 살의 앞에 첫 번째 피살자가 탄생하기 일보 직 전이었다.

그때 완전히 몸을 일으킨 망치가 천천히 손을 들어올렸다. 다시 한 번 힘주어 주먹을 쥐고, 눈을 치켜떴다. 부질없는 몸부림은 포기 하라는, 어떤 과정을 거친들 결과는 너의 죽음뿐이라는 경고였다. 그 런데 완전히 들어 올린 그의 손에는 한 개비의 담배가 들려 있었다.

"피워 보지 않겠나?"

그는 씩 하고 웃으며 내 어깨를 쳤다.

툭, 하고 일말의 살의도 담겨 있지 않은 가벼운 손길이었다. 살아 남기 위한 덧없는 몸부림도, 위기를 모면하려는 서툰 화해의 손길 도 아니었다. 손을 뻗어 닿을 만한 곳에 서 있는 누군가를 향해, 그 저 한번 건네 본 것에 불과한 흔해 빠진 친밀함이었다.

덜컥, 심장 한복판으로 무언가 떨어져 내렸다.

주말에 영화나 같이 보러 가자던 가끔 한마디의 음성이었다.

몇 해 전, 꽤나 인기를 끌었던 액션 영화의 속편.

세상에 존재하는 거의 모든 액션 영화들과 별반 다를 바 없는 뻔한 내용을 가진 흔해 빠진 영화였다. 그래서 나는 속편 치고, 전편만큼 재미있는 걸 찾기 힘들다는 일반론을 늘어놓으며 살짝 잘난 체했고, 가끔 한마디는 특유의 간결한 어법으로, "거절?"이라 물었다. 그 목소리는 무척이나 매몰차게 들렸다. 그래서 나는, 앗 뜨거라, 황급히 고개를 가로저었다.

사실 미치도록 보고 싶었다. 좋아하는 배우가 주인공으로 나오는 영화였다. 게다가 약속 시간은 개봉일 첫 회. 반드시 살아남아 그 흔해 빠진 액션 영화를 보고 싶었다. 아니, 보지 못할 바엔 차라리 죽어 버리고 싶을 만큼이나 보고 싶었다.

때문에 망치의 힘없는 일격은 내 마음속 깊이, 오래도록 벼려 왔던 모든 살의들을 단번에 무너뜨릴 만큼이나 강력한 것이 되어 버렸다. 내 안의 살의가 그 일격에도 무너지지 않을 만큼 굳건한 것일까 봐, 그래서 이제 어느 누구와도 흔해 빠진 친밀함을 나누지 못하게 될까 봐 덜컥 겁이 날 지경이었다.

그래서 끝없는 복수와 복수와 복수만 일삼다, 흔해 빠진 액션 영화 한 편 같이 보러 갈 친구도 없이 쓸쓸하게 죽어 갈까 봐 두렵기 짝이 없었다.

결국 난 바보처럼 마주 웃어 주고 말았다. 선택의 여지가 없었다.

담배를 받아 물자, 그는 불을 붙여 주었다. 쓰디쓴 연기가 폐부에 가득 찼다. 기분 좋은 어지럼증이 밀려왔다. 그가 몇 마디 농을

건넸고, 나는 그저 웃기만 했다. 입맛이 썼다. 아마 담배 연기 때문이었을 것이다.

우리가 뿜어 댄 담배 연기는 창문을 통해 은강의 봄 하늘로 멀리멀리 퍼져 갔다. 황사 주의보가 내려진 날이었다. 누런 하늘로 한 줄기의 하얀 연기가 솟아오르고 있었다. 망치는 익살스러운 표정으로 도넛을 만들어 보였다.

크게 웃었던 것 같다. 망치도 나도, 화장실에 숨어 담배나 뻐끔거리던 시시껄렁한 녀석들도 모두, 단 한 명의 예외도 없었다.

수업 시작을 알리는 종소리에 급히 담배를 비벼 끄고, 우리는 나란히 수돗가에 서서 입을 헹군 뒤 교실로 향했다. 부리나케 뛰어 들어갔다. 맹물로 입을 부셔 봤자 담배 냄새가 지워질 리 없었지만, 누구라도 그렇게 했다. "종 친 지가 언젠데 이제야 들어오냐."라면서 소리를 버럭 지르는 선생에게 능글맞게 미소를 지어 주며, 머리를 긁적이며, 의자에 엉덩이를 비비며, 그렇게 자리에 앉았다. 지금 때가 어느 때인 줄 아느냐, 서울에 사는 것들은, 그중에서도 강남에 사는 것들은, 8학군에서 학교 다니는 것들은, 한 학교에서 수십 명씩 서울대 가는 것들은, 지금 이 순간에도 책장을 넘기고 있다고, 그렇게 한다고. 3년 내내 들어온 지루한 잔소리는 토씨 하나 바뀌는 일이 없었다.

그날은 그랬다. 사랑하는 사이가 아니어도 함께 영화를 보러 가자 했고, 친구가 아니어도 담배를 나눠 피웠으며, 소용없는 줄 뻔히 알면서도 입을 가셨다. 그리고 뼈에 사무치는 원한마저 쓰디쓴 담배 연기에 실어 누런 하늘로 날려 보내고야 말았다.

다시 변두리로 흘러들어, 땅이나 갈아야 할 것 같았다. 제자리로 돌아가는 기분이었다. 아무래도 나는 스승이나 소피처럼은 될 수 없었던 모양이다.

은강 재단에 대해 다시 한 번 소개하자면, 그 안에는 말도 안 되게 많은 학교들이 들어서 있어, 유치원으로부터 대학교까지, 전 과정을 아우르게 되어 있었다. 그중에서도 고등학교는 인문계, 공고, 상고, 체고로 세분화되어 있기까지 했다. 그러다 보니 종종 학교들 간에 주먹다짐이 일어나는 일도 생기곤 했다. 물론 여학생들 간에 벌어지는 믿어지지 않을 만큼 처절한 혈투도 종종 목격되곤 했지만, 아무래도 더욱 빈번하게 싸움을 즐기는 쪽은 사내 녀석들이었다. 망치 혹은 하이에나의 무리들과 같은 불건전한 형제들과 어울려 변두리를 어슬렁거리며, 나 역시 종종 싸움에 말려들었다. 앞장선 적도 없었다고는 못 하겠다.

은강 고등학교의 불건전한 형제들은, 우리가 인문계인 관계로 어쩔 수 없이 불리한 여건을 감수해야 한다며 투덜거렸다.

우리가 들고 다니는 가방에는 기껏해야 책이나 도시락밖에 없잖아. 만에 하나 흉기로 사용될 만한 물건을 가지고 다니다가 소지품 검사에서 걸리면 최소한 사망이지. 그런데 다른 학교 녀석들은 합법적으로 흉기를 소지할 수 있단 말이야. 공고 놈들을 예로 들면, 드라이버나 몽키 스패너 같은 걸 합법적으로 가지고 다니다가, 싸움이 벌어지면 주저 없이 꺼내 휘두르거든. 그런데 그게 다 살짝만 스쳐도 치명상이 우려되는 쇳덩어리들이란 말이지. 공고 놈들 나쁜 놈들, 어쩌고저쩌고…….

오전 중에 도시락을 다 까먹어 버린 날이면 은강 대학의 구내식당까지 가서 점심을 먹기도 했다. 싸고 맛있었을 뿐 아니라 교칙에 부합되지 않는 즐거운 모험이기도 했기 때문이다. 그리고 그곳에서는 종종 다른 학교 녀석들과 시비가 붙는 일도 있어 더욱 좋았다. 교칙을 읽어 본 일은 없었고, 귀찮아서 읽어 볼 생각도 해 본 적 없었지만, 공고, 상고, 체고, 모든 곳의 공통된 교칙에 따르면 고등학생들은 대학교의 구내식당에 출입할 수 없던 탓이었다. 기껏해야 멱살잡이나 해 대고, 운 나쁘면 눈두덩 좀 붓고, 코피 좀 터지는 게 전부였지만, 어쨌든 마음만은 전투에 임하는 특수 부대원 못지않게 비장했다. 대규모의 싸움이 벌어져도 학교나 경찰에 신고되는 일은 드물었다. 힘깨나 쓴다는 대학생 서너 명만 나서도 손쉽게 정리해 버릴 정도에 불과했던 것이다. 우리가 아무리 기를 쓰며 대들어도 그들의 압도적인 힘을 당해 낼 수가 없었다. 그들은 어른이었고, 경우에 따라서는 군대까지 다녀온 뒤였으니까. 그들은 우리를 교정 구석의 벤치로 데리고 가서, 나도 안다, 너희들만 할 때는 나도 그랬다, 나이 들어 보니 알겠더라, 정신 차리고 공부나 해라, 나중에 후회한다, 등등의 잔소리를 늘어놓고서야 보내 줬다. 종종 음료수를 사 주며 달래는 경우도 있었지만, 하나도 감사하지 않았다. 대신 그들에게 쥐어박혀도 불평을 늘어놓지는 않았다. 모든 걸 고스란히 감내하며 받아들이기만 했다.

어차피, 우리가 살아온 세상에서, 아이들은 한 번도 어른들을 이겨 보지 못했으니까.

아이들이 세상의 적이건, 세상이 아이들의 적이건.

대신 우리와 비슷한 처지의 아이들이라면 이겨 볼 수도 있겠다는 생각에, 시간이 날 때마다 그들에 대한 비난과 험담을 늘어놓곤 했다.

상고 놈들 나쁜 놈들. 우리야 가방 속에 책이랑 도시락밖에 없지만, 그것들은 주판을 들고 다니잖아. 거기 맞아 본 적 있어? 정말이지, 눈물이 핑 돌게 아프다니까. 안 맞아 본 것들은 몰라, 얼마나 아픈지, 정말 죽어도 몰라. 상고 놈들 나쁜 놈들, 어쩌고저쩌고……

체고 놈들 나쁜 놈들. 그것들은 사람이라기보다는 짐승에 가깝잖아. 게다가 허구한 날 맞는 게 일이라니 맷집도 더럽게들 좋지. 그것들이 우리한테 시비 거는 건 반칙이야 반칙.

에잇, 나쁜 놈들, 나쁜 놈들…….

가끔 한마디는 여전히 누군가 말을 걸면 이어폰을 한쪽만 빼고, 짜증스러운 표정으로 간결한 단어 한두 개씩만 내뱉었다. 그녀의 귀는 언제나 M 자로 시작되는 이름의 미국 밴드가 연주하는 요란한 음악들로 가득 차 있었다. 그들의 이름은, 주로 메탈리카였다. 이따금 메가데스이기도 했다.(나는 그들을 '엄청난 죽음'이라고 불렀는데, 그럴 때면 그녀는 더 이상 할 말이 없다는 표정으로 나를 바라봤다.) 내게는 다 비슷하게 들렸는데, 그녀는 매일 기분에 따라 둘을 바꿔 가며 들었다.

체육관에서 긴 대화를 나눈 뒤로, 나는 그녀에게 있어 전교에서 가장 절친한 친구가 되어 있었다. 3년 내내 같은 반이 됐기 때문이기도 했지만, 그보다는 그녀의 긴 침묵 사이에서 튀어나오는 짤막한 말들을 귀담아들어 주는 사람이 흔치 않은 탓이었을 것이다. 말수가 적은 결손 가정의 딸이었던 그녀는 침묵과 고독을 즐기는 것처럼 보였지만, 사실은 외로움을 많이 타는 성격이었다. 그래서인지 나와 함께 있을 때만큼은 이어폰을 양쪽 다 빼 두기도 했다. 그녀의 짤막한 말들을 조합한 결과, 나는 그녀의 영화 취향이 나와 놀랍도록 일치한다는 것을 알 수 있었다. 그래서 매달 한두 번씩, 주말에 만나 함께 영화를 보러 갔다. 좌석제가 시행되지 않던 은강의 극장들에 가서, 때로는 통로에 쭈그려 앉아 영화를 봤고, 영화가 마음에 들면 두 번씩 반복해서 보기도 했다. 영화를 본 후에는 한 마리만 시켜도 운동장만 한 접시에 산더미처럼 쌓아 주는 재래시장의 닭강정 집에 주로 갔다. 배 터지게 닭고기를 뜯어 먹다가 접시의 반절도 비우지 못한 채 더 이상 못 먹겠다고 두 손을 들어올리며, 주인 아줌마의 지청구를 들으며, 우리는 깔깔거렸다. 칼국수 집들이 몰려 있는 뒷골목에서 만두 칼국수를 먹는 날도 있었다. 우리는 매번 마지막 단무지를 놓고 젓가락 싸움을 하며 시시덕거렸다. 가끔 버스를 타고 바닷가에 가서, 더럽기 짝이 없는 은강 앞바다가 조금씩 밀려드는 장면을 구경하기도 했다. 낮에는 지나다니는 연인들을 구경했고, 밤에는 폭주족들의 묘기를 구경하거나, 가출했음이 분명해 보이는 우리 또래들을 손가락질하며 수군거렸다. 눈이라도 마주칠 것 같으면 얼른 시선을 돌렸다. 그녀는 시내 어딘가에 있던 음악 감상실에 나를 데려가기도 했다. 입장료 1000원을 내고 들어가서, 빔 프로젝터로 상영해 주는 뮤직비디오를 보다 나오는 곳이었다. 그곳의 인기 순위는 텔레비전 가요 프로그램에서 집계한 것과는 많이 달랐는데, 그녀가 즐겨 듣던 요란한 음악들이 그곳에선 최고의 인기곡으로 꼽혔다. 좋아하는 노래가 나올 때마다 그녀는 알아듣지도 못하는 영어 가사를 더듬더듬, 그러나 고개까지 까딱거리며 흥겹게 따라 불렀다. 우리는 종종 바다가 내려다보이는 공원에 놀러 가기도 했다. 상륙 작전을 지휘했다는 미국인 장군의 동상이 위풍당당하게 서 있는 곳이었다. 그 청동의 미국인은 파이프를 입에 문 채, 쌍안경을 들고 있었다. 그의 시선을 따라 바라보는 은강 앞바다는 거짓말처럼 푸른빛이었다. 심지어는 깨끗하고 아름다워 보이기까지 하는 것이었다. 우리는 믿어지지 않게 아름다운 바다에 대해 이야기를 나누었다. 그리고 교복 차림 그대로 앉아 담배를 꺼내 물고, 캔 맥주를 나눠 마셨다. 그녀는 민트 향이 나는 양담배를 즐겨 피웠다.

어느 날인가, 나는 반은 우스개로, 반은 진담으로 여자가 담배를 피우는 것은 그다지 좋아 보이지 않으며, 그것이 양담배일 경우에는 더욱 그렇다, 라고 말했다. 그러자 그녀는 고개를 들어 내 눈을 똑바로 올려다보며 말했다.

"끊을까?"

나는 조금 당황했던 것 같다. 그래서 변명을 늘어놓듯 주섬주섬 앞뒤가 안 맞는 말을 줄줄이 늘어놓았고, 그녀는 언제나와 마찬가지로 짧은 단어들을 툭툭 던져 가며 나를 상대해 주었다. 그 날, 그녀의 입을 통해 나온 단어들을 조합해 본 결과, 이제껏 그녀가 내게 보여 준 친근했던 태도들에는 사실 친구를 대하는 것 이상의 감정이 섞여 있었음을 알 수 있었다. 여전히 그녀와 얼굴을 마주한 채였다. 보면 볼수록 마음이 끌리는 얼굴이었다. 친숙해진 탓인지도 몰랐지만, 그녀가 귀여워 보이는 인상인 것만은 확실했다. 눈빛은 늘 차가웠지만 그것이 오히려 묘한 매력을 더해 주고 있었다. 가슴이 콩닥콩닥 뛰기 시작했다. 당장이라도 그녀의 손을 끌어다 내 심장 위에 올려놓고 싶은 생각이 간절했다.

하지만 난 이미 사랑을 지키지 못한 실패자였다. 또 하늘을 찌를 듯 드높은 살의로도 복수의 칼날을 휘두르지 못하고 끝내 물러서고 만 패배자이기도 했다. 때문에 그녀의 마음은 내게 너무나도 부담스럽게 느껴졌다. 언젠가 비슷한 일이 반복될 때, 또다시 실패와 패배를 반복할 것이 뻔했던 것이다. 때문에 난 못 알아들은 척 계속 딴소리만 늘어놓을 수밖에 없었다. 결국, 대화는 우리 스스로 생각하기에도 이상한 것이 되어 버리고 말았다.

내려오는 길에는 일부러 멀리 돌아가는 길을 택했다. 중국인들이 모여 사는 거리를 구경하고 싶다는 그녀의 바람 때문이었다. 그곳을 지나다 보면, 종종 중국 전통 의상을 입은 소녀들과 마주치기도 한다는 것이었다. 그러나 우리는 그곳을 벗어날 때까지 중국옷은 커녕 중국말 한마디 들어 볼 수 없었다. 이따금 지나치는 사람들을 보며, 그들이 중국인인지 한국인인지를 가늠해 봤지만, 대부분 말이 없었고, 어쩌다 입을 여는 이들도 하나같이 한국어에 능통했다. 그렇지만 하나도 아쉽지 않았다. 중국옷 따위, 중국말 따위, 비디오 가게에서 무술 영화 한 편만 빌리면 지겹도록 볼 수 있는걸……

그즈음 은강 대학의 학생들은 데모를 자주 했다. 우리는 좀 더 자주, 전경들이 와서 최루탄을 쏴 주기를 기대했다. 견딜 수 없이 눈이 따가웠고, 주체할 수 없이 콧물이 흘렀지만, 학교를 일찍 마칠 수 있었기에 데모는 언제라도 대환영이었다. 어른들은 하나같이 쯧쯧쯧 혀를 찼다. 어쩌다 집에 일찍 들어온 날, 가족들과 함께 보는 뉴스에 은강 대학생들의 시위 장면이 비춰지기도 했다. 아버지도, 어머니도, 형도, 형수도, 심지어 갓난아기에 불과한 조카까지도, 쯧쯧쯧 혀를 찼다. 기사에 따르면 학생들은 서울 어딘가에 있는 노장군의 저택 앞까지 찾아가서 데모를 했다고도 한다. 인터뷰에 응한 이웃 주민은, 극심한 소음 공해 때문에 견딜 수가 없다며, 쯧쯧쯧 혀를 차며 고개를 저었다. 매일 아침 학교에 가면 은강 대학 쪽을 바라봤다. 휘날리는 현수막들을 바라보며, 오늘도 격렬하기를 기도했다. 창가에 모여든 아이들은, 은강 대학의 데모는 10년도 넘게 계속되어 온 것이었다고, 그런데도 우리는 하나도 모르고 있었다고, 그랬다고, 쯧쯧쯧 혀를 차며 말했다. 선생들은 하나같이 대학생들을 욕했다. 그리고 종종, 너희들도 열심히 안 하면 은강대 같은 삼류대밖에 못 갈 거라고, 쯧쯧쯧 혀를 차며 말했다. 아이들은, 그 삼류대를 가려 해도 반에서 10등 안에는 들어야 하는 삼류 고등학교에서 무슨 배부른 소리냐고, 쯧쯧쯧 혀를 차며 투덜거렸다. 최루탄이 터져 학교가 일찍 파하면, 가끔 한마디와 나는 물에 적신 손수건으로 얼굴을 감싼 채 전철역까지 달렸다. 그래도 우리는 쯧쯧쯧 혀를 차지 않았다.

은강의 북쪽 지역이 개발되기 시작한 것도 그 즈음이었다. 우리 가족은 그곳으로 이사했다.

은강은 큰 개천을 사이에 두고 남북으로 나뉘어 있었다. 북쪽 지역은 원래, 허허벌판에 드문드문 창고 건물 따위나 들어선 곳이었기에, 은강 사람들 사이에선 '개 건너'라 불리며, 노골적으로 무시받아 온 곳이었다.

우리 가족의 새 보금자리는 대형 백화점이 상가 건물처럼 가까이 위치해 있는 신축 아파트였다. 이전까지는 꿈꿔 본 적 없던 고급스러운 곳이었다. 아버지의 사업은 번창 일로였고, 형과 형수도 번듯한 직장을 가지고 있어, 가족의 삶은 꽤 부유해졌다. 바다와는 더 멀어졌고, 서울과는 가까워졌으며, 전철역까지 도보로 5분 거리였을 뿐 아니라, 아파트의 외관마저 고급스러웠기에 어머니는 뛸 듯이 기뻐했다. 그래 봤자 여기도 철로 변이긴 매한가지, 라고 생각해 본 적도 있었지만, 한 번도 입 밖으로 꺼내 놓지 않았다. 초대 부녀회장이 되어 동네의 온갖 궂은일들을 도맡아 하면서도 웃음이 가실 날 없던 어머니 때문이었고, 그 웃음이 가져다준 여유로 인해 한결 두둑해진 내 지갑 때문이었다.

버스로 일곱 정거장 거리에 있던 학교가 전철역 다섯 개 거리로 조금 멀어졌지만, 통학은 한결 수월해졌다. 매일 아침, 극심한 정체 현상을 보이던 5거리를 지나다닐 일이 없어진 덕이었다.

마침, 가끔 한마디의 어머니도 은강의 북쪽에 살고 있었다. 그녀는 어머니와 함께 살겠다고 막무가내로 고집을 부렸다. 덕분에 그녀의 어머니는 지루하게 이어 온 재산 다툼에서 유리한 위치를 차지할 수 있게 됐고, 가끔 한마디도 유일한 보금자리를 가질 수 있게 됐다.

그녀는 여전히 지루하게 석고 데생을 했고, 나는 학력고사 대비 기출 문제집을 풀었다. 그리고 학교가 파하면, 그녀가 다니던 화실로 찾아가 함께 집으로 돌아왔다.

그녀는 여전히 영화를 좋아했고, 내 취향과 놀랍도록 일치했으니까. 그녀는 바쁜 와중에도 여전히 음악 감상실을 즐겨 찾았고, 나도 그때쯤엔 메탈리카와 메가데스의 노래들을 확실히 구분할 수 있게 됐으니까. 귀에 익고 나니, 참 듣기 좋은 노래더라. 그녀는 여전히 닭강정이나 칼국수 따위를 좋아했고, 나 역시 배 터지게 닭고기를 뜯거나, 마지막 단무지를 차지하기 위해 젓가락을 휘두르는 일들을 즐거워했지. 바다가 내려다보이는 공원에는, 여전히 청동의 미국인이 서 있었는데, 우리는 여전히 교복 차림 그대로 민트 향 담배를 나눠 피우고, 캔 맥주를 나눠 마셨어. 장군의 시선은 여전히 기적처럼 푸르른 은강 앞바다를 향해 있었지. 그리고 또, 내려오는 길에 마주치는 중국인들은 여전히 한국어에 능통하더라. 그들이 중국인이란 증거는 찾을 길이 없었지만.

얼마 후, 우리는 각각, 미대생과 재수생이 되었다.

담임의 권고를 무시한 채, 무리한 곳에 지원한 탓이었다. 모 대학 불문학과를 권유했던 담임은, 자신이 시킨 대로 원서를 썼다면 분명히 합격했을 거라며 분통을 터뜨렸다. 그래도 나는 화를 내지 않았다. 불어 선생이 될 것도 아니면서, 불어는 전공해서 뭐하나, 차라리 대학을 안 가고 말지, 될 대로 되란 심정이었다.

그리고 졸업이었다.

시내의 재수 학원에 다니게 됐다. 재수를 해서라도 반드시 대학에 가고야 말겠다는 생각은 해 본 적 없었지만, 달리 할 일이 없었다. 만으로 스물도 안 된 나이에 직장에 다닐 용기는 없었고, 대책 없이 놀고먹으려 해도 함께할 친구들이 이미 재수 학원에 다니고 있었으며, 무엇보다 어머니의 성화를 견뎌 낼 자신도 없었다. 다시 말해 선택의 여지가 없었던 셈이다.

학교와 별반 다를 바 없는 일상들이 이어졌다. 수업과 자습과 숙제와 시험.

보는 얼굴들도 학교와 별반 다를 바 없었다. 몇 해 전 형이 경고했던 바와 같이, 은강 고등학교의 대학 진학률은 형편이 없었고, 특히 나와 어울려 다니던 불건전한 형제자매들의 경우엔 더 말할 필요가 없을 지경이었다. 덕분에 재수 생활은 그런대로 즐거웠다.

우리는 종종 술자리를 함께했다. 누군가의 생일날, 모의고사를 마친 날, 그냥 술 한잔이 미친 듯이 그리워지는 날, 그다지 마시고 싶지 않지만 사랑스런 나의 친구들이 불러 주는 날, 등등.

아마도 누군가의 생일이었을 것이다. 우리의 불건전한 형제자매들은 학원 인근의 호프집으로 우르르 몰려갔다. 서로 적이 되어 으르렁거리며 싸우던 사이들도 많았지만, 상관없었다. 그저 그리운 고교 동창들이었고, 둘도 없는 친구 사이였으며, 몇몇은 연인 사이였고, 무엇보다도 우리 모두는 은강의 아이들이었다.

생일 축하 노래를 부르며 폭죽을 터뜨리고, 오늘의 주인공을 케이크에 비벼 넣고, 가래침에 담뱃재에 비듬이 잔뜩 섞인 맥주를 돌려 마시는 것으로 여자아이들의 비위를 뒤집어 놓으며, 정신없이 웃고 떠들었다. 지난날의 일들은 모두 잊어버린 듯 서로에게 아무런 허물이 없었다. 소피도, 스승도 도저히 떠오를 여지가 없었다.

그런데 거기 아냐? 하는 말이 나오면서 서서히 분위기가 바뀌어 갔다. 맛도 없이 양만 많은 모듬 안주에 대해 불평을 늘어놓던 중에 나온 말이었다. 우리가 있던 곳은, 자리가 넓어 여러 명이 술을 마시기에 편리했지만, 다른 곳에 비해 안주도 형편없었고, 종업원들도 불친절한 곳이었다.

어딘가의 재래시장 구석에 있다는 곱창 전골집의 이야기가 제일 먼저 나왔다. 세숫대야에 냉면을 담아 준다는, 그래서 혼자서 안 남기고 다 먹는 사람에게는 돈을 안 받는다는 냉면 집도 소개됐다. 그런가 하면 20년째 한 자리를 지키며, 밴댕이회를 가위로 썰어서 내주는, 분위기가 끝내준다는 허름한 선술집도 있었다. 어른 팔뚝만큼이나 굵은 바다 괴물을 삼치라고 속여서 판다는 생선구이 집도 빠질 수 없었고, 여전히 주모라 불리는 할머니가 모든 손님들에게 반말을 찍찍 해 댄다는 막걸리 집도 마찬가지였다. 모두가 고작 20여 년의 짧은 생애 동안 식도락만을 추구해 온 미식가들인 양, 여기저기서 주워들은 온갖 맛집들을 있는 대로 주워섬기며 떠들어 댔다. 그러다가 옛날 시청 부근에 있는, 연탄난로 위에 얹어 놓은 들통에서 김치찌개를 마음대로 떠먹을 수 있다는 유명한 밥집 이야기가 나왔을 때였다.

그 유명한 밥집에서 나오는 스승을 봤다고 말한 것은 왕년의 한 꼬마 하이에나였다. 그의 장래 희망은 가수였는데, 그가 재수를 택한 이유는 오로지 대학 가요제에 나가기 위해서였다. 때문에 그는 세상이 뒤집어지는 한이 있어도 대학에 가야 한다고 말해 왔다. 삼류대건 뭐건 상관없었다. 그는 울먹이는 듯한 창법으로 슬픈 사랑 노래를 더욱 애잔하게 만들어 주는 미성의 소유자였는데, 우리는 그가 대학을 간다면, 분명히 세상이 뒤집어질 거라고 놀려 대곤 했다. 그의 말에 의하면, 스승은 허름한 작업복을 입고 있던 것이 공장에서 일하는 노동자처럼 보였는데, 지금은 구청으로 바뀐 옛날 시청 뒤편의 인쇄 공장들이 몰려 있는 골목으로 들어가는 모습을 똑똑히 봤다고 했다.

그러자 웃기지 말라며, 스승은 조직 폭력배의 똘마니가 되었다고 주장하는 녀석이 있었다. 왕년의 두 꼬마 하이에나였다. 그는 기타리스트가 되어 밴드를 만들고 싶어 했다. 교회 찬양 팀에서 기타 실력을 뽐내고 있었지만, 독실한 크리스천은 아니었다. 기타만 마음껏 칠 수 있다면 교회건 절간이건 상관없다는 것이 그의 입장이었다. 그는 자신이 가장 존경해 온 기타리스트처럼, 개인 비행기를 타고 가다 해변에 추락해서 죽고 싶다는 말을 자주 했다. 우리는 항상, 비행기를 살 만큼 돈을 벌려면, 투기꾼으로 꿈을 바꿔 보는 게 어떻겠느냐는, 우정 어린 충고를 아끼지 않았다. 그의 말에 따르면, 스승은 왕년의 싸움 실력을 인정받아 유명한 폭력배의 수하로 들어갔다고 한다. 그는 잘나가는 조직 폭력단의 조직원인 자신의 사촌형이 분명히 말해 주었다고, 게다가 동창이랍시고 그런 놈이랑 어울려 다니면 다리몽둥이를 분질러 놓겠다는 협박까지 곁들였으니, 틀림이 없을 거라며 기타를 뚱땅거리며 말했다.

그런가 하면, 왕년의 세 꼬마 하이에나는 스승이 샌드위치맨이 됐다고 주장했다. 그는 운동이라곤 평생 해 본 적이 없었음에도 체대를 나와 체육 선생이 되고 싶어 했다. 당시의 그는 실기 준비를 위해 한창 헬스클럽을 다니고 있었는데, 운동을 하기 전과 별반 다를 바 없는 통통한 몸매를 자랑하고 있었다. 우리는 운동을 하기 전에 담배부터 끊어 보라는 충고를 자주 했고, 그때마다 그는 골치가 아프다는 표정으로, "내가 너희들 때문에 담배가 는다."라고 말하며 담배를 피워 물곤 했다. 그는 나이트클럽, 카바레, 룸살롱, 안마 시술소, 모텔 등, 이 땅에 존재하는 거의 모든 유흥업소들이 종류별로 완벽하게 구비된 곳에 살고 있었는데, 언젠가 집에 가는 길에, 새로 개업한 성인 나이트 앞에서 포스터와 사진으로 도배된 선전판을 앞뒤로 매달고 있는 스승을 분명히 봤으며, 자신이 알은척을 하자 부끄러운 듯 가게 안으로 들어가 버렸다고 주장했다. 선전판에 붙어 있던 사진들 중엔, 평소의 그가 꿈에서라도 보고 싶어 했던 스트립쇼의 장면들을 찍어 둔 것도 있었던지라 유심히 살펴볼 수 있었다고도 했다. 여자아이들의 야유가 쏟아졌음은 물론이다.

　그에 질 수 없다는 듯, 왕년의 열일곱 꼬마 하이에나는 더욱 충격적인 소식을 전해 왔다. 그는 만화가 지망생으로, 졸업 전부터 일본 만화의 그림들을 감쪽같이 따라 그리는 놀라운 능력 덕분에 전교에 소문이 자자했다. 남녀의 반응은 각각 상반된 것이었는데, 인물의 전신을 똑같이 따라 그리되, 여자를 그릴 땐, 절대로 옷을 그리지 않는다는, 그의 독특한 작품 경향 때문이었다. 당연히 그가 말을 꺼내자마자 여자아이들은 싸늘한 표정으로 그를 노려봤다. 누군가 그에게, 그 따위 그림이나 그리고 있다간 평생 연애 한 번

못 해 볼 거라고 충고해 준 적이 있었는데, 그는 웃기지 말라고 항변했으면서도, 그 뒤로는 종종 그림 속 여인들에게 옷을 입혀 주기도 했다. 그는 스승이 사창가의 기둥서방이 되어 있다고 강력하게 주장했다. 작품의 영감을 얻기 위해 사창가 근방을 자주 찾는다는(그래서 여자아이들의 시선을 더욱 싸늘하게 만들어 놓은) 그는 그곳에서 분명히 스승을 보았다고 했다. 처음에는 손님으로 왔나 싶었는데, 그곳의 여인들과 잘 알고 있는 사이인 듯 인사를 나누고, 장난도 치며 돌아다니더라는 것이었다. 작품의 사실성을 위해 최대한 가까운 거리에서 관찰하는 습관이 있었던 만큼, 스승의 목소리까지 충분히 들을 수 있는 거리였다, 라고 그는 주장했다. 그리고 우리의 계속된 추궁 끝에, 자신이 그곳에서 총각 딱지를 떼 버렸다는 사실까지도 털어놓았다. 그 후로 그를 바라보는 여자아이들의 눈빛은 바퀴벌레를 대하는 것과 꼭 같아졌다.

이런저런 주장들이 오가는 가운데 왕년의 하이에나 우두머리가 결론을 내렸다. 그는 우락부락한 외모와는 어울리지 않게 시인이 되고 싶다는 꿈을 가지고 있었다. 인상과 너무도 안 어울리는 것이었기에 대부분 곧이곧대로 믿어 주지 않는, 그래서 그 역시도 무슨 부끄러운 비밀이라도 되는 양 숨기며 살아가는 꿈이었다. 하지만 그와 절친한 친구들의 말에 따르면, 떨어지는 낙엽을 보며 눈물을 흘린 적도 더러 있더라는, 매우 감수성이 예민한 소년이었다. 종종 그에게 연애편지의 대필을 부탁하는 친구들도 있었는데, 그때마다 그는 "내 시를 도대체 뭐라고 생각하는 거야!"라며, 무섭게 화를 내곤 했다.

그는 우선, 한 인물의 행적에 대해 이토록 의견이 분분하다면 딱 한 가지만 빼고는 모두 거짓이거나, 혹은 그 한 가지조차 거짓이라는 뜻이 아니겠냐며 의문을 표했다. 덧붙여, 스승에 대한 감정이 좋지 않기로는 자신도 둘째가라면 서러운 사람이지만 그에 관련된 풍문들이 하나같이 좋지 못한 결말을 이야기하고 있다면, 사사로운 감정의 개입도 의심해 볼 만하지 않은가, 의견을 개진했다. 그리고 끝으로, 스승에게도 부모가 있고 가족이 있을진데, 그들을 생각해서라도 조금은 말을 신중히 해야 하지 않겠나, 라며 말을 맺었다.

그의 마지막 말에 우리 모두는 숙연한 표정이 되었다. 괜히 포크를 집어, 먹지도 않을 안주 접시를 지분거렸고, 마시지도 않을 술잔을 손가락으로 문질러 삑삑 소리를 냈다. 그러자 그는, "우리도 부모님들 생각해서 남은 술 빨리 비우고, 집에 가서 영어 단어 하나라도 더 외워야지."라고 힘차게 외치며 우리를 다시 웃게 했다.

학생 회장의 말은 실로 정확한 예언이었다. 그가 장담했던 대로 우리는 그날을 우스갯소리로 취급하게 되었다. 지붕 위의 여신이었던 소피도, 그녀의 피투성이 괴수였던 스승도, 당황하며 주저앉던 교장의 표정과 똑같은 우스갯소리가 되고 말았다.

그래서 나는 스승이 죽어 버린 게 아닐까, 의심을 품게 됐다. 살아 있는 스승이 어찌 이토록 하찮은 술자리에서 안줏거리가 될 수 있겠는가. 아마도 그들이 봤다는 스승은, 구천을 떠도는 스승의 유령이었는지도 몰랐다. 그러니 그토록 많은 장소에서 그토록 다양한 모습으로 나타날 수 있지 않았겠는가. 스승의 육신은, 아마도 떠나가던 날의 소피가 둘러메고 있던 어처구니없이 거대한 가방 속에 들어 있었을 것이다. 세상을 등진 여신이라면, 당연히 그녀를 위해 싸워 줬던 피투성이 괴수의 주검을 안고 하늘로 날아올랐을 게 아닌가.

마침 소피에 대한 이야기도 흘러나오기 시작했다. 누군가는 그녀가 자신의 연인인 불어 선생과 애정의 도피 행각을 벌였다고 주장했다. 다른 누군가, 그녀는 단지 잘생긴 총각 선생을 짝사랑했던 철없는 소녀였을 뿐, 둘은 아무 사이도 아니었으며 그녀가 사라진 것은 일련의 사태들을 집안 망신으로 받아들인 가족들이 먼 곳으로의 이사를 단행했기 때문이다, 라는 주장으로 맞섰다. 첨예한 대립이 이어졌다. 하지만 너무나 유쾌하고도 정겨웠다. 누구 하나 인상을 구기지도, 목에 핏대를 세우지도 않았다. 간간히 폭소가 터져 나오기까지 했다.

어느 쪽이 사실이건, 하늘 멀리 떠나 버렸다는 것만은 분명한 사실인 것 같았다. 어쨌든 이제 다시 내 앞에 나타나지 않을 테니까. 이미 알고 있던 사실이었음에도 감정이 북받쳐 올랐다. 구태여 확인받고 싶지 않았던 사실들이기 때문이었다. 급기야 눈이 시큰거리는가 싶더니, 이내 목이 메어 왔다. 마침 누군가 우습지도 않은 농담을 던졌고, 나는 폭발적으로 웃어 댔다. 깔깔대며 박수를 쳤고, 발도 굴렀다. 인류 역사상 가장 우스운 농담을 들었으니 웃다, 웃다, 웃다…… 숨이 막혀 죽어 버려도 여한이 없다는 듯, 미친 듯이 웃었다. 거대한 눈물방울이 대굴대굴대굴, 볼을 타고 굴러 떨어졌다. 그래도 괜찮았다. 아무도 눈치 채지 못했을 테니까. 모두들 웃다, 웃다, 웃다…… 결국 눈물까지 뽑아냈을 뿐이라고 생각할 테니까. 나는 얼큰한 취기에 겨워 웃음보나 터뜨리는 하찮은 시정잡배에 불과했을 뿐이니까.

가슴 위에 돌이라도 얹어 놓은 듯 답답한 기분이었다.

책상 앞에 앉을 때마다 스승이 떠올랐고, 자리를 뜰 때마다 소피가 떠올랐다. 아마도 그리움이었을 것이다. 그리고 답답함은 이내 울적함이 됐다. 오래 지속되고, 떨쳐 낼 수 없을 것만 같은 울적함이었다.

그나마 가끔 한마디와 만날 때에나 잠시나마 울적함을 잊을 수 있었다. 그녀는 대학생이 되고 난 후에도, 재수생인 나를 종종 찾아와 주었다.

우리는 항상 학원 뒤편으로 난 길게 뻗은 오르막을 올랐다. 언덕 위에 자리 잡은 작은 공원을 찾기 위해서였다. 용돈이 궁한 재수생 술꾼들이 술판을 벌이거나, 혹은 가난한 재수생 연인들이 사랑을 속삭이는 장소로 유명한 곳이었다. 그리고 그곳에서의 술과 사랑에 재미를 붙이면, 이듬해 삼수생이 되어 다시 공원을 찾게 된다는, 고약한 전설이 전해 오는 곳이기도 했다. 그래서 재수생들은 그곳을 '삼수공원'이라 이름 붙이고 늘 경계했다.

삼수공원에 발을 들여놓지 않기 위해 열심히 아르바이트를 하는 재수생까지 있을 정도였다. 술과 사랑에 빠져도, 그곳이 아닌, 제대로 된 술집이나 여관에서라면 상관없으리란 비과학적인 오해 때문이었다. 내 경우엔, 차라리 그 시간에 공부를 더 하는 편이 낫지 않겠나, 대학에만 가면 여자들이 줄을 선다는데, 그들의 어리석음을 비웃곤 했지만, 나 역시 가급적이면 공원 쪽을 바라보지 않기 위해

부단히 노력했다.

그래도 그녀와 만나는 날에는 겁도 없이 그곳에 올랐다. 그녀에게 엉큼한 마음이라도 품었던 건 아니었고, 달리 갈 만한 곳이 없어서였다.

이제 성인이 된 우리는, 공원 구석의 벤치에 앉아 거리낌 없이 담배를 나눠 피웠고, 캔 맥주를 나눠 마시기도 했다. 그녀는 여전히 말보다는 침묵을 즐겼고, 나는 여전히 짤막한 단어들을 조합해 그녀의 말을 이해하는 데 익숙했다.

그리고 어느 날, 나를 만나러 온 그녀는 해질녘의 공원 잔디밭 위에 미대생이 된 후 처음으로 완성했다는 그림을 펼쳐 놓았다.

일식이 진행되고 있는 태양처럼, 주황색의 테두리를 제외하곤 온통 검게 물들어 버린 거대한 구체 위에 서 있는 사람을 그린 것이었다. 그림 속의 인물은 부조화하게 그려진 눈 코 입이 아니었다면, 엉망으로 그린 별 모양처럼 보일 만큼 단순화되어 있었다. 인물이 딛고 선 검은 구체엔 자잘한 글씨들이 빼곡하게 적혀 있었다. 검은 물감 위에 연필로 쓴 것이었기에, 자세히 들여다보지 않고서는 알아보기조차 힘든 것이었다. 글자 수는 엄청나게 많았는데, 한참을 들여다보고 나서야, 실제로는 단 세 개의 문자들만으로 이루어져 있다는 것을 알 수 있었다. 제일 먼저 눈에 띈 것은 '자'라고도 썼다가 '子'라고도 쓰인 것이었다. 그리고 '그'라는 글씨가 다음으로 눈에 띄었다. '女' 혹은 '여'라고 쓰인 것들은 조금 찾기가 어려웠다. 이 세 개의 글자들은 순서도, 좌우도, 위아래도 없이, 크기조차 중구난방인 채로 어지럽게 나열되어 있었다. '그……여……자……'라

고 천천히 입술을 움직여 본 후에야 난 그림이 꼬깃꼬깃하게 구겼다
가 다시 편 도화지 위에 그려져 있다는 것을 알아챌 수 있었다. 태
양 위에 선, 노오란 — 그 女子, 그 여자, 그 여자 — 의 구겨진 눈
코 입이 웃는 것도, 우는 것도 같았던 것은 그런 이유 때문이었다.
그녀의 시선은 하늘을 우러르는 것도, 땅을 굽어보는 것도 같았다.
하지만 내 눈빛과는 마주치지는 않았다. 정면을 제외한, 나를 제외
한 세상 모든 곳을 향해 어지럽게 뻗어 있는 시선이었다.

나는 상기된 표정으로 그녀를 바라봤다. 눈이 마주쳤다. 가볍게
미소를 지어 보였다. 어두운 방에서 커튼을 열어젖혔을 때, 쏟아져
들어오는 태양빛에 눈이 찡그려지는 것만큼이나 자연스레 떠오른
미소였다.

그녀 역시 나와 꼭 같은 표정을 짓고 있었다.

언젠가 글썽거리던 눈물을 닦아 내고서야 겨우 바라볼 수 있었
던 장면을 앞에 두고, 우리는 환한 미소를 교환하고 있었다.

나 역시 동감이었다. 정말이지, 세상엔 배우지 않고도, 책 한번
펼쳐 보지 않고도 쉽게 알 수 있는 일들이 많고도 많았다.

예를 들어, 그녀가 갑자기 소피 못지않게, 아니 소피보다도 훨씬
더 아름다울 거란 생각이 드는 이유 같은 것들 말이다. 매우 침착
한 태도로, 논리 정연하게 설명해 낼 자신이 있었다. 내 말을 들어
줄 이가 그녀이기만 하다면, 밤이 새도록, 수백 수천 가지의 예를
들어 가며, 한 치의 오류도 없이 누구도 반박할 수 없는 완전무결한
논리를 내세워 가며 떠들어 줄 수도 있었다.

그 말을 해 주려는 내 입술 위에 그녀의 손이 놓인 이유도, 그리

고 내 볼을, 내 목을, 내 어깨를 타고 내려온 그녀의 손길이 하필이
면 왼쪽 가슴 위에 놓인 이유 역시도.
　그녀의 손바닥이 콩닥콩닥 뛰고 있었으니까.
　네 안에 아직 내가 살아 있었구나!
　그녀의 두 눈에는 쌍꺼풀이 깊게 패어 있었다.

附錄 부록

초야의 전답에서는
잡초를 뽑지 않는 법

여전히 은강은 크고 그 안은 복잡하다.

감히 세상에 맞섰지만, 단 한 번도 이겨 본 적 없이 자라난 아이들로 북적거려야 했기 때문이다.

커야 했고, 복잡해야 했다.

그래서 여전히 은강 사람들은 자기네 도시를 두고 '갑갑하다' 말한다.

바깥사람들은 여전히 이해할 수 없다며 고개를 저었지만, 별 도리 없었다. 그들의 도시이자 나의 도시를 두고 이야기할 때 그보다 적절한 표현은 찾을 길이 없었기 때문이다.

크고 복잡한 거리 복판을 걸어도, 보이지도 않는 산길을 더듬어 가는 것과 매한가지였으니, 그렇게 한나절을 꼬박 걸어야 겨우 도달할 외진 곳에 외따로 떨어진 기분을 떨쳐낼 수 없었으니, 누구라도 '갑갑하다' 말하며 한숨을 내쉬지 않겠는가 말이다. 그만큼이나 세상의 중심에서 비껴 나 있는 곳이 바로 은강이었다.

그 외진 변두리 어딘가에서, 나 역시 부끄럽고 실망스럽게도 흔해 빠진 어른이 되어 가고 있었다.

지붕 위의 여신도, 피투성이 괴수도 이제 더는 그립지 않았다. 그립지 않았어도, 하나도 죄스럽지 않았다. 그저 지루하고 한심한 일상에 빠져 허우적대면서도, 이제 더는 어린애가 아니라는 거짓말로 스스로를 위로하며 하루하루를 힘겹게 견뎌 낼 뿐이었다. 이제 막 자라난 은강의 새로운 아이들이 감히 맞서야 할 세상의 일부, 그중에서도 가장 말단에 내가 있었던 것이다.

도저히 아이들을 바라볼 수 없었다. 내가 걸어왔던 위대한 신화와 전설의 시간들은 감히 입에 담을 엄두조차 낼 수 없었다.

이상이 아닌 망상을, 희망이 아닌 실망을, 지혜가 아닌 잔꾀만을 들먹일 뿐이었다. 우정이 아닌 타산을 가르치고, 사랑이 아닌 욕정을 부추기는 게, 아이들에게 해 줄 수 있는 전부였다.

그들에게 약속된 미래가 나의 오늘과 크게 다르지 않을 거라는 공갈과 협박이었다.

그래도 언젠가 아이들이 살의로써 세상을 겨눌 날이 온다면, 적어도 나만큼은 한발 물러서 줄 수 있는 어른이 되었으면 좋겠다고 늘 생각해 왔다. 물론 함께해 줄 이들이 많다면 더욱 좋을 것이었다. 아이들과 세상이 서로를 적으로 여기는 일이 반복되지 않았으면 하는 바람은 여전히 남아 있었으니까.

하지만 나 역시 은강 출신의 별 볼 일 없는 위인, 일생을 두고 무엇 하나 이루지 못한 채 변두리나 전전하며 살아온 시정잡배일 뿐.

세상의 거의 모든 어른들과 마찬가지로 손을 뻗어 닿을 만한 곳에 놓인 돌을 집어 아이들에게 던지게 될 가능성이 높았다. 아이들이 돌에 맞아 피 흘리며 쓰러져 간다면, 아마도 다시 손을 들어 조롱하고 손가락질하게 될 것이다. 여기 피투성이 괴수가 쓰러졌다고 소리 높여 외치고, 아이들의 주검을 향해 침을 뱉고 비웃음을 던질 것 같았다. 나도 어쩔 수 없다는, 세상이 원래 그렇다는, 너희도 어른이 되면 이해하게 될 거라는 거짓말을 늘어놓으면서도, 얼굴색 하나 변하지 않을 것만 같았다.

어느 누구도 들여다볼 수 없는, 스스로에 대한 깊은 회의였다.

그래도 아쉽거나 슬프지 않았다. 조금의 불만도 없었다. 어려서부터 체념을 배우고 익히는 일에는 남다른 재능을 보여 왔었으니 말이다.

전설과도 같은 시간들이 내게 남긴 단 한 가지, 빗나가지 않는 나의 살의로도 어쩔 수 없는 일이었다. 사실 그조차 덧없는 것이었음을 이제는 잘 알고 있다. 살의 따위 빗나가지 않아 봤자 무엇 하나 이룰 수도, 바꿀 수도 없을 테니 말이다.

도대체 누가 누굴 죽일 수 있단 말인가!

그래서 언젠가 아이들이 감히 세상에 맞설 날이 왔을 때, 그들의 내민 손에 들린 것이 빗나가지 않는 살의만은 아니었으면 좋겠다. 손을 뻗어 닿을 만한 거리에 있는 누구에게나 건넬 법한 흔해 빠진 친밀함이라면, 그게 제일 좋겠다.

그리 된다면, 기꺼이 아이들이 내민 손을 잡고 내가 지나온 신화와 전설의 시간들에 대해 밤이 새도록 이야기해 줄 마음이 들 것도 같으니 말이다.

누군가, 이제는 완전히 잊혀져, 그대의 오늘과는 아무 상관도 없어진 이야기들을 굳이 정리해 둔 이유가 무어냐고 묻는다면, 나는 다음과 같이 대답하겠다.

언젠가 손을 뻗어 닿을 만한 거리까지 다가와 손을 내밀어 줄 아이들, 좀 더 정확히는 피투성이 괴수가 아닌 초야에 묻힌 서생이 되어 밭이나 갈며 일생을 보내고자 이 외진 변두리까지 제 발로 찾아올 아이들에게 들려줄 이야기가 필요하지 않겠는가.

그들의 서툰 손길로 뿌린 씨앗들은 쉽사리 싹을 틔우지 않겠지만, 그들의 거친 밭고랑엔 늘 잡초만 가득하겠지만, 그래도 당장 허리 숙여 잡초를 뽑아내라고 다그칠 수야 없는 일이니 말이다. 서로의 내민 손을 맞잡고 시시한 옛이야기나 늘어놓으며 헛되이 시간을 흘려보내다 보면, 언젠가 아이들 스스로 깨달을 날이 오지 않겠는가.

초야에 묻혀 살아가다 보면, 결국 잡초마저 좋은 벗으로 여겨지리라는 것을 말이다.

오월이가 아기를 가졌다. 오월이는 작년 5월부터 우리 집 마당에서 살기 시작한 고양이의 이름인데, 오월에 처음 출현해서 오월이다. 오월이는 원래 성격이 원만하고 너그러워, 6월에 출현한 동생뻘 고양이인 유월이와도 잘 지냈고, 집에서 키우던 강아지인 검댕이와도 비교적 사이좋게 지내 온 편이었다. 그런데 아기를 가지면서부터 어쩐지 날카롭게 변해 가기 시작했고, 급기야 며칠 전에는 검댕이를 매우 쳐서 피를 보고 말았다.

껑껑거리는 검댕이의 콧잔등에 소독약을 발라 주며, 그동안의 나 역시 신경질적으로 주변을 향해 발톱을 휘둘러 대지는 않았을까, 뒤늦은 걱정에 사로잡혔다. 무언가 새로운 것을 만들어 내는 도중엔 보통 신경이 곤두서게 마련인 것 같으니 말이다. 친애하는 나의 지인들 중, 혹시라도 그와 같은 이유로 토라져 버린 사람이 있다면, 그건 모두 오해였다고 밝혀 두어야겠다.

그래도 내가 잔뜩 곤두선 채로 만들어 낸 무언가가 한 편의 소설이었다는 점은 제법 뿌듯한 일이다. 그 뿌듯한 결과물이 내일의 고양이들과 비슷한 시기에 세상에 나오게 됐다는 사실 역시 마찬가지.

지인들과의 오해는 진심을 다해 풀 일이고, 내일의 고양이들은 정성을 다해 돌보면 될 일이다. 그러니 내가 만들어 낼 또 다른 무언가가 역시 한 편의 소설이 될 수 있기를 바라야겠다.

2010년 4월

이지월

세상의 뒤통수를 노렸으나
그 배꼽에 서지 못한 아이들의 신화

이학영(문학평론가)

1 대협(大俠)보다는 '난장이'

근대의 사회화는 경험을 통해 자아를 확장하여 이미 예견되어 있는 최종적인 정체성에 도달하는 점진적인 성숙의 과정이 아니라 개인의 자율성 추구와 사회 통합의 요구가 충돌하는 자장 위에서 '삶의 의미'를 찾아야 하는, 끊임없이 역동적이고 불안한 탐색의 과정이라고 할 수 있다. 그래서 성장을 서사화한 교양소설 혹은 성장소설이 한 개인의 행복한 성공담이 아니라, 프랑코 모레티(Franco Moretti)의 말대로 '실패한 입사(入社)', 혹은 '문제적 형성'에 대한 이야기를 들려준다는 것은 그 필연적인 귀결이다. 우리는 실제로 성장소설의 무수한 주인공들이 길을 잃고 방황하거나 고난에 찬 여행과 모험을 겪는 것을 익히 보아 오지 않았던가. 그 다양한 고행의 여정은 '실제의' 젊음에서 '상징적인' 젊음을 추출하기 위해 성장소설이 발견, 혹은 고안한 형식들일 것이다.

그렇다면 사회적 공간에 대한 개인들의 탐색을 극도로 제한하고 그들에게 기성 질서로의 '기능적인 편입'만을 종용하는 완고한 세상, 더욱이 그 질서에 대한 '상징적인 정당화'도 기대하기 힘든 세상에서 아이들은 어떻게 자라게 되는가? 이지월의 『변두리 괴수전』은 바로 이러한 질문을 초석으로 삼고 있는 성장소설이다. 작중인물들, 즉 "해맑으면서도 동시에 사납고 난폭"(13쪽)한 아이들이 주로 벌이는 일은 한마디로 말해서 '싸움'이다. 크고 작은 여러 차례의 싸움에서, 물리적인 폭력을 직접 주고받는 것은 대부분 또래 아이들이지만, 화자인 '나'를 비롯한 중심인물들이 궁극적인 '적'으로 삼는 대상은 제왕적인 권력을 휘두르는 재단의 이사장과 그로부터 뻗어 나온 학원의 권력 네트워크이다. 제도적 사회화 기관인 학교와 학생들 사이에 조성된 이러한 적대 관계는 어른들이 구축해 놓은 기성 지배 질서 전체와 아이들의 반목을 상징적으로 드러낸다. 결국 『변두리 괴수전』은 세상이 아이들의 적이 되고, 아이들이 세상의 적이 되어 버린 조건 속에서 전개되는 형성의 여정을 '싸움'의 형식으로 포착한 셈이다.

이러한 기본적인 구도는 무협소설의 양식들에 의해서 더욱 뚜렷하게 부각되거니와, 우리는 일련의 '싸움'을 보면서, 즉각 강호(江湖)나 무림(武林)을 배경으로 펼쳐지는 협객(俠客)과 악당의 대결이라는 무협소설 특유의 관습을 떠올리게 된다. 서술 주체는 질풍노도의 시기를 통과하는 경험 주체의 이야기(story)를 무협소설적 양식이라는 간유리에 투과시킴으로써 담화(discourse)로 변형한다고 말할 수도 있으리라. 물론 시종일관 무협소설풍의 담론이 유지되는 것은 아니며 플롯 역시 결정적인 대목에서 전형적인 패턴을 위반함으로써 일종의 반(反)무협소설의 면모를 보이기도 한다. 그럼에도 불구하고 『변두리 괴수전』이 무협소설 스타일의 성장소설이라는 낯선 영역으로 우리를 데려다 놓는다는 점을 부인할 수는 없다.

그런데 잠깐, 무협과 강호라고? 잘 알다시피 무협소설은 역사적인 맥락과 경험 세계에서 단절된 동화적인 세계, 압도적으로 확대된 인물들의 행위 앞에서 현실의 작동 원리들이 침묵하는 환상의 세계가 아니던가? 그래서 김현은 "한 청년 고수가 대협으로 커 나가는 과정"을 담은 무협소설의 복수담을 기성의 윤리에 종속되어 일상성 속에 안주하는 사회인의 과장된 성공담으로 읽으면서, 교양소설(성장소설)에서 멀리 떼어 놓지 않았던가?[1] 이러한 의문들과 함께 밀려오는 우려를 해소하기 위해서라도 『변두리 괴수전』에 나타난 '싸움'의 서사는 항상 '현실'이라는 중력을 견디고 있기에 '대협'의 행보를 이상화하려는 충동에 의해 무협소설에서처럼 무중력 공간으로 비약되지는 않는다는 사실을 확인해 둘 필요가 있겠다. 기실 이 소설에서 아이들의 존재는, 굳이 가려야 한다면 '대협'이 아니라 '난장이'에게서 더 많은 유전자를 물려받은 것으로 보인다. 우주로 갈 수 없어서 벽돌 공장의 굴뚝 위에서 종이비행기를 날리던, 또 그곳에서 추락사하고 만 그 '난장이' 말이다. 『난장이가 쏘아올

---

1) 김현, 「무협소설은 왜 읽히는가 ─ 허무주의의 부정적 표출」, 『현대 한국 문학의 이론/사회와 윤리』, 김현 문학 전집 2(문학과지성사, 1991), 231~236쪽.

린 작은 공』 후반부의 주요 배경으로서 '난장이'의 아들딸이 일하
고 생활한 도시인 은강은 이 소설에서 가혹한 세상의 대명사이자
'싸움'의 무대로 다시 등장하며, 칼을 품고 서울로 올라가 고용주의
동생을 살해한 '난장이' 큰아들의 일화는 마치 신화처럼, 전설처럼
그 도시에 전해져 온다.

그러나 이 작품이『난장이가 쏘아올린 작은 공』에서 흡수하여
내면화하고 있는 가장 중요한 상호 텍스트성은 인간의 기도와 희
망, 노력을 헛되게 꺾어 버리는 힘, 한 개인을 목적이 아니라 수단
으로 만들어 버리는 힘, 그리하여 이 지상을 "사랑이 없는 세계"[2]
로 전락시키는 '중력' 그 자체라고 여겨진다. 그러한 중력권 안에 존
재하기에 은강은 여전히 "갑갑함과 깊은 회의로 가득 찬 세상의 변
두리"(14~15쪽)로 남아 있으며, 거기서 펼쳐지는 '싸움'의 서사 역시
지상에 비끄러매어져 있는 것이다.

이와 같이『변두리 괴수전』에 나타난 성장 서사의 역학에는 크
게 두 가지 분력이 작용하고 있는바, 하나는 무협소설의 세계에서
동력을 얻고 있는 정체성에 대한 주관적인 욕망이며, 다른 하나는
'난장이'의 세계에서 흡수한, 비속한 세상의 폭력적인 힘이라고 말
할 수 있다.

이제 이러한 힘들의 변증법적인 작용이 만들어 내는 '싸움'의 서
사를 구체적으로 살펴보자.

---

2) 조세희, 「잘못은 신에게도 있다」, 『난장이가 쏘아올린 작은 공』(이성과 힘, 2007),
220쪽.

2 '세상의 중심'을 둘러싼 원초적 경험들

『변두리 괴수전』의 '頭書(두서)'는 '은강소고'라는 제목을 달고 있다. 때로는 고향이 한 사람의 기질에 관해서 무언가를 알려 주듯이, '싸움'의 무대인 은강에 대한 이 개괄적인 묘사는 세상에 대한 아이들의 적의가 과연 어디에서 비롯되는지, 왜 성장의 테마는 싸움의 에피소드들로 점철되는지를 밝혀 줄 실마리를 내장하고 있다.

은강은 어떠한 곳인가? 우선 "우리나라 최초의 개항지", "대규모의 상륙 작전이 감행"된 "실향민들의 도시", "서울에서 멀지 않은 번화한 항구 도시"(12~13쪽)라는 설명이 눈에 들어온다. 여기에서 은강이 실제의 인천에 대응하고 있다는 사실을 누구나 쉽게 알아차릴 수 있다. 하지만 소설을 보도 기사나 역사서처럼 읽는 편협한 독자가 아니라면 은강을 인천으로 환원해 버리는 대신에 응당 그 상징적인 차원에 주의를 기울일 것이다. 그렇다면 같은 부분을 다시 들여다보자. 은강은 어떠한 곳으로 상징되는가? 그곳은 "세상의 중심에서 비껴 난 변두리"(14쪽)이다. 작중 서술자인 '나'의 가족이 부도의 여파로 서울에서 이주해 온 것처럼, 은강은 세상에서 쓰디쓴 실패를 맛본 사람들이 흘러드는 곳이며, 날이 가면 갈수록 비루하고 초라해지는 자신들의 삶에 또다시 절망하는 곳이다. 그래서 "은강은 크고 그 안은 복잡하"(9쪽)지만 정작 사람들은 '갑갑함'을 호소하며, '깊은 회의'에 젖어 있다. 이때의 '갑갑함'은 협소한 공간에서 오는 것이 아니라, '닫힌' 미래에서 오는 것으로서, 일종의 부자유에 대한 감각이며, '깊은 회의' 역시 자신의 미래를 '삶의 의미'

에 결부하여 기획할 수 없다는 비관의 다른 이름으로 이해할 수 있다. 요컨대 은강 사람들은 삶에서 무엇인가를 선택할 기회를 거의 갖지 못하는 존재이다.

이와 같이 도시 전체가 전락의 비탈 위에 성립된 형국이라면 '삶의 의미'를 찾기 위한 모든 탐색이 그곳을 벗어나 '세상의 중심'에 이르기 위한 '탈주'로 상징된다고 해서 이상할 것은 없다. '탈주'는 '나'에 대한 어머니의 기대가 보여 주는 바와 같은 '출세주의'로 드러날 수도 있지만 주인공들이 보여 주는 바와 같은, 기성의 권력 구조와 권위에 대한 저항이나 반역의 기도로 표출되기도 한다. 기성의 질서가 주체에게 부과하는 요구를 수용하고 타협하면서 현존하는 권력 구조의 중심에 안착하려는 태도가 전자라면, 후자는 그러한 기능적인 역할을 거부함으로써 새로운 중심을 창출하려는 시도일 것이다. 『변두리 괴수전』에서 이 후자의 태도는 예의 '난장이' 큰 아들의 일화를 흡수하여 탄생시킨 일종의 '테러리즘' 신화에 의해서 상징화된다. 그리하여 주인공들을 포함한, "여전히 해맑지만 사납고 난폭한 은강의 아이들"이 추구하는 '탈주'의 방식은 "누군가 청년의 빗나가 버린 살의를 빗나가지 않는 살의로 다듬어 낸다면, 그는 빼앗고 살해하는 자가 되어 세상의 중심에 우뚝 서리라는 전설"(16쪽)을 상징적으로 모방하는 것이다. 이와 같이 날카롭게 벼려진 칼날 같은 마음은 과연 세상과 어떻게 만나게 되는가?

이 소설의 서사는 '세상의 중심'을 둘러싼 주인공들의 원초적인 경험으로 우리를 이끈 다음에 본격적으로 폭력적인 사회화의 와중에서 꿈틀대는 '살의'의 향방을 보여 주고 있다. 일곱 살의 '나'는 빛나는 햇살에 홀린 듯 대문을 박차고 나섬으로써 세상을 향한 최초의 모험을 단행한다. 어린 모험가의 시선 속에서 세상은 그 중심에 이르는 길을 계시해 주는 기호로 가득한 것처럼 보인다. 세 갈래의 햇살에서부터 세 갈래의 철길, 세 개의 검은 봉우리, 세 명의 낯선 아이들에 이르기까지 일반적으로 완전함, 신성함의 상징성을 지닌 숫자 3이 나침반처럼 그가 나아갈 길을 가리키는 것이 아닌가. 그는 빛나는 철길을 따라 활보하며 장부(丈夫)의 호방한 기상을 뽐내지만, 자아와 세계에 대한 그러한 주관적인 기대는 낯선 아이들의 노골적인 조롱과 폭력, 그리고 가해자 어머니의 은밀한 비웃음 앞에서 순식간에 수치와 환멸로 뒤바뀐다. 그는 스스로를 영웅적인 모험가이자 장부라고 믿었으나, 세상은 그를 "두 팔 벌려 하늘을 우러르며" "잠옷 차림으로 대로를 활보하"는(22~23쪽), 한낱 광기 어린 조롱거리로 여길 뿐임을 깨닫는다. 이와 같이 세상과의 첫 대면, 첫 번째 싸움은 그에게 패배와 체념의 원초적인 경험, 낙원 상실의 원형적인 경험이 된다. 그리하여 그는 주관적인 욕망에 따라서가 아니라 세상이 지명하는 바에 따라서 결정된 정체성에 만족해야 하는 위기에 봉착한다.

그러나 유년기의 다른 한 시절은 그에게 '세상의 중심'에서 거주하는 원초적인 경험을 제공하는바 낙원 상실의 세계에서 이 '패배자'를 구원하는 것은 다름 아닌 팽이와 '스승'의 존재이다. 진정으로 놀이에 몰입하여 순수한 즐거움 속에서 자신의 배역을 기꺼이 수용할 때 우리는 새로운 세계에서 새로운 존재로 다시 태어나는 것이 아닐까? 그렇다면 "힘이 다해 쓰러져 가는 팽이를 끈으로 후려쳐서 바로 세우는 것, 힘차게 돌아가는 팽이 위로 모래를 끼얹으며 그 화려한 비산을 관찰하는 것, 끈을 두 겹으로 겹쳐서 돌고 있는 팽이를 들어 올리는 것, 들어 올린 팽이를 손바닥에 올려놓고 묵직한 간지러움에 깔깔거리는 것, 물이 고인 웅덩이에 팽이를 돌리며 거친 파문을 바라보는 것"(28~29쪽)에 온통 마음을 내어 준 '나'와 '스승'은 더 이상 세상의 역학에 매인 존재가 아니라 회전하는 팽이를 중심으로 펼쳐진 코스모스 안에서 행복하게 거주하는 존재라고 말할 수 있다. 회전하는 팽이의 형상을 잠시 주의 깊게 살펴보자. "한 점에 의지해 지구의 중심을 겨누는 것이 팽이의 진면목"(30쪽)이라면 그것은 세계의 중심에 놓여 있는 종교적인 상징물인 '우주의 기둥(universalis columna)'[3]과 유사하다. 실제로 우리는 회전하는 팽이가 대지와 맞닿은 한 점이 세상의 중심으로 변하고, 그 주변의 모든 것이 성스러움의 상징으로 뒤덮이는 것을 볼 수 있다.

나는 더 이상 패배자가 아니었다. "어때, 잘 돌지?" 스승은 물었고, 나는 웃었다. 우리는 거룩한 회전을 추구하는 수도자들이었다. 팽이와 맞닿은 작은 한 점이 세상의 중심임에 의심을 품지 않았다. 팽이 아닌 그 무엇도 필요치 않았다. 어머니의 진절머리 나는 노랫가락도, 마침내 등장한 네 번째 생선 토막도, 세 번의 비웃음이 남긴 지워지지 않을 상처도, 더 이상 신경 쓰이지 않았다. 힘차게 도는 팽이와, 친구에게 지어 줄 해맑은 미소만으로도 충분히 행복할

---

3) 미르치아 엘리아데, 이은봉 옮김, 『성과 속』(한길사, 1998), 66~67쪽.

수 있는 시절이었다.

—29쪽

이와 같이 '나'는 개인적인 '성지(聖地)'의 한복판에서 "거룩한 회전을 추구하는 수도자"로 갱생한다. 한편 그 '거룩한 회전'을 중심으로 형성된 신성한 세계가 비속한 세상의 난폭한 도발로 위기에 직면했을 때, '스승'은 대협의 본능을 유감없이 발휘한다. 그는, 한 무리의 아이들을 이끌고 나타나 팽이 싸움을 제안하고 거기에서 연패하자 폭력을 휘두르는 투투를, 팽이 끝으로 머리를 강타하는 잔혹한 일격으로 제압함으로써 철로 변의 새로운 지배자가 된다. 그리하여 회전하는 팽이가 계시한 한 점, 스승이 세상의 포악한 우두머리를 격퇴하기 위해 의지했던 그 한 점과 더불어 지낸 유년의 한 시절은 "마치 나 자신이 세상의 중심에 서서 만인을 내려다보는 것처럼 가슴 벅찬 경험"(37쪽)으로 남는 것이다.

'나'와 '스승'의 이러한 경험을 빌려서 정리해 보자면 '세상의 중심'은 회전하는 팽이의 상징적인 역학을 이해하는 존재, 그러니까 그 신비로운 회전이 선사하는 기쁨에 온전히 빠져든 아이들에게 현현하는 법이지만, 세상의 역학은 흔히 그 회전을 흉포하게 "살해"하려는 경향이 있다. 세상은 투투의 입을 빌려서 노골적으로 말하지 않던가. "승자가 패자의 것을 차지함은 더없이 정정당당한 일"(30쪽)이라고. "서로의 팽이를 쓰러뜨리기 위해서만 그 회전을 이용"(29쪽)하는 이들에게 "팽이는 그저 조잡한 합성수지와 정체불명의 금속들로 이루어진 싸구려 아동용 완구가 되어 버릴 뿐"(30쪽)이다. 이들과 달리 경쟁적인 승부욕이 지배하는 세상의 역학 속에 팽이의 회전을 맡겨 두지 않으려는 아이들에게 팽이는 신성한 존재로 내면화된다고 볼 수 있으리라. 그리하여 어느새 팽이는 그들의 마음속에서 회전한다. 아니, "내가 향했던 세 개의 봉우리도, 세 개의 빛줄기도, 어쩌면 예(팽이; 인용자)서 비롯된 것이겠구나!"(27쪽) 하는 깨달음에 공감한 독자라면 오히려 내가 세상의 중심에 대한 동경을 품은 순간부터 이미 마음속의 팽이는 회전을 시작했던 것이라고 정당하게 지적할 것이다. 아무튼 이로써 우리는 이 소설에서 그 내면의 팽이가 세상과 닿는 접점이 바로 상징적인 의미의 '세상의 중심'이라는 사실을 납득할 수 있다. 그렇다면 "만인의 공포를 겨누었던"(37쪽) 스승의 끔찍한 일격은 세상의 역학이 한 개인의 내면을 가혹하게 짓누를 때 '세상의 중심'을 향한 운동은 일종의 '적의(살의)'와 '싸움'의 형태로 드러날 수 있음을 예시해 준다고 하겠다.

3 재현된 테러리즘의 신화 혹은 피투성이 괴수의 초상

철로 변이라는 원형적인 무대에서 세상의 중심을 겨누며 돌던 주인공들의 팽이가 상징적인 형태로 부활하여 다시 세상과 접하는 것은 학교라는 평면 위에서이다. 은강 고등학교를 장악하고 있는 학원의 부패한 권력에 대항한 '싸움'에 처음에는 해직 교사를 따르던 '소피'가, 그리고 그 뒤를 이어서 '나'와 '스승'이 차례로 가담함으로써 세상의 역학에 맞서는 격투와 '살의'의 드라마가 본격적으로 전개된다. 은강 고등학교는 유치원에서 대학교까지 아우르는 거대한 재단에 소속된 학교로서, 재단의 설립자인 퇴역한 장군이 빈민촌을 몰아내고 확보한 부지 위에 자리 잡고 있다. 이러한 기초적인 정보를 비롯하여 그 거대 학원에 관한 많은 세부 사항들이 실제의 모델에 근거하고 있다는 사실을 알 만한 사람들은 누구나 알아 볼 수 있을 것이며, 조금 더 관심을 가지고 그 역사를 뒤적여 본다면, 재단의 비리와 부정이 얼마나 고질적인 병폐였으며, 또 그러한 만큼 얼마나 수다한 저항과 투쟁의 기록을 남기고 있는지를 쉽게 파악할 수 있을 것이다. 하지만 『변두리 괴수전』은 단순히 『선인학원 시립화 성공사』[4)와 같은 역사 텍스트의 주관적인 버전도 아니고, 그 불완전한 단편도 아니라는 사실을 환기한다면 이 소설에서 유혈극으로 치닫는 격투담의 의미를 역사 텍스트에 물을 것이 아니라, 『변두리 괴수전』이 스스로 제시하고 있는 상징적인 지평 위에서 찾아내야 할 것이다.

그렇다면 먼저 학교와 세상이 어떻게 아이들의 '적'으로 드러나는지 살펴볼 필요가 있다. 애교심을 고취하기 위함이라는 명분으로 학생들에게 교복을 착용하도록 지시하고, 게다가 지정된 매장에서 판매하는 옷만을 구매하도록 강제한 학교의 처사에 대해서 '소피'가 제기하고 있는 분석과 의혹에 귀 기울여 보자.

---

4) 선인학원 시립화 성공사 편찬위원회, 『선인학원 시립화 성공사』(선인학원 시립화 성공사 편찬위원회, 1996).

“너무 비싸. 그런데도 옷이 이 모양 이 꼴이라니. 여기에는 분명
히 이유가 있을 거야.”

“그렇다면 말해 보라. 우리의 정당한 분노가 향해야 할 곳은 어
디인가.”

“아마도, 우리 학교가 어떻게 돌아가는지를 곰곰이 생각해 보면
쉽게 알 수 있지 않을까? 다들 알겠지만, 교장은 이사장 조카지, 교
무 주임은 교장 조카지, 학생 과장은 교무 주임 학교 후배지, 이번에
새로 온 사회 선생은 학생 과장 사촌 동생이야. 그렇다면, 교복 회사
사장이나 교복점 주인이 그 집안사람이거나, 최소한 주변 사람이라
고 해도 이상할 게 없잖아?”

“오, 참으로 그러하다, 현명한 친구여.”

—56쪽

이사장에서 교장, 교무 주임, 학생 과장, 사회 선생에 이르기까
지 혈연과 학연으로 맺어진 인맥이 그녀의 발언을 통해서도 선명하
게 드러나거니와, 학원 운영과 관련한 여러 에피소드들은 제왕적인
권력자인 노장군을 구심점으로 하여 뻗어 나간 족벌의 네트워크가
학원의 지배 질서를 형성하고 있음을 적나라하게 보여 준다. ‘소피’
가 교복점 주인과 노장군의 관계를 정확하게 예견할 수 있었던 이
유는 무엇보다도 재단의 일족들은 “자신들의 이해관계에 관한 것이
라면 손톱에 낀 때조차 희생시키는 일이 없다”(99쪽)는 이치를 일찍
이 간파했기 때문이다. 그 ‘이해관계’에 대한 고려야말로 교칙이나
법을 초월하여 은강 재단의 학원을 지배하는 실질적인 운영 원리이

다. '노장군의 후예들'과 그들의 행동조직 격인 '선도부'가 앞세우는 "애교심"이나 "학원의 도"는 기실 그 '이해관계'를 은폐하기 위한 공허한 수식어에 불과하다. 이 공허한 말들이 모두 걷힌 자리에서 드러나는 것은 결국 "당시의 은강 고등학교는, 약육강식의 법칙이 지배하는 사바나의 대초원과도 같은 곳", 즉 "승자가 패자의 모든 것을 차지하는 일이 너무나도 정정당당하게 받아들여지는 곳"(101쪽)이라는 황폐한 진실이다. 이렇게 해서 우리는 학교가, 승자 독식을 선언하던 투투의 표정을 짓는 것을, 그러니까 적대적인 세상에 둘러싸인 주인공들을 다시 한 번 목격하게 된다.

일반적으로 학교는 사회화의 제도적인 기관으로서 개인들이 사회 속에 기능적으로 통합되는 것을 강조한다. 프랑코 모레티는 학교가 이와 동시에 사회화의 주관적인 측면, 즉 사회 체제를 개인의 마음속에서 정당화하는 과정을 등한시하는 경향을 지닌다는 점을 날카롭게 지적한 바 있다.[5] 『변두리 괴수전』에서 학교는 개인에게 사회 체제 특히 학교의 상징적 정당성에 대해 오히려 불신하고 회의하게 만든다고 볼 수 있다. 이 소설에서는 주인공들에게 학교의 여러 요구나 조치들을 수행하는 것이 상징적으로 옳은 일이라고 설득하려 해도 그것을 전혀 이룰 수 없다. 왜냐하면 그들은 이미 학교의 요구가 재단의 '이해관계'에 근거해 있다는 것을 간파하고 있기 때문이다. 그리하여 주인공들에게 강요되는 것은 마음 깊은 곳에서

---

5) 프랑코 모레티, 성은애 옮김, 『세상의 이치』(문학동네, 2005), 415~416쪽.

멸시하는 사회 체제에 기능적으로 편입할 것을 요구하는 폭력적인
사회화의 과정이라고 볼 수 있다.

우리는 해직 교사를 중심으로 결성되고 주인공들이 차례로 가
담한 일명 '간첩단'과 재단의 '이해'를 대변하는 '노장군의 후예들'과
'선도부원들' 사이에서 '싸움'의 서사가 차츰 격렬하게 전개되는 것
을 보게 된다. 거기에는 학생들 가운데 간첩단원들이 늘어가는 과
정, 그리고 "예비 복학생"과 "버림받은 선수들"을 새롭게 영입하는
선도부의 대응, 점차 전면전으로 치달아 가면서 '노장군의 후예들'
이 꾸민 협잡의 틀 ─ '나'가 거기에 포함시킨 음모의 몇 가지 요소
는 단순한 우연일 수도 있다 ─ 에 의해서 '내'가 봉변을 당하고, 그
복수로 선도부인 망치와 난투극을 벌이는 사건 등이 포함된다. 그
러나 무엇보다도 가장 중심적인 사건이자 흥미롭고 극적인 장면을
제공하는 것은 타고난 대협인 '스승'의 화려한 부활을 보여 주는 일
련의 활극들일 것이다. 가령 '내'가 절체절명의 위기에 빠졌을 때 홀
연히 등장한 '스승'은 무수한 주먹질로 망치를 혼절시키고, 거기에
서 더 나아가 그가 창가에서 스스로 떨어지도록 만듦으로써 교실
전체를 공포와 경악의 도가니로 만든다. 또 하이에나처럼 한꺼번에
들이닥친 열일곱 명의 적 앞에서는 사자후(獅子吼)를 토하고 유리를
파손함으로써 물리적 충돌을 피하되, 그 이후에 각개격파를 통해
더는 복수의 의지를 지닐 수 없도록 만들기도 한다.

이 강하고 위대한 존재에 대한 서술자의 헌사 가운데 몇 가지
를 추려 보자. 그는 "태고로부터 유래된 절대적인 힘"(90쪽)을 지
닌, "신화의 시대로부터 이제 막 걸어 나온 괴수"(90쪽)이며, "인간

224

을 초월한 존재"(91쪽), "일방적인 가해자"(94쪽), "초원의 제왕인 사자"(101쪽), "절대적 파괴의 권능을 정당하고도 유일하게 소유한 인물"(110쪽)이다. 입신(入神)의 경지에 오른 자에 대한 경의가 담긴 이러한 구절들이 충분히 암시하는 바와 같이 그는 무협소설의 고수나 신화의 영웅처럼 격투에서 초인적인 능력을 발휘한다. 하지만 『변두리 괴수전』에서 그의 폭력이 무협소설에서처럼 낭만적으로 이상화되거나 정당화되는 것은 아니다. 실제로 우리는 그가 승리하기를 바란다 하더라도 그 격투 장면을 마냥 즐길 수만은 없는데, 왜냐하면 거기에 존재하는 '비겁함'과 잔혹성이 마음을 불편하게 하기 때문이다. 다시 말해서 그러한 요소를, 우리가 지닌 영웅이나 대협의 환상에 쉽게 통합할 수 없는 것이다. 전승(全勝)의 비결이 "내 친구 열여섯 명이 나를 도와 줄 때에야, 비로소 한 명을 상대"(109쪽)하기 때문이라고 말하는 영웅이라니, 도전장을 내민 레슬링 선수 출신의 선도부원에게 손에 잡히는 물건들을 던지며 암습을 가하다가 야구 배트를 이용해 무자비하게 구타하는 대협이라니 말이다. 이처럼 그가 "무조건 먼저 때려, 그리고 끝까지 때리란 말이야."(94쪽)라는 원칙에 스스로 충실했던 것은 "1대1이건 뭐건, 싸워서 이겨야겠다고 마음먹는 자체가", 그러니까 "말 대신 주먹을 택"한 순간 "이미 충분히 비겁해진"(112쪽) 것이라는 인식을 지니고 있었기 때문이다. 그는 자신의 폭력을 변호하지 않는다. 폭력에 내재된 '비겁함'을 지우기 위해 수다스럽게 항변하는 것은 '노장군의 후예들'의 방식, 즉 세상의 방식이다.

그리하여 절정을 앞둔 '싸움'의 서사는 이 "가장 비정치적인 전투 전문가"에게 과연 "어떻게든 (세상의: 인용자) 뒤통수를 찾아서 한 방 먹"(124쪽)이고 그 중심에 서는 것이 가능한가, 하는 문제로 전유된다. 드디어 은강 고등학교의 아이들이 기습적으로 운동장을 점거하고, 부당하게 해고된 교사들의 복직과 재단의 부정부패에 대한 처벌을 요구하며 제 목소리를 내었을 때, 즉 "우리가 무엇을 원하는지, 어떤 모습으로 세상이 변해 갈 것인지, 목이 터져라 소리" 치는 순간 "은강 고등학교가 세상의 중심으로 변"(135쪽)한다. 이 말은 아이들이 거대한 함성을 통해서 슬쩍 모습을 드러내는 새로운 세계가 바로 자신의 세상이라는 확신을 지니게 되었음을 뜻한다. '스승'은 돔형 체육관의 점거를 이끎으로써 노장군의 후예들과 전경들의 뒤통수를 치는 데 성공하지만, 이때부터 본격적으로 세상의 무자비한 반격이 시작된다. 폭도로 간주된 아이들을 제압하기 위해 세상이 동원하는 비기(秘技)는 얼마나 다종다양한지, 싸움은 거인과 난쟁이가 벌이는 '이종 격투기(異種格鬪技)'를 방불케 하는 일방적인 양상을 띤다. 부모를 이용해 아이들을 체육관에서 끌어내고, 남은 아이들에게는 "공부도 하기 싫고, 귀도 얇고, 폭력 성향이 짙으며, 머리도 나쁠 가능성이 높은, 문제아들", 그러니까 "이름 하여 세상의 적들"(150쪽)로 낙인 찍고, 대표자인 학생 회장에게 그들의 과오와 패배를 자인하는 각서를 받아냄으로써 구심점을 무력화시키고, 끝까지 항거하는 아이들에게는 선도부와 전경을 동원해 물리적인 폭력을 퍼붓는다. 그리하여 은강의 익숙한 전례처럼, 세상의 '완전한' 승리가 선포되기에 이른다. 여기에서 '완전한' 승리란 지배 질서에 일시적인 균열을 가져왔던 혼란이 재빨리 평정되고, '적의'에 대한 망각이 강요될 뿐만 아니라 그것을 '농담'으로 각색하여 격하하는 일련의 과정을 의미한다.

그러나 『변두리 괴수전』은 그러한 상투적인 과정을 통해서 세상의 중심이 또다시 멀찍이 어둠 속으로 물러나기 직전에 우리에게 '살의'의 마지막 불꽃으로 온몸을 사르는 불굴의 존재를, 어쩌면 다시 한 번 은강의 아이들에게 분노의 횃불을 타오르게 해 줄 신화적인 초상을 보여 준다. 선도부에 둘러싸인 채 주저앉아 있는 아이들의 정면, 그리고 패배를 선언하는 학생 회장의 머리 뒤, 체육관의 돔형 지붕 위에서 '소피'는 석양에 번쩍이는 가위로 끊임없이 제 머리카락을 잘라 아래로 흘려보내며, '스승'은 그녀에게 다가가는 선도부원들을 피 묻은 야구 배트로 후려쳐 참혹한 유혈극을 연출한다. 높은 곳에서 태양과 겹쳐져 그 "빛을 집어삼키고 있는 거대하고 둥근 지붕"(159쪽), 산처럼 혹은 배처럼 거대한 그 구체, 그리고 "마치 강신한 무녀와도 같은 모습"(162쪽)의 '소피'와 그 "여신을 수호하는 피투성이 괴수" 같은 모습의 '스승' 등으로 구성된 미장센(Mise-en-scène)에는 천상과 지상을 잇는 '우주의 기둥'이 놓인 '대지의 배꼽(omphalos)'[6], 즉 세계의 중심을 상징적으로 구현하려는 노력이 담겨 있다. 그렇기 때문에 '소피'와 '스승'은 상징적인 정당성을 잃은 사회와의 타협을 거부하고, 그와 대항한 '싸움'에 의해 도래한 세상의 중심과 운명을 함께하는 존재라고 할 수 있다. 다만 '소피'가 신념을 위해 신체를 바치는 순교자의 태도에 가깝다면, '스승'은 만

---

6) 미르치아 엘리아데, 앞의 책, 67~68쪽.

인의 피로 공포를 자아내는 테러리스트의 태도에 가깝다. 세상에서 파묻되기 이전에 이미 그들은 폭력적으로 정위된 그들의 자리를 스스로 거부하고 파괴한다. 이러한 의미에서 그들의 '퍼포먼스'에는 "네 안의 나를 죽여라"(145쪽)라는 메시지가 담겨 있다고 볼 수 있다.

그리하여 학교가 "불법 시위 선동 및 배후 조정, 허위 사실 유포, 불량 서클 조직, 기물 파손, 폭력 행사, 수업권 침해, 업무 방해"(174쪽) 등등을 운운하며 그들에게 제적 처분을 내렸을 때, 즉 세상이 그들의 '시민권'을 빼앗고 추방한 것은 기실 일종의 상징적인 자살을 추인한 것에 불과할지도 모른다. 자살이든 타살이든 세상은 그들의 '적'으로 선포한 피투성이 괴수의 "주검을 향해 침을 뱉고 비웃음을 던질 것"(207쪽)이다. 실제로 우리는 시간이 흐른 후 그날의 일이 술자리의 우스갯소리로 전락하고, '스승'과 '소피'에 대한 풍문들이 한결같이 모욕적인 결말을 향하고 있음을 확인할 수 있다. 그래서 '스승'과 '소피'의 상징적인 '죽음'에 대한 복수를 다짐하는 '나'의 태도는 여전히 '세상의 이치'에 반기를 드는 것이라고 할 수 있다. '소피'를 위한 "사랑의 수호자"를 자처하며 세상에 대한 '적의'를 키웠던 '나'는 이제 "복수를 꿈꾸는 가해자"(178쪽)로서 세상에 대한 원한과 '살의'를 쌓는다. '망치'와 '학생 회장', 그리고 '교장'과 '노장군'을 아우르는 세상의 대리자들 모두가 그 '살의'로 겨누어지는 대상이기에 그는 마치 '테러리스트'와 같은 존재가 된다. 그러나 은강의 전설이 보여 준 길을 따라, 그리고 '스승'과 '소피'가 걸어간 그 길을 따라 '테러리스트'가 되려는 '나'의 기획은 그의 내부에서부터 붕괴됨으로써 실패한다, 아니 포기된다.

때문에 망치의 힘없는 일격은 내 마음속 깊이, 오래도록 벼려 왔던 모든 살의들을 단번에 무너뜨릴 만큼이나 강력한 것이 되어 버렸다. 내 안의 살의가 그 일격에도 무너지지 않을 만큼 굳건한 것일까 봐, 그래서 이제 어느 누구와도 흔해 빠진 친밀함을 나누지 못하게 될까 봐 덜컥 겁이 날 지경이었다.

그래서 끝없는 복수와 복수와 복수만 일삼다, 흔해 빠진 액션 영화 한 편 같이 보러 갈 친구도 없이 쓸쓸하게 죽어 갈까 봐 두렵기 짝이 없었다.

결국 난 바보처럼 마주 웃어 주고 말았다. 선택의 여지가 없었다.

— 181쪽

오로지 '살의'를 통해서만 세상과 접촉하는 '테러리스트'의 삶을 살 것을 맹세했던 '나'는 왜 첫 번째 피살자가 생기기 직전에 그 신념을 포기하는가? 복수를 거듭하는 삶이란 상징적인 정당성을 잃은 세상의 한 말단이 되는 것에서 벗어나는 탈주의 한 방법이 될지 모르지만, 그것은 동시에 세상이 선사하는 "흔해 빠진 친밀함" 조차 기대할 수 없는 완전한 국외자의 위치를 감당해야 가능한 것이리라. 차마 "피투성이 괴수"가 될 수 없었던 '나'는 결정적인 갈림길에서 "살해의 연장"을 내려놓고, "시정잡배"로서 이 세상의 변두리에 남는 길을 택한다. 이러한 선택은 일종의 체념이나 패배("어차피, 우리가 살아온 세상에서, 아이들은 한 번도 어른들을 이겨 보지 못했으니까." —184쪽), 종의 타협("이제 막 자라난 은강의 새로운 아이들이 감히 맞서야 할 세상의 일부, 그중에서도 가장 말단에 내가 있었던 것이다."— 206쪽)일 수도 있고, '살의'의 덧없음에 대한 인식("도대체 누가 누굴 죽일 수 있단 말인가!"— 207쪽)에서 비롯된 자발적인 단념일 수도 있을 것이다. 그런데 여기에서 우리는 '나'의 서사가 단순히 정체성에 대한 개인의 주관적인 욕망의 일부를 희생하고 사회적인 공간에 안착하는 타협적인 입사의 이야기를 보여 준다고 말하기가 망설여진다. 왜냐하면 아직 서술자로서의 '나'에 대한 이야기를 충분히 살펴보지 않았기 때문이다. 호모 파베르로서 '나'는 "살해의 연장"을 버린 후, 어떠한 연장을 움켜쥐고 이 세상을 건너온 것일까?

4 그래도 팽이는 돈다

먼저 '스승'의 야구 배트, '소피'의 가위 곁에 놓여 있는 제3의 연장인 '가끔 한마디'의 미술 연필에 주목해 보자. 그것은 형상을 지어내는 연장의 대명사이다. 실제로 『변두리 괴수전』에는 그녀가 형상을 지어내는 연장으로 그린 세 편의 그림이 묘사되고 있는데, 모두 '젊음'의 상징적인 축도(縮圖)라고 할 만한 것으로서, 이 소설의 주제와 밀접하게 호응하고 있다. 가령 체육관에 주저앉아 있는 학생들을 그린 그림에는 "무언가 해야 하지 않을까 불안해하고 있지만, 실제로는 무엇 하나 해 볼 만한 게 없는 우리들의 모습이 절묘하게 표현되어"(144쪽) 있다. 의미 있는 선택의 여지가 없다는 것, 정체성의 탐색에 필요한 사회적 공간이 완강하게 닫혀 있어 '갑갑함'을 느낄 수밖에 없다는 것은 은강에 발 딛고 선 모든 아이들의 공통된

230

조건이 아니었던가. 만약 이들이 사회로의 기능적인 편입을 거부하고 정체성에 대한 주관적인 욕망을 고수하면 어떻게 되는가? "마치 온몸에서 피가 배어 나오고 있는 것처럼"(144~145쪽) 붉은 물감으로 얼룩진 전신의 인물이 화폭을 벗어나려 애쓰는 듯한 형상을 담은 그녀의 자화상은 폭력적인 사회화를 거부하는 그러한 주체가 안게 되는 고통을 생생하게 드러내고 있다. 이 그림의 제목이 '네 안의 나를 죽여라'라는 사실은 의미심장하다. 그 문장은 '적'으로서의 세상을 향해 '살의'를 겨누었던 주인공들의 공통된 신조이다. 마지막으로, 한 번 드러난 '세상의 중심'에 자신의 운명을 묶은 '순교자', '소피'의 초상은 "일식이 진행되고 있는 태양처럼, 주황색의 테두리를 제외하곤 온통 검게 물들어 버린 거대한 구체 위에 서 있는 사람"(200쪽)의 형상으로 태어난다.

이 소설에서 '나'는 '가끔 한마디'의 극도로 단편적인 대답들을 솜씨 좋게 조합해 내는 능력을 보여 주는데, 그와 거의 동일한 성격의 작업을 통해서 서술자로서의 '나'는 그녀의 그림을 비롯한 각종 기억의 도상(圖像)들을 솜씨 좋게 조합하여 한 편의 글로 완성해 냈다고 말할 수 있다. 그리하여 '나'는 물론 이제 아이들이 맞서야 할 세상의 가장 말단에 있는 존재이지만, 또한 동시에 "초야에 묻힌 서생"(208쪽)으로서 지면(紙面)을 경작하는 '작가'이기도 한 것이다. 결국 '내'가 움켜쥔 연장은 '펜'이었다고 말할 수 있다. 그리고 한 점에 의지해 지면을 달리는 이 펜에서 우리가 한 점에 의지해 지구의 중심을 겨누는 팽이의 이미지를 발견하는 것은 어렵지 않다. 가혹한 세상이 팽이의 회전을 살해하듯이, 이번에는 어쩌면 펜으로 일군 초야의 전답에는 잡초만 무성할 뿐이라고 손가락질할지도 모르 겠다. 그러나 이 소설의 서술자인 '나'는 그러한 비난이 세상의 '이 해관계'에 따른 시각일 뿐이며 초야에서는 "결국 잡초마저 좋은 벗" (208쪽)이라는 사실을 이미 잘 알고 있다.

작가 이지월은 세상에 맞선 대가로 '시민권'을 잃은 괴수들을 위 해서 『변두리 괴수전』이라는 초야의 '영주권'을 부여해 주었다. 우 리는 세상과 아이들이 적으로 만날 때, 입사의 과정이 '싸움'으로 치환되고, 아이들은 '대협'이나 '테러리스트', '순교자'의 정체성을 띠 어 가는 그 현장을 지나왔다. 젊음이란 한 사람의 개성을 '스펙'으 로 전환함으로써 사회적인 요구에 적합한 형태로 조정하는 시기를 뜻할 뿐인 시대, 오직 살아남기 위해 속물의 전략이 대세가 되어 버 린 듯한 시대에 이와 같이 '싸우는' 아이들을 만나는 일은 어쩌면 흔치 않은 일일지도 모르겠다. 하지만, 그러한 만큼 오히려 지금-여 기의 문학에는 사회화의 '갑갑함'에 예민하게 반응하는 '괴수들'이 더욱 간절히 필요한 것이다.

이지월

마지막 LP 세대, 혹은 첫 번째 CD 세대.

학창 시절, 지역의 모 단체에서 주최하는 백일장에 참가하려 했으나, 수업 빼먹으려고 별짓을 다 한다며 담임에게 욕만 무지하게 먹었다. 물론 수사적 표현일 뿐, 욕'만' 먹었던 건 아니고 맞기도 좀 맞았다. 뭐, 심각한 난독증 탓에 글을 쓰기는커녕 읽는 것조차 제대로 못 했던 게 사실이고, 백일장 핑계로 학교를 빠져나가 한나절 놀다 오려던 것도 사실이긴 했다.

해적판 만화책과 대본소용 무협지에 빠져 살게 되면서 겨우 한글을 읽고 쓰는 일이 가능해졌다. 그래서 지금도 소수의 인원이 혼란한 세상을 무력으로 돌파해 나가는 이야기에 사족을 못 쓰고, 세로쓰기 된 책만 보면 신이 난다.

한순간도 문학 소년, 내지 그 비슷한 고귀한 신분을 가져 본 적이 없었던 관계로 글 쓰는 일을 하게 되리라고는 꿈에서조차 생각해 본 적이 없었는데, 사람 일이라는 게 한 치 앞도 내다볼 수 없다는 말이 사실인가 보다. 어쨌거나 꿈에도 예상 못 했던 그 일을 되도록 오래도록 하며 지낼 생각이다.

변두리
괴수전

1판 1쇄 찍음 2010년 4월 6일
1판 1쇄 펴냄 2010년 4월 16일

지은이 이지월
발행인 박근섭, 박상준
편집인 장은수
펴낸곳 (주)민음사

출판 등록 1966. 5. 19. 제16-490호
서울시 강남구 신사동 506번지 강남출판문화센터 5층 (우)135-887
대표전화 515-2000 / 팩시밀리 515-2007
www.minumsa.com

ISBN 978-89-374-8303-5 (03810)